U0091694

神力小福妻

2

風 文創 597

昐雨 著

目錄

第二十六章

天才剛亮，江大山就再次和謝公子、謝五三個人帶著四匹馬出了門。

「這回我們選另一條道走，我就不信能去的地方全是那個鬼樣子。」謝公子說。

「就是，總有地方老百姓還能正常過日子，要不然早該大亂了。」江大山附和。

這回有了經驗，三人快馬加鞭，很快就到那處小山坡。雖然才過沒多久，但這裡景色卻完全變了，失去冰雪的覆蓋，一條崎嶇的小道出現在大家眼前，小道不寬，一邊靠山坡，一邊臨一條不小的河，河水潺潺流淌著，也不知流向哪裡？

「哦，搞了半天，我們上次走的居然是冰面。」謝五驚訝的說。

「幸好冰結得厚，要不然，我們根本走不出去呢。」謝公子邊走邊慶幸。

馬蹄時不時會踩到水，小路不僅狹窄，還時不時有一段被河水淹沒，如果河水再漲高點，這條路就會完全消失。

三人很快就到達上次的三岔道口。

「這回選哪條路？」謝五問。上次那條路，整座橋都被他們燒了，肯定是不能再去。

最後三人選擇左邊——遠處都是丘陵、小山坡那條。另一條延伸到大山群中，他們怕那條路有可能通到大山區，根本就沒什麼集市。然而這條路上，淺草才掩沒馬蹄，卻完全看不出最近有人馬經過所留下的痕跡。

「這路真荒涼，也不知會通向哪裡？」謝公子有些擔心這條路也沒人煙。

「我也不知道，只希望能快點找到城鎮，就算是個小集市也好，再買不到糧食，我們就該餓肚子了。」江大山搖搖頭。

「這個時候，野兔子該出來了吧？」謝五滿懷希望的問。

「也不知道這地方野物多不多？要是能獵些野物，我們就不怕餓肚子了。」江大山摸了摸自己帶的弓箭，盯著遠處起伏的小山坡。山上樹木已經轉綠，這一路走來，鳥兒也漸漸多起來，照理說，野地裡應當有野物出沒才對。

三人正說著，前面不遠處的小山頭上就衝下兩頭野豬。

「喲，真來啦！」江大山立刻驚喜的掏出弓箭。

三個人當然不會放過牠們。這回出門，他們本就商量好冒充獵戶，所以江大山還帶了一張弓、幾支箭，三人都武藝高強，兩頭半大的野豬哪裡是對手？

「小心點，別弄死了，我們捉活的，說不定能拿去換些糧食回來。」謝公子連忙提醒他。

兩頭應該是迷路的半大野豬，很快就被江大山射中屁股，發出驚天動地的嚎叫聲，驚得小山頭上的鳥兒胡亂飛竄起來。

三人驅馬過去，果然活捉了兩頭受傷的野豬。兩頭公豬毛色黑亮，居然養得油光水滑，顯然牠們的日子過得不錯，也不知是在什麼地方找食的？

「找個村子，只怕也能拿牠們換點糧食了。」謝公子高興的說。

三個人從容不迫，很快就將受傷的野豬捆綁好，扔進簍子裡馱上，繼續往前走。

「就算換不出去，我們自己吃也不錯。」江大山這次出門特意帶上弓箭，就是想弄些野物回去給大家添些肉食吃。

「就是，我們早該出來打獵了，有弓箭就是好。」謝五說。

「我這副弓箭可是違禁品，要好好收著，不能隨便讓人看見。」江大山說著把弓拿出來，又抽一支箭一併遞給謝五。

「確實不錯，哪裡弄到的？」謝公子湊過來，和謝五仔細觀看，並且試著拉了拉，露出讚賞的表情。早上出門時，他根本沒仔細看過這東西，還以為江大山帶出來的是一般獵戶用的弓箭呢。

這麼好的弓箭很顯然是從軍隊裡弄出來的，就不知道江大山是什麼來頭？謝公子心裡雖然早就懷疑蘆葦村民的身分，還真沒往軍士方面想過。

「上次不是告訴你們了，我回家路上遇到災民被人追殺，當時我也受到連累，還受了重傷，然後就弄到了這副弓箭。」江大山半真半假的說。

「哦。我們也遇到過，對方人數眾多，我們還折損了幾個人。」謝公子說。他們也一樣遇過追殺，當然知道路上那些災民暴亂是什麼情況。

三人在路上歇過一晚，隔天早上繼續趕路。這回他們很幸運，又走了約一個時辰，遠處的小山坡上開始出現東一塊、西一塊的農田，偶爾還能見到有農人在田裡忙活，可見此地的人們生活得很平靜。

「看來附近應當是有人家，說不定不遠處就會有城鎮或集市了！」江大山興奮的說。

「太好了！」謝五也高興起來。

「先停下來，我們這副模樣只怕要稍微裝扮一下才行。」謝公子說。雖然他們身上穿著普通的舊衣服，但騎著高頭大馬，三個人乾乾淨淨、齊齊整整，說是獵戶誰信啊？

三人在謝公子的指揮下，撕破衣服，扯亂頭髮，還往衣襟、褲腳都沾些泥巴，最後又各自往臉抹上幾把黑灰，手也故意不洗。如此粗粗一裝扮，三人就由貴公子變身成獵戶。

又走大半個時辰，遠處有高高的城樓出現，遠遠望去，上面寫著幾個大字，走近了才發現，前面居然是座小縣城，城門上寫著清源縣。三個人雖然都認識這幾個大字，卻無人知曉這是屬於哪個府城的？

「坐落在小山丘間的小縣城肯定很小，我們不知道也正常。」謝五倒是很會為自己找藉口，不說自己不知道這個地名，只怪人家太小、太不起眼，如果重要點、再大點，他肯定能記得。

「小五，你帶三匹馬在外面等著，找個地方躲起來，我們先進去看看。」謝公子吩咐道。三人帶四匹馬進去太惹眼了，但兩個人帶一馬，還馱著獵物，就正常很多。

江大山和謝公子牽著馱了兩頭野豬的馬，慢慢走向大路。這一次他們終於遇上行人，也不多，就是三五群。先是一群扛著鋤頭的男人們，一看就是農戶，短打裝扮，一身打著補丁的粗布衣，看到他們都露出羨慕又害怕的眼神。

另一群是婦孺，皆提著籃子、拿著小鐮子，像是出去挖野菜，也一樣是普通人家，衣著打扮都很差，衣服更是補丁加補丁，都看不出原來是什麼布了。這些人一看就是窮人家，個個面黃肌瘦，碰到他們更害怕，都擠成一團，看都不敢看他們。

還有幾個挑柴草的青壯年，一樣粗鄙不堪，估計是進城來賣柴的鄉民。

守城門的一隊兵士，見到他倆也不由自主的多看幾眼，還盤問了幾句。兩人只說是山裡的獵戶，進城來賣野豬，順便買些糧食。然後，他們交了六個大錢，算是進城費。

這是個很小的城池，橫豎就一條街，鋪子就那麼幾家，街道一點也不繁華，卻十分樸實安寧。城裡生活井然有序，一點也沒有受到外地災荒難民的影響，可見管理這裡的地方官員應該非常有能力。

他們牽著馱負兩頭野豬的馬，在行人極少的街道著實顯眼。也是他們運氣好，沒走多久，居然就被一個匆匆跑過來、像是大戶人家管事的中年男人攔住，找他們要買那頭稍微大點的野豬。

「我們家老爺明日生辰，正想找點新鮮野味。」那人開心的扔給他們二兩銀子，居然也不要他們送貨上門，直接讓人去喊屠夫過來搬。那屠夫身強力壯的，竟然直接抱著綁得嚴實的野豬就走了。

剩下一頭他們也沒多轉，就被唯一一家酒樓買走，總共賣得三兩多銀子。

「還不錯嘛。」江大山掂著手上的銀子，笑道。

「那是，幸好弄了兩頭野豬。」謝公子也笑了起來。

然後，他們直奔糧油鋪子買糧食。在第一家鋪子裡，兩人還挑挑揀揀，根本不看那些粗糙的下等糧食。雖然這裡糧食成色本就不太好，不過價格也不算貴，兩人先各買兩整袋中等的米和麵，一袋是五十斤，又買三十斤白麵與精米。總共二百六十斤的糧食，剛好把兩人賣野豬的銀子花光。

幸虧他倆剛得的銀子也有人看見，所以他們這麼個花法，掌櫃的並沒在意，還一個勁地和他們套近乎，希望下次能再來光顧。這可算是大主顧了。

平常百姓一般都是拿銅錢來買糧，一回也不過十斤、八斤，花幾十上百個大錢，甚至有的人一次只買一、兩斤而已。

「我們是山裡的獵戶，這回也是第一次來，貓了一冬天才出門一趟，家裡人口多吃得多，就多買了些。」江大山憨笑著解釋。

「哦。」掌櫃的似信非信。但進門的生意，又是難得的大買主，他也沒多問，熟練的給他們打包好東西，算帳時還抹了零頭。

兩人離開這家糧鋪，又轉進一家雜貨鋪子。最重要的鹽和油是一定要買的，至於糖和果脯什麼的也都買一些。油很貴，兩人也沒帶裝油的罈子，乾脆直接讓店家給他們搬上三罈子的油，一個罈子有五斤，這可真正是大手筆。這間雜貨鋪與米糧鋪子本就離得不遠，老闆自然也看見他們買糧的事了，況且馬背上還馱著一堆糧食呢。

那老闆見他們買這麼多油，臉上露出驚訝又有些懷疑的表情。但他並沒有多說什麼，只是在他們買鹽的時候，老闆只肯賣十斤，並且告訴他們。「我們這裡是有規定的，一個人一回只能買這麼多。」

江大山和謝公子都知道鹽是官府經營，普通人家一個月也就能吃一、兩斤，因此老闆的話他倆並沒有放在心上。兩個人繼續在街上打轉，準備到其他鋪子再去買些。

路過一家成衣鋪時，江大山還進去買了幾雙鞋和一身夾衣。給自己買了衣服鞋子，又想起家裡的孩子們，最後在隔壁的布鋪裡，買了一疋竹青色棉布，還有幾尺小碎花棉布，準備帶回去給孩子們做衣服鞋子穿。

最後兩人在街尾的米糧鋪裡，又買了兩包米和兩包麵。他倆本來還想多買點，但這個老闆卻明顯比前面兩家的老闆話多，還一個勁的東扯西拉，好似要套他們的話，引起江大山和謝公子的警覺，兩人匆匆揹起米糧付了帳，走了。

回程路上，別說老闆，就連街上的一些行人也不由得多看他們幾眼。江大山和謝公子都驚覺到，他們這麼大手筆買糧、買油的舉動實在不太妥當。兩人原本還想去吃點東西的，最終也只得匆匆在一家點心鋪買了兩包點心就出城了。

江大山和謝公子趕到謝五藏身處時，天色變暗了。兩人也顧不得和謝五多說，直接把東西捆好就打馬往回趕。直到天色完全黑下來，無法趕路了，一行人才停下。

「我們就地找個地方休息，小心點。」江大山說。這一路，他感覺後面並沒有人跟上來，但也不能保證夜裡沒人跟上。

「怎麼回事？」謝五問。

「怕是我們買的東西多，會被有人心盯上。」謝公子輕描淡寫的說。

這種事情也真不好說。也許只是這裡的人好奇他們，畢竟他們倆買這麼多糧食，又帶著馬，確實能給人懷疑的理由。畢竟這只是個小縣城，像他們這樣大肆採買的情況想來極少，搞不好會被人認為他們不是良民，甚至有可能是出來採買加打探情況的土匪呢。

雖然這都是猜測，他們也跑了許多路，經過很多地方，但真正的土匪他們其實根本沒遇上過。

就著隨身帶的冷水啃乾點心，三人粗粗填飽肚子，尋了個避風處，安歇下來。

「小五，夜裡警醒些，可別打瞌睡。我先睡會兒，下半夜和你換。」謝公子臨睡前仍不放心，又交代一句。他和江大山兩人進城採買一趟，比謝五累得多，所以兩人把守夜的任務交給謝五。

「好，快睡吧，我曉得了。」謝五應了句，又小聲的抱怨。搞得好像他不懂事一樣！不過這一夜很安穩，什麼事情也沒有發生。

第二天天一亮，三人就啟程回家。但往回走了一個多時辰，江大山不甘心的說：「我們難得出來一趟，帶著四、五百斤糧食回去，三家人一分，根本就吃不了多久；鹽也只買了十斤，一、兩個月就吃光了。」

其實他心裡也有同樣想法，畢竟他打算快點離開蘆葦村上京去，但家裡不留下足夠的糧食他也不放心。這次買的糧食，也就夠大家吃兩個來月而已，往後他們離開，蘆葦村裡就剩下些婦孺，要出來這麼遠買糧食可就難了。

「你想再回頭去買些？」謝公子問。

「嗯，這次不多弄些回去，下次怕就買不到了。這裡人好像很懷疑我們。」江大山說。

他去年和蔣大人一起籌過糧，跑好幾個地方才勉強湊到五萬斤糧食，就因為這些糧食，蔣大人一家還遇害了。那時他就知道，不僅是有些地方遭災荒，只怕也有人乘機囤積糧食。現在這個小縣城可能因為偏僻還沒受到影響，才能讓他們順利的買到糧。但時間再長一點，這裡又會是什麼情況，誰也不能保證。

「我也有這種感覺。但我們並沒做什麼不好的事情啊。」謝公子有些鬱悶。

「管那麼多做什麼？再去一趟，我也要去看看熱鬧。」謝五說。每次公子總要他帶著馬躲在一邊，不僅把他悶壞了，而且獨自一人又容易窮擔心。

「我們去砍幾捆柴，裝作賣柴，再進城買些糧食回來。」謝公子忽然想起今日與他們同時進城的賣柴人，他們完全可以如法炮製。

「這個主意不錯。這次讓謝五也去看看，換個人說不定他們就不在意了。」江大山說。

決定後，他們不趕路了，停下來就地撿柴。好在這裡本就是荒涼無人的小山頭，枯草、枯樹枝還不少，但都是些細枝，拿去賣好像品相太差。於是三人連撿帶砍的往山頭去，漸漸偏離道路，在一個長滿嫩草的小窪地，居然遇上一窩野兔子。

三個人身手矯健，各施手段，哪能放過牠們？居然一口氣就捉到七隻肥肥的野兔子。除了被射傷的三隻最大的，有兩隻是被謝五用繩子套到，謝公子居然也用石頭砸暈兩隻。

「我們這次收獲不錯嘛！」謝五笑道。這些野兔子長得都很肥，他恨不得立時殺兔剝皮，烤野兔肉吃呢。

「別流口水了，我們就拿這些野兔子去賣，再加上這些柴草。」謝公子打斷他美夢。野兔子肯定比他們弄的柴草值錢些，要不然光賣兩擔柴草，也不像是能買很多糧食的人啊。

「反正今天再趕到城裡去，天色也太晚了。我們不如在這裡好好找找，多捉些野兔子，明天一早趕進城，還可能遇上早市，說不定能藉機多弄些東西回來。」江大山說。

「好啊，我們再多弄幾隻野兔子。」謝五高興地一蹦。弄得多，他們今天晚上就可烤野兔肉吃了。這幾個月來，他饞肉可饞壞了，天天飯菜裡只能見到幾片肉，有一丁點兒油葷而已。

皇天不負有心人，他們又弄到十來隻肥兔子。謝五還掏了幾個鳥窩，收獲十幾顆鳥蛋。

夜幕降臨，三人心情極好，找到水源地，收拾好東西，就地生火開始做晚餐。那十多隻肥兔子，被他們全部仔細的繫在一起，拴好了。

烤了三隻被箭射傷、快死的野兔子，三個人吃得滿嘴油，足足過一回肉癮。三人打著飽嗝，收拾出休息的地方，準備睡覺了。這地方已經偏離原來的小路，他們在這裡捉兔子、掏鳥窩的動靜也不小，但也沒見到半個人影，所以三人並不擔心有人來，就沒輪流守夜了。

一夜好眠。隔天，三人在群鳥的鳴叫聲醒來，經過一番喬裝打扮後，謝公子和謝五變成一對獵戶兄弟。兩人各挑著一擔柴草，拎著一串兔子出發了。這回換江大山留下來看著馬和東西，躲起來享清閒了。

謝公子換了衣服與髮型，跟昨天的模樣變化很大，保證先前和他打過交道的人也認不出來。

十多隻野兔子其實賣不了多少銀子，兩擔柴草更不值錢，他們的柴除了枯樹枝外就是枯蒿草，還長短不齊，哪像那些專門賣柴的，柴都是整整齊齊、經燒的粗樹枝。但兩人沒帶馬，這樣的行頭，就與一般的鄉民們差別不大了。

第二十七章

因為這次是早上來，正逢這裡的一個大集市，熱鬧很多。進城來賣柴的鄉民還不少，他們也不想像別人那樣在一邊等主顧，太浪費時間了，況且他們也不是專門來賣柴草。

他們直接將兩擔柴草賤賣給一家饅頭鋪和一家麵攤，換了兄弟二人一人一大碗陽春麵，和一籠剛出鍋的粗麵饅頭。吃麵時，遇上一個客人看中他們手中的野兔子，直接扔下一塊約一兩半銀子。謝公子高興的把幾隻兔子全給他了。

兩人拿著這一兩多銀子，在集市上花二十多個大錢買了一對大籮筐、一隻大背簍。這些鄉民們自己編織的手工品都很便宜，不過是賺個手工錢。集市上賣的東西既多又雜，他們順帶還買了一籃雞蛋，和一些雜七雜八鄉民們自製的吃食。兩人不僅是買東西，主要想和鄉民們套套話，瞭解一下本地的情況。

原來這個地方，還真沒有逃荒逃難的人來過，而且此地很封閉，但田地多，人口少。當官的頗開明，還教大家墾荒地，也不收稅，更教許多實用的知識給老百姓，所以這裡百姓能安居樂業，城裡狀況也很清明。

百姓對官老爺相當信賴，並且很敬重，可見此官確實有幾分能力也相當有手腕。不過百姓畢竟見識有限，也根本沒人走出過這塊地方，說來說去就是這些話，並不能給他們再多的消息。

問了好多人，都沒人能說得清楚附近還有些什麼，無論是縣也好、府也好、村鎮也好，他們只知道自己是哪個村，總之都是附近的。這一路來，他們只遠遠見過幾個村落，想來有不少人是這些村子的。

其中有個年輕人告訴他們，外面的事情要去問那些外出過的人。但他們不可能有時間去找這樣的人問話，而且別人也不一定能告訴他們答案。

如此兩人也不在集市裡浪費時間。這裡雖然賣的雜物多，但糧食相當少，百姓家不管有多少田、收成有多好，都不可能在這時節有多餘的糧食拿出來賣。於是兩人直奔米糧鋪子，精的、粗的米麵買了一百來斤，正好花掉這一兩多銀子。

接著兩人又轉到另一家米糧鋪子，又花了一兩多銀子將雜七雜八的糧食各樣買了些，約莫有百來斤。

謝五一人挑著這二百來斤的糧食，兩個籮筐裡都裝得滿滿，最差的粗糧放在頂部，外面還蓋兩塊粗布，遮擋得嚴嚴實實。兩人又分別去兩家雜貨鋪，買了十斤鹽、幾樣點心、一些糖果、幾刀鹹肉，粗瓷大碗、土製的罈罈罐罐也各買幾個，零零總總又裝滿一大背簍。

謝公子用一個粗麵饅頭當報酬，找來兩個小孩去幫他們買十斤鹽。

最後路過一家專門買筆墨紙硯的鋪子時，謝公子掏出三兩銀子買了些普通的筆墨紙硯。筆墨紙硯可比糧食貴，這些東西他雖然帶了些，但都是高級貨，不好隨便拿出來用。

這種普通紙筆正好給孩子們啟蒙。大郎、辛湖、小石頭、平兒都是該讀書的年紀。謝家人都斷文識字，不說有多高水準，但給幾個孩子啟蒙還是足夠。

這次兩人就沒像前次那樣引人注目，畢竟揹著大背簍，肩扛手提的人很常見。趕集的人也多，他倆又故意弄得灰頭土臉，與普通鄉民沒兩樣，就是買筆墨時稍微遭到側目，因為店家根本沒想到他們居然能一口氣花掉三兩銀子。

不過一看他們的樣子，別人就想當然的認為他們家是舉家之力供一個讀書人。家裡有讀書人的，地位總像是高一些，老闆後來對他們很客氣，還想給他們推薦一些書。但那些書他們用不上，他還不如自己默兩本出來更好。

兩人肩上挑的、背上揹的、手上拎的，已經搞不少東西了，眼看都快出城門，謝公子還是覺得糧食買得不夠多。經歷過缺糧少食的痛苦，他總覺得難得有糧食買就該多買些，一時吃不完存著也好。

但今天兩人因為沒帶馬進來，也不敢像之前那樣幾百斤的買糧了。最後兩人商量一下，去熟食攤上，把還沒賣完的饅頭、包子、大餅等全包，最後又切一包滷肉，足足又裝滿一籃子。再看看自己實在拿不了，兩人才停手，高高興興的出了城。

留在村子裡的大郎開始整理自家的菜園了。菜園不小，他帶著辛湖、大寶和阿毛幹活，讓謝大嫂她們帶著平兒出去摘野菜。

大寶和阿毛也不過是在園子裡撿柴，原有的籬笆早就沒什麼用處，大郎乾脆全拆掉，準備再重新打籬笆，畢竟以後有些菜是要牽藤搭架，沒籬笆可不行。

幾人才幹沒一刻鐘，謝三就過來，說：「我來挖。」他是個話少的人，也不多說，直接搶過辛湖手中的鏟子就開始幹活。

有了謝三這個壯勞力，挖菜園就很簡單了。辛湖和大郎在前面先粗略清理一下枯草和舊年的枯菜稈。當初辛湖小心保護下來的蔥蒜已經長得很茂盛，這一小片綠苗可顯眼，自然得小心保護著。而大地回春後，菜園中居然出現一些自己悄悄發芽的小菜苗。

「你看，這是南瓜吧？」辛湖問。她指著幾棵小嫩苗，不太確定是不是南瓜？若再長大一點，她就能分辨出來，但現在才長兩片小葉子。

大郎掃了幾眼，這玩意兒他太熟了。「嗯，真的是南瓜。我還說家裡沒南瓜籽，今年吃不成南瓜了呢。」

南瓜是好物，又不需費心管理，花和葉都能吃，南瓜嫩的、老的也都能吃，可以說是一種吃法非常多樣化的蔬菜。如果結的南瓜多，長老後，吃不完還能曬乾，留到冬天缺糧少菜時吃，能煮出帶點甜味的南瓜粥呢。

接著他們又發現了辣椒苗、茄子苗、黃瓜苗。可能因為靠近廚房，這邊溫度比其他地方高一些，再加上平時灶裡的熱灰也大部分掉在菜園裡，起了保暖作用，這些種子也不管先後順序，居然都自己發芽，長出小嫩苗了。

「我還正想著翻了地來種這些菜呢，沒想到，這裡都長了苗。」大郎開心的笑道。

「這點苗哪夠吃？我們還是要種的。」辛湖說。看著這些嫩苗，她知道，這回他們可以吃到當季蔬菜了。自己再播種的，怎麼也比不上這一批快成熟。

「那是，把這些苗保護好，明天我們再種些新的。」大郎點點頭，又仔細的在枯草中找菜苗。

看著他倆這麼仔細，再看看那些稍不留神就會被挖掉的小嫩苗，謝三又是不好意思，又是後悔。謝家的菜園肯定也會有這些夾生的菜苗，但謝家人不太認識菜苗，又已經翻了地，現在謝家的菜園裡，只有從辛湖家移走一點的蔥和蒜苗；劉大娘家也一樣，現在都等大郎分菜種子給他們呢。

謝三想著如果自己翻地時能小心點，把這些嫩苗留下來，也不愁現在沒什麼菜籽了。畢竟大郎他們一家子孩子，大家也沒指望他家能有多少菜籽。

「五顆南瓜苗、五根辣椒苗、六根黃瓜苗、七根茄子苗。」辛湖邊數邊小心地和大郎把那些擠在一起的菜苗移植開來。

正忙碌著，謝姝兒來了，見他倆小心翼翼弄著幾棵小嫩苗，好奇的問：「這是什麼？」

「菜苗啊。應該是菜園裡舊年沒有收乾淨的菜籽，自己長出來的。」大郎答。

「喲，還沒種就有菜苗了啊？」謝姝兒笑嘻嘻跑到他們身邊，看稀奇一樣蹲在地上瞧，又一一追問這是什麼、那是什麼？

辛湖逐一給她解答，最後還拿一棵黃瓜苗、一棵南瓜苗說：「妳拿回去栽在你們家菜園裡，好好照顧，說不定再過一個月就有黃瓜吃了呢。」

「真的嗎？」謝姝兒興奮得像得到了寶貝，小心的捧著帶有泥巴的菜苗回家去了。

然後，辛湖又弄起兩株小苗，讓平兒給劉大娘送過去。這雜生的小嫩苗，好好照顧一樣也能開花結果。

辛湖本來就搞不太清楚，這些菜原本該是什麼時候種？當初滿大街都是違反季節的蔬菜，原本應該冬季吃的大白菜，大夏天也能買得到；原本該大夏天吃的茄子、豆角，大冬天也能吃上，所以她以前在農村的那點生活經驗早被搞混了。

她只知道，夏天的蔬菜種類最多，茄子、辣椒、番茄、豆角、黃瓜、空心菜最常見。以前奶奶種得多，從來吃不完，能醃製曬乾的會留一些，不能的都直接扔掉了。

但有一點她敢確定，這些雜生的菜苗，就算沒人管，也會真的開花結果。

以前她住的那個社區，有幾塊閒置的花壇，鄰居們扔垃圾時，時常有人會掉落一些種子。比如吃過的西瓜皮，裡面肯定會有西瓜籽；比如沒吃完的半顆番茄，甚至有爛掉的紅辣椒。過段時間後，它們就頑強的生根發芽了。

她清楚的記得，那都已八月末，某天她突發奇想，就移植幾顆粗壯點的苗回來種在陽臺的花盆裡。沒想到，她也沒怎麼照顧，不過是澆點水，它們卻都長得非常好，最後也全開花結果。尤其是辣椒和番茄，都長成功了，那自然變紅熟透的番茄相當好吃，以至於後來她根本就不想買番茄吃。

只有西瓜因為土太少，無法鋪開藤蔓，結的果很小。她摘一個試吃，發現雖然那西瓜才拳頭大小，居然都紅了，還很甜，要是土壤多，說不定那西瓜會長得很大也不一定。要知道，她移植回來的這三株苗，絕對不是按其本身的生長季節，不過那時在南方，天氣熱，應該也是成功的一個條件。

現在，天氣正在變暖和，很符合這些雜生菜苗的生長週期。反正天氣暖和，這些作物生長就會快一些，她一點也不擔心什麼時候該種什麼菜，不可能出大的差錯。

第二天，她和大郎兩個人把菜種子分給另外兩家，一股腦將辣椒、黃瓜、茄子、豆角全種了下去。

這時節天氣是一天一天變暖和，外面的世界簡直一天一個樣，貓了一冬的野草嘩啦啦全鑽出來，四周的樹木也開始抽芽吐綠了。一時間，滿眼都是綠色，春天的味道明顯變足。

種完菜，地裡活也不多，辛湖在挖野菜時，連根挖一些野韭菜回來栽在自家的菜園裡，希望能培育出家韭菜來。韭菜這東西，生長週期極長，割了一茬過段時間又長了，都不用特別種，是菜類中她很喜歡的一種，還可拿來攤餅做韭菜盒子，用處大得很。尤其在這個缺少糧食的地方，多幾樣菜，就能省些糧食出來。

謝姝兒和劉大娘自然也學她，大家都在菜園裡移植一寸見方的野韭菜。不管能不能成功，就當是做個實驗罷了，反正在這個地方生活時間長了，自然也能從別處弄到韭菜種子回來自己種。

最近大家都跟著辛湖學會了攤野韭菜餅吃，大家都愛吃，三家人天天都少不了一頓野韭菜餅。但天天吃、頓頓吃，再好吃的東西也會膩。

他們這片地方，除了蘆葦林，荒野空地也不多，能開荒墾田的地方都較遠，像以前他們去過的小山坡等地，還能開幾塊荒田出來，附近就沒什麼好地方了。畢竟蘆葦靠水邊生長，這一整塊地方其實就是一大片濕地，就算開出田來，水一漲也全淹了。

幸虧這些空地都長滿野菜，最多要屬野芹菜了。可惜的是，野芹菜可不像野韭菜可以攤餅或直接炒來吃，一頓半頓還行，天天吃，就沒幾個人喜歡了。畢竟野芹菜的味道可比家芹菜味道重，以前她可都是拿臘肉炒野芹菜，野芹菜只能當配菜使用，要是不放肉炒，這玩意兒真不好吃。

但現在她們哪來的臘肉？甚至連炒菜的油都沒有！清水煮芹菜，實在是沒人嚥得下去。她只得轉移目光，再弄些其他的野菜來吃。

蘆葦芽出的早，這時候都長得能淹沒腳背了，蘆葦林裡也開始出現野鴨、白鷺等水鳥，眾人的目光全盯在牠們身上了。這可都是肉啊！而且還有可能找到牠們的蛋。

所以，辛湖開始和謝姝兒成天往蘆葦林裡鑽，希望能捉到幾隻野鴨子，又或者撿到幾顆蛋。但蘆葦林裡到處是水，深處她們也不敢去。就在辛湖發愁時，有樣東西出現在她眼前。

看著辛湖從泥巴裡掏出個黑乎乎的大東西，謝姝兒愣了半天，沒看出來是個什麼東西。

「這個叫蚌。」辛湖說。

大大小小的湖蚌很多，稀泥巴裡、靠近淺水的蘆葦邊，到處都是。

「可以長珍珠的蚌？」謝姝兒眼睛一亮，驚喜的問。

「長不長珍珠我不知道，我只知道可以吃。」辛湖直接選個頭大的往簍子裡扔。

珍珠這玩意可遇不可求，誰知道這裡的蚌長不長珍珠啊？這裡蚌這麼多，要是珍珠那麼容易長，以後光是珍珠都賣不完了。就算是現代，珍珠也是貴重物，在這古代就更不用提了，所以她壓根就沒把珍珠放在心上。這時候，弄飽肚子才是最重要的事情。

「這玩意兒也能吃？」謝姝兒瞪圓了眼睛，驚訝的問。

「當然啦！好吃呢，像肉一樣。」辛湖說。

每年春天吃蚌，在她家鄉是很平常的事，菜市場有賣，就算不會弄，人家也會幫忙開蚌取肉，非常方便，她小時候在農村，都是自己破殼取肉的。那專業的人就是俐落，一把薄刀沿蚌中間的縫切下去，就把蚌殼弄開，然後用力一掰，露出整個蚌肉，最後用刀一劃，蚌肉就取下來了。

兩人各撿大半簍大蚌，連簍一起放在水邊先吐吐髒泥巴，準備養上幾天再吃，比較乾淨。

謝姝兒因為是第一次知道湖蚌能吃，回去自然要大肆宣揚一番，大家聽了都很高興。多一樣吃食，還聽說味道像肉，這下大家都不用怕餓肚子了。畢竟家裡的糧食再怎麼省也快吃完，現在就只能等江大山他們帶些糧食回來。要不然，再找不到吃的東西，就真的只能以野菜充饑了。

看到蚌，大郎卻皺著眉，不解的問：「妳們光撿蚌，就沒撿到泥鰍嗎？泥鰍要比蚌好吃得多。」

春天的泥鰍很肥美，他一點也不想吃蚌，因為他以前吃過，難吃得要死，實在沒辦法了才吃的。蚌肉有股土腥氣，吃到嘴裡咬都咬不動、撕都撕不爛，當時大家為了果腹，完全是囫圇吞下去的。

「泥鰍雖然好，可家裡無油少鹽，弄回來還不是清水煮，能有多好吃？」辛湖反問。

別說她沒弄到泥鰍，就算弄到了，也沒有調料，她可不知道該如何煮來吃呢？不過大郎這話倒提醒了她，過段時間可以去水淺的稀泥巴地裡挖挖看，應當也能抓到不少泥鰍和鱔魚。這兩樣可是好東西，當然也要弄些回來吃。在現代泥鰍、鱔魚根本沒有野生的，都被人吃光光，後來全靠養殖。

大郎被她一句話問得臉色發青，心虛的低下頭。這幾天罈子裡的糧食已經見底，野韭菜餅裡摻的野韭菜越來越多，麵越來越少，但這樣節省，還是剩沒幾把麵。估計最多三天，所有人就會完全斷糧，他卻一點辦法也沒有。

看著大郎的樣子，辛湖就知道這傢伙又在自責了。其實他也只是個孩子，不該背負這麼多責任，再說糧食也不是他一個人吃完的。

辛湖連忙對他說：「你不用擔心啦！蚌肉其實很好吃，明天我弄一鍋讓你們先嚐嚐。」

「就是，大郎別想那麼多了，說不定明天你舅舅他們就帶著糧食回來呢。」大家見他臉色不好，紛紛勸道。

「大郎，你要相信阿湖的手藝啊，她說好吃，肯定就好吃。」謝姝兒身為辛湖的腦殘粉，連忙大叫起來。

「就是、就是，只要阿湖動手，就沒不好吃的東西。」劉大娘也笑道。

大郎整理好自己的表情。「我相信妳。只不過光靠蚌也不行啊，明天還是得去遠處山坡上看看有沒有野兔子？實在不行，掏些鳥蛋也好。」

第二十八章

大郎不想再乾等下去。這幾天吃的菜太多，肚子餓得快，半夜他都會餓醒，再這樣下去，等不到舅舅他們回家，大家怕是都會餓壞了。

「嗯，明天我和你一起去。」謝三開了口。

謝家的情況稍微好一點，雖然也一樣沒糧食了，但是謝家還有些糖和紅棗，一人一天還能喝一杯糖水補充一下。尤其是阿土，現在每天一杯糖水，再加幾顆紅棗，可比陳家的幾個孩子營養要好；而且他們家有油，菜可以炒一炒再吃，比水煮耐餓。

而陳家，除了還剩下的一點鹹肉之外，基本上都是開水燙菜，再拌點鹽就吃了。小石頭家的情況也比陳家好，但張嬸嬸要給小初八哺乳，家裡的東西大半都要進她的口，劉大娘和小石頭也只能吃野菜，所以大郎才會這麼著急。

「我也跟去吧。野兔子可精明，跑得快，多一個人總有保障些。」劉大娘連忙說。

「唉，他們怎麼還不回來？」謝老夫人嘆了口氣，說。

「娘，他們上次有經驗，這次應該不會太慢回來的。」謝大嫂安慰著，心裡卻沒個底。這裡如此偏僻，出去一次不容易，況且外出包袱輕，速度快，回程若帶著糧，那自然就更慢了。

眾人說完正事後都散了。各家回去煮些野菜，糊弄一下肚子就歇了。

第二天，辛湖把家裡最後一點麵全掏出來，摻了大半的野菜，總算是攤出六個餅。大郎只吃半個，帶上剩下的一半，就和劉大娘、謝三一起出門。

大郎還帶上自己做的彈弓，希望就算打不到兔子，打到幾隻鳥也行。吃肉總比吃菜更能弄飽肚子一些，天天吃野菜，腸子裡油水缺得很。

他們走後，辛湖找謝大嫂、張嬸嬸她們一起殺蚌，先把蚌肉挖出來。她可沒太指望大郎他們出去能弄多少野味回來。畢竟附近盡是些小山坡，誰知道野兔子多不多？就算多，也跟劉大娘說的一樣，野兔子跑得極快，除非用弓箭，還有什麼方法可以射殺牠們？就靠大郎的彈弓，勝算可不大。

辛湖先示範著挖了三個蚌，然後開始手把手的教張嬸嬸和謝大嫂。

「妳們小心點啊，不要把殼弄破了，會割破手的。」辛湖先提醒她們。

兩人最近也經常下廚，用刀是很麻利，但挖蚌卻顯得有些蠢笨了，不是刀下重，把蚌殼都弄破，差點割到手，就是力道輕了弄不開。好不容易把蚌殼打開，但那蚌肉卻被她們割成幾塊。如此這般，一個人弄了四、五個之後，她們總算慢慢熟練起來。

辛湖鬆了口氣。這要是全靠她一個人挖蚌肉，她可真要哭了。人多手快，這幾天又是半餓著肚子，今天她可是想準備弄一大鍋蚌肉，好好安慰一下自己的肚子呢。

三個人把昨天撿的兩大半簍子蚌全挖開，一人弄出一小盆蚌肉。

謝姝兒睜大眼睛，愣是沒發現一顆珍珠，失望的說：「怎麼沒珍珠啊？」

「想的美，野生的珍珠可不多。妳沒聽說過嗎？想要得到珍珠，要先種珠呢。」謝大嫂笑罵道。

「唉喲，不是有野生的嗎？還有好大顆的呢！」謝姝兒不甘心的反駁道。

「那是可遇不可求的。我們以後天天吃蚌，看能不能找到一顆半顆啊。」張嬸嬸也笑了。

幾人說說笑笑間，處理好蚌肉，辛湖又叮囑她們。「先拿回去用清水煮煮，再拿出來切塊，加入鹹肉一起燉，多燉會兒。」

雖然辛湖說的方式很簡單，但張嬸嬸和謝大嫂卻都怕自己煮不好，一致決定跟她回去，先看她做一回再試。

於是大家就跟著她回來了。

其實蚌要弄得好吃，有幾個竅門：一是把腸泥清洗乾淨，要不然就會有泥和土腥味；二是要煮久一點才能燉爛；三是調料要足。辛湖最愛的是紅燒，和加鹹肉燉的湯。蚌的吃法，很多種多樣。

為了讓大家明白蚌肉好吃。辛湖第一次做了蚌肉鹹肉燉湯。煮過的蚌肉起鍋先切塊瀝乾，然後切幾片鹹肉。這次辛湖切的鹹肉片比往常還多兩倍，畢竟家裡沒有油，只能多放一點肉。

燒熱的鍋裡先放鹹肉炒出油來，再把蚌肉加進去一起翻炒一會兒，並摻一點大醬給蚌肉上色，然後加水，一起放入砂罐裡慢慢燉。

「要燉久一點，直到燉爛了，起鍋時加點野芹菜當調料，再加一大把新鮮的薺菜下去，就可以吃了。」辛湖說。

「好，我知道怎麼做了。」張嬸嬸和謝大嫂其實已經知道這道菜肯定好吃，因為這時已經聞到香味。

沒一會兒，平兒、大寶和阿毛回來了。三個孩子吃肉又喝湯，簡直連舌頭都快要吞下去了。這蚌肉、鹹肉，可是難得一頓大肉啊。

「太好吃了！」平兒大叫道。

大寶和阿毛只顧埋頭苦吃，連話都來不及說。兩人正在長身子，這幾天可把他倆餓壞了。

這裡的湖蚌很肥大，鮮美至極，辛湖也挾起蚌肉狠狠吃起來。味道真不錯，比她以前吃過的都好吃，肉質很鮮嫩。

大郎、劉大娘和謝三在附近的林子裡轉悠著。兔子還真沒遇上，不過山坡樹林裡鳥還不少，真讓他掏了幾個鳥蛋，只是鳥蛋就一點點大，全煮了也不夠一個孩子吃飽。

「怎麼辦？」大郎急了。

「慢慢來，我們再走深一點。」謝三小聲說。

最後，他們還真在一片小草地發現兩隻兔子。謝三伯屏息瞄準，兩顆石頭扔過去，直接砸暈了兔子，大郎的彈弓根本就沒派上用場。

「還得再弄一隻才行。」謝三笑了，把兩隻兔子扔給大郎，又繼續往裡找。

只可惜，這片林子就那麼大，除了這兩隻兔子，他們沒再見到兔子，不過野蘑菇倒是摘了不少。兩隻兔子處理好後，一家也能分約一斤肉，再加上野蘑菇也能燉一鍋，夠大家開開葷了。

成果不算好，但也聊勝於無。三人心底多少有點失望，結果他們一回來，出乎意料地聞到了那香得他們簡直不敢相信的肉味。

「什麼東西這麼香？」大郎不敢相信的問。

「當然是蚌肉啦。」辛湖說。

「快來吃！大哥，好好吃。」平兒大叫著，甚至都沒發現大郎手中的野兔子。

餓極的大郎一口氣喝光一碗湯暖胃，才開始挾蚌肉吃。

「唔，真不錯，妳怎麼能弄得這麼好吃？」大郎不解的問。

「嘿嘿，這可是天分哦。」辛湖得意的笑道。

那頭謝老夫人喝過蚌肉湯後，滿意的說：「姝兒，妳們真是幸運，能遇上阿湖這個小師傳。妳們說，她怎麼就這麼聰明呢？什麼東西到她手上，都成了美味佳餚。妳們要是能學個三、四成本領，就了不得了。」

「那是，我們不正學著嗎？」謝姝兒笑道。

「妳這個好吃鬼就會吃，這手藝可得好好學，以後都可以代代傳下去了。」謝老夫人笑罵道。

「就是，我們這個小師傅實在太厲害了。這個師傅拜得值，太值了！」謝大嫂滿意的說。她也沒想到辛湖會這麼厲害，而且教她們也一點不藏私，都是手把手的教。

「嗯，妳們以後對那孩子好點，沒爹沒娘，人家孩子還能把日子過得一絲不錯。我只恨姝兒不是個男子，要不然就把阿湖娶到家裡來，可惜阿土又太小了些。」謝老夫人無不遺憾的說。

「哈哈、哈哈，真是笑死人了。就算我是男的，可也比她大太多了吧？」謝姝兒大笑起來，謝大嫂也被婆婆的話弄得差點笑岔了氣。

「那也是，妳這年紀都趕得上兩個阿湖，也沒見妳有她一半能幹啊。」謝老夫人嫌棄的看著女兒，顯然恨不得辛湖才是她女兒。

「得了，您這就是嫌棄我，我去撿蚌了。今天再多撿些，明天好再燉來吃。」謝姝兒轉身去找辛湖，哪還顧得上和她娘貧嘴。

吃飽喝足的大郎，看了辛湖幾眼，裝作不在意的說：「我們出去弄了兩隻兔子，只能三家分，妳去切一下。」

「喲，還真弄到兔子啊？」辛湖樂了。有別的肉吃，誰不高興啊？

「還有些野菇，妳看要怎麼弄來吃？」大郎又說。

「野蘑菇嗎？會不會有毒？」辛湖嚴肅的問。

大郎瞬間黑了臉，皺眉瞪她幾眼，才說：「有毒我帶回來幹麼啊？」經過他和謝三、劉大娘的確認，哪會把有毒的菇帶回來吃。辛湖怕有毒，難道他們就不怕有毒嗎？

「哦，那就好，我可認不得有毒沒毒呢。」辛湖鬆一口氣，喜孜孜的去處理野兔肉。

讓平兒和大郎把分好的兔肉給另外兩家送去後，辛湖看著這還剩下約一斤的兔子肉，打算就弄道野蘑菇燉兔肉。

省糧省了好一段日子，大家的肚子都是無底洞，天天都沒吃飽，晚上的一鍋蘑菇燉兔肉，每個孩子都吃掉了一整碗，又喝了一碗湯。

平兒還幸福的感嘆。「今天可比過年都吃得好，一連吃了兩頓肉。」

大寶和阿毛也是邊吃邊點頭。他們年紀小，吃肉其實並不太容易咬得動，但兩個小孩也明白，家裡是難得有頓肉吃，都鼓足了勁動腮幫子，仔細慢嚼著。

一家人解決掉一鍋的兔肉蘑菇湯，都打起嗝。大郎見了說：「好了，你們幾個去外面玩一會兒，今天一下吃多了肉，積食了可不好。」

阿土和大寶一聽，立刻興沖沖的往外跑。雖然屋外有點黑，但這個小村子，又在自己家門口，也不用害怕有生人。

果然，兩人才到門口，就見到謝老夫人帶著阿土過來，而後劉大娘也帶著小石頭來了。兩家人都一樣，一口氣吃了兩頓肉，都怕孩子積了食，帶他們出來玩玩消消食。

謝老夫人和劉大娘說著閒話，幾個孩子在一起玩鬧一陣，才各回各家。

謝公子和謝五兩人又挑又揹的，帶著一堆東西，艱難的行走在山間小道上。兩人以前可真沒自己出力揹這麼多東西，只覺累得慌。

江大山一個人在附近轉了一圈，打到五隻肥兔子。他把五隻兔子都處理好，直接掛在樹上晾曬，結果兩人還沒回來。他等得心焦，又怕他們出事，就找個地方把糧食藏起來，再把兩匹馬藏到另一山坡處，繫在樹上。然後他才騎了馬，又帶著一匹馬，往城裡來接人。

不過他也不敢直接帶著兩匹馬進城，就遠遠在進城的岔道口等，打算要是到天黑還不見兩人出來，再偷偷進去。不過才等一會兒，他就遠遠的看到謝公子二人了。

「哎喲，幸好你來接我們，要不然一直挑這擔子，累死我了！」謝五見到他，立即扔下東西，坐下來喘著粗氣。

「我就是怕你們出事才來接的。」江大山說。他還擔心這兩人出不來，搞半天，他們是因為負重太多才走得慢。

「其他東西呢？」謝公子見他空著手，問。

「我都藏好了。」江大山說著，接過他們的東西，往馬背上放。

「那籃子裡全是包子、饅頭，還有一包滷肉。」謝公子告訴江大山，讓他自己拿出來吃，他今天和謝五兩人已經填飽肚子。

「怎麼買這麼多包子、饅頭？」江大山好奇的問。買這些東西，還不如多買一包麵實在。

「不敢買太多糧食，而且我們也揹不多那麼多啊。」謝公子答。

「今天沒遇上什麼奇怪的事吧？」江大山瞭然，又問。

「沒。如果不帶馬，又挑著柴來賣，兩個人買這些粗糧，沒人會多注意。」謝公子說。

「這麼說，我們下次乾脆挑著柴、提著獵物，不帶馬，再來買東西。」江大山說。

「呵呵，行是行，但累人啊！如果帶著馬，別說百來斤，就是千來斤也不在話下。」謝五笑道。

身上少了負重，三個說說笑笑，心情極好的往回走。

第二天接近傍晚，他們居然又發現不遠處一個小山頭，有一群野豬在悠閒的進食散步。

「快！野豬。這次我們弄兩頭大的帶回去。」謝五驚喜的說。

「一頭都不能放過。」江大山說。別說謝五想吃肉，他也一樣想。家裡孩子們哪個不饞肉啊？成天野菜煮水、水煮野菜，哪能飽肚子？現在看到成群的野豬，哪裡會放過這大堆的肉啊！

三人準備一下，悄悄摸過去。在這片荒野處，一向沒有天敵的野豬，根本還沒反應過來就中箭，瞬間掙扎起來，搞出不小的動靜，但戰鬥很快結束，三人果然弄到了兩頭最肥大的野豬。

野豬不斷嚎叫掙扎著，江大山被吵得煩，最後乾脆一刀結果了牠們。

「我們直接處理好，帶淨肉回去還輕鬆些。」江大山說。

「是咧，把肉分割開放進罈子裡。我應該買幾個大罈子的。」謝公子笑道。他買的罈子都不大，原本是準備用來裝鹹菜，做泡菜用的。一個罈子最多是十升的容量。

附近正好有水源，三個人直接就地處理野豬，將野豬身上不要的部分，全部挖坑深埋起來；能要的部分就分割成塊，直接裝入買回來的罈子，把幾個罈子全裝滿，再撒上鹽醃著完事，這樣不怕肉變壞，又節省空間。最後再把他們搞亂的地方收拾一下，將血跡什麼的都清乾淨，搞完這一切，天都暗下來了。

「天快黑了，今天晚上我們直接歇在這邊。」謝公子說。這一番忙碌，大家也累了，懶得再挪回大路去。

「我們今天烤野豬肉吃啦？」謝五說。

江大山和謝公子都點頭。有這麼多肉，當然可以先犒勞一下自己嘛。

於是三人烤了一大塊野豬肉，又烤三個饅頭，飽餐一頓。

「太好吃了。」謝五摸著肚子、打著飽嗝，動都不想動。

「我們在這邊大吃特吃的，也不知道家裡人怎麼樣了？」謝公子有些擔心的說。

「就是，我們出來至今也有七天了，明天得一鼓作氣的趕回家。」江大山說。他們出門時，家裡就剩那麼點糧食，再不回去，怕就得真正斷糧了，大家恐怕要完全靠野菜充饑呢。

「快點睡，明天早些起來趕路。」謝公子嘆口氣，說。

睡到半夜，謝五因吃得太多起夜方便，無意間居然發現遠處他們本來走的那條路上，有好多個黑點在移動。他揉了揉眼睛，借著月光，發現那裡竟然有一隊人馬飛奔而來，但馬蹄上可能包覆起來，居然沒聽到多大動靜。

「公子，醒醒；江大哥，醒來。」謝五小聲的叫著，搖醒江大山和謝公子。

三人連夜收拾東西，把物什往馬背上綁好。他們的馬本就訓練有素，半夜被弄醒，也沒發出多大動靜。

「這些人是幹麼的？又是從哪裡來的？」謝公子問。雖然離得遠，但今晚都快十五，月亮很亮，這隊人馬一看就是兵壯馬肥，極有可能是軍士。

「看他們的樣子像是往城裡去，怕是去報信，或者去打前哨議事的？」江大山皺眉，語氣有些迷惑，看著他們漸漸消失在起伏的山路上。

「幸好我們偏了道，跑到這邊來休息，要不然在正道上就會碰個正著，還不知道會出什麼事呢？」謝五慶幸的說。

「我們得感謝野豬了。」江大山笑了笑，打斷這沈重的氣氛。

「嘿嘿。」想到野豬肉的美味，謝五不禁悶笑幾聲。

三人一路急奔，黎明前又歇了會，等天亮再出發。這時路上能清楚的看見他們留下的馬蹄印，而前頭那夥人跑過，因為在馬蹄上包了東西，並沒留下明顯的足印，只能從那些踩倒的草上，依稀看得出來有人馬踏過。但這些痕跡過個兩、三天，就會消失的無影無蹤了。

「他們這麼小心幹麼？」江大山不解的問。

「會不會是亂黨的聯絡人？」謝公子提出一個大膽的設想。

「亂黨？」江大山不敢相信的反問一句。

要真有亂黨，太平日子就更加不敢想了。本來就已經夠亂，到處是逃荒的流民，再加上亂黨乘機而起，只怕就要改朝換代了呢。

「我也只是說說。當亂黨做那改朝換代的事，也沒那麼容易。」謝公子反過來安慰道。

雖然他們已經脫離了朝堂，但多少也有些消息來源，至少他們離開家鄉時，還沒聽到什麼風聲。況且他們離開家鄉上京，也不過是藉著災民作亂的名義，一來是為了去京裡談姝兒的婚事，二來他已成家生子，不需再遠離朝堂當個不問時事的富貴閒人。畢竟他學得文武藝是要賣與帝王家，要不然，他又何必天天刻苦學習，苦練功夫呢？

可是，江大山已經從一些跡象中，發現這個說法的可信度。

謝公子本就是聰明人，見江大山一直在思索，心情也跟著沈重起來。

「到了，總算到了。」謝五歡快的聲音打斷江大山與謝公子的沈思。

原來他們已經回到三岔道口了。

「我們先四下看看。」江大山說著，率先下了馬。

第二十九章

三個人分開沿著三條道路，分別往前走約一里地。他們仔細觀察後，確定另外兩條路也一樣有快馬跑過。除了中間那條明顯像是官道的路，馬蹄印很清楚的留下來，其餘兩條，包括他們走的這條，馬蹄肯定被包住，只留下一些不仔細查看就無法辨別的淺淺印記。

不過正中那條路，那座橋已經被他們燒毀，不知道那些人怎麼過河？

「他們很小心，也不知在搞什麼鬼？」江大山說。

「你們說，中間這條路上的人，被河水阻擋腳步後，會轉向哪裡？」謝公子問。

「還說那麼多做什麼？要是跑得快，他們都該回來了，與他們碰上可不妙。」謝五說。

「嗯，我們是要快點離開這裡。不過我們也可以給馬包上馬蹄，不讓人發現我們的行蹤。」江大山提議。

「是要小心點。把這裡的痕跡也弄亂吧！」謝公子點點頭，很贊成江大山的提議。

三人牽馬在這三條路上猛轉幾圈，路上留下一地雜亂的馬蹄印，希望能擾亂別人的視線。然後在進入蘆葦村的那條道上，他們用粗布包好馬蹄，儘量不留下足跡。

然而走到那條被水淹了部分的小路時，馬蹄雖然包住了，但因為踩在濕地上，依舊能留下清楚的痕跡。

「怎麼辦？」謝五問。

「不怎麼辦。只希望下場雨，水漲起來，這條小路就完全消失了。」江大山搖搖頭。他們總不能飛過去吧？要是乾的路還能想辦法，這水一泡，地都成了稀泥，不留下馬蹄印才怪。

謝公子看著如此清楚的足印，沈思片刻，說：「有辦法了，我們去砍些樹枝墊上去，等馬過去後，再把樹枝收走。」

「但砍掉樹枝，樹上不也有痕跡留下來嗎？」江大山反問。

「哦，那就去弄些小樹枝或茅草等物。」謝公子腦子轉得快，很快就又想出對策。

三人在隱蔽處割了幾捆枯茅草，再加一些新鮮的樹枝，粗粗弄了幾個類似墊子的厚草席，扔在路上，讓馬踏過去。謝五跟在後面，邊走邊撿。這樣雖然也有一些痕跡，卻不像先前那樣清楚。雖然消耗不少時間，效果還算顯著。

等他們走完這段涉水小路到達小山坡時，路面就變成乾的。三人在此地休息一會兒，重新再拿乾布綁好馬蹄，順便把滴水的柴草也帶上，才往村子裡去。其實這裡離村子還很遠，路還七彎八拐的，不熟悉地形的人，真的很難找到蘆葦村。

雖然這時節不比冬天，四處都是厚厚的雪，一眼看去都差不多。現在這個季節，原本被冰雪掩蓋的小河、小溝、小路全露出來。這些路看起來四通八達，最終都會通向蘆葦林，讓人迷失在裡面。

當初謝家人就迷失在蘆葦林裡，轉了三天都沒轉出來，那可是冬天，蘆葦林裡還算安全，有水的地方都結了冰，有路可走。這要是夏天、秋天，四處是水，蘆葦林又長得更茂盛，加上四周小路上野草也瘋長起來後，很多小路又被遮蓋住，想轉出來就更難了。所以這蘆葦林可說是蘆葦村的一道天然屏障。

一進入蘆葦村範圍，三人就發現了熟人。謝姝兒正和大郎、辛湖、劉大娘在割野菜呢。

「大郎，我們回來了！」江大山大叫一聲。

看著明顯滿載而歸的三人，所有人都扔下手中的野菜籃，歡呼起來。

「哇，買了這麼多糧食啊！」大家圍著馬兒直叫喚。看著這些糧食，個個都口水直流。

「終於有飯吃了。」辛湖長長的吐出一口氣，笑道。

他們要是再遲幾天回來，或者還帶不回糧食，她都覺得自己要支持不住了。雖然弄了肉，但天天沒吃主糧，她那胃就像無底洞似，無論吃多少總覺得沒飽，而且還餓得快。

「來，餓了吧，先一人吃幾塊點心墊下肚子，回去再熱包子饅頭吃。」謝公子看著他們，連忙說。

看到一大籃包子饅頭，還有各類點心，謝姝兒開心的差點要跳起來。這幾天可把她害苦了，雖說家裡燉蚌肉還能讓大家吃飽，但每個都饞糧饞得慌，心裡也害怕哥哥他們這回還是弄不到糧食。此刻見到這麼多糧食，籠罩在眾人心中的陰影立刻消散了。

謝公子翻出點心，給每人分幾塊，大家立刻迫不及待的吃起來。說實話，這些點心並不算多好，但人人都吃得津津有味。大夥兒邊走邊吃，說笑著回村裡，一路上熱鬧不已。

回到村裡，其他人看到他們這大包小包的，也興奮得不行，就連謝老夫人也有些控制不住自己的情緒。這幾天要不是辛湖弄出來的湖蚌肉，所有人真的只能光吃野菜充饑了。一村子的人，真正曾過苦日子的可能只有平兒一個，要真是天天靠清水煮野菜充饑，怕是全村人都要餓倒下。

「好，總算回來了。」謝老夫人眼角微濕，聲音都有些發抖。

三人總共帶回來八百斤糧食和兩頭野豬。

劉大娘家和大郎家分得稍微少一點，謝家都是青壯年人，分得多些。所以謝家三百斤糧，另外兩家各二百五十斤；野豬肉謝家分到約五十斤，另外兩家各得約四十斤；帶回來的點心、包子、饅頭類，一家都分有十多斤。鹽醃肉用掉約兩斤，剩下謝家分到十斤，另外兩家各得八斤；油一家各得一罈。

然後就是雞蛋，一半直接撥給張嬸嬸，畢竟她要哺乳；其他雜七雜八的粗食雜糧，各家也都分了些。剩下的一對籮筐和大背簍則直接留在謝家，只有他們家青壯勞力多，用得上這麼大的工具。

各家分得的這些糧食，若是省著點吃，足夠吃上幾個月了。

江大山買回來的那塊花布，自然是給辛湖一人用了。另外的一大疋布，整個村子的男孩都用得上。謝家人自然不需要，阿土的衣服夠多；張嬸嬸也沒要多少，小石頭的衣服也還夠，她只需要一些布給小初八做兩身衣服。

剩下的布足夠給平兒、大寶和阿毛每人做兩身單衣，只不過做衣服這活兒，完全不能指望辛湖。

布一拿出來，劉大娘就已經和張嬸嬸、謝大嫂討論該如何做了。

「這布還不錯又耐髒，給孩子們做衣服使得，布料也軟和。」劉大娘說。

「嗯，別說小子們可以用，其實還能裁些下來給阿湖配衣服。光一塊花布，還是得插點其他布色，更好看一些。」謝大嫂說。

「是的、是的，要一整身都是花的，也太鬧眼睛。」張嬸嬸在辛湖身上比劃一下，也非常贊同謝大嫂的說法。

女人們全擠在一塊討論怎樣做衣服，就連謝姝兒也在一邊湊熱鬧。辛湖看著這塊花布，心裡一點也不喜歡。實在太花了，真要做上一整身，從上到下都這樣的花，她完全不想穿出門。

可是江大山顯然覺得小姑娘家就該穿花衣服，還特意挑顏色鮮亮的買回來。辛湖恨不得好好同江大山說說，這布太花了，幹麼不買素淨的布就好？

但這話她可不敢直接說。再說人家好心好意地討論給她做衣服，她也不好表現出不喜歡，況且她是真的沒單衣，夾衣還可以拿大人的去改，但單衣、裡衣還是另外做比較適合。

她只得裝出開心的笑容，說：「謝謝大家啦。」

「我們好好幫妳做幾身衣服。」謝大嫂笑道。

「就是，包管讓妳滿意，給妳做幾身好看的衣服。」謝姝兒說。

辛湖假意與她打鬧著，卻豎直耳朵聽一邊謝公子他們說話。

「我還買了些筆墨紙張，閒暇時，也該讓孩子們識點字了。」

「太好了！」大郎高興的叫出聲來。沒有筆紙，平時連記個什麼都沒辦法，前幾天他還在後悔沒和舅舅說聲，讓他順手帶點紙筆回來，沒想到他們主動帶上。

「瞧你高興的，你以前學過嗎？」謝五順口打趣道。

「當然學過，我以前可正經啟過蒙，上了兩年學呢。」大郎脫口而出的話，讓大家愣了片刻。他們不知道就這三戶人家的村子還有學堂？又或者是附近還有學堂？

「以前我們家請了位夫子，我天天都讀書寫字，後來家裡窮請不起，他就走了。」大郎驚覺說溜嘴，連忙又加一句話。

「不怕，以後我們再請個夫子來，孩子們多，完全可以開個學堂呢。」江大山安慰的說。

「我可不可以也上學？」辛湖感興趣的問。

她是沒想當個才女，但她在現代怎麼說也是個大學生，可是上過十幾年學的人，別的不說，字總認識不少吧？詩詞歌賦總還記得一些啊。讓她學，她才可以光明正大的記記帳、寫寫字、看看書啊！要是家裡有書，她早就翻看起來了，搞得她現在像個睜眼瞎，什麼事也不知道。

「那是當然，我們可不興女子無才便是德。不讀書識字，連個帳都不會看，怎麼行？只不過我們女子不需要科舉，不用像男子那樣學寫文作論。」謝老夫人笑道。科考方面的功課，女孩子自然是不必學，但啟蒙的一些知識，男孩、女孩都差不多。

「阿湖，他們要是不教妳，我可以教妳啊。」謝姝兒得意的笑道。這回她總算找到一樣辛湖不會，她會的事情了。

謝公子剛想說妹妹不要誤人子弟的話，謝大嫂就打趣道：「妳給阿湖啟蒙是沒問題。不過吟詩作對妳就不行了。」

謝姝兒臉紅。她從小就愛武不愛文，讀書時都是能混就混；再說女孩子讀書，也不必像男子讀書那樣正規認真。大戶世家、權貴家族裡雖說會請個女夫子來教姑娘們學習，也不過是各方面涉獵一些。

女孩們啟蒙後，讀的首先就是女四書，然後又有女紅，還要學些琴棋書畫。學這些知識，並不是讓女孩們才名遠播，主要是讓她們學會為人處事、治家、孝敬父母長輩、相夫教子等等，不過是讓自家的女孩們有些才名在外，稍稍幫助婚事而已。

那些世家大族的當家主婦哪個不是要能文識字，管理一大家子的庶務，這其實很需要一些頭腦，若不識字，完全靠死記總有記不住的細節，很多東西她們也一樣得用筆記下來。甚至女孩們在閨閣中也有些活動，會跟著家裡女性長輩出門參加各種宴會。到時女孩們聚在一起，總要談論些什麼吧？像詩會什麼的也不在少數，若不識字、不念書，這種場合該怎麼辦？

謝大嫂她天資聰慧，汪家是書香之家，她父親本身又是個大儒，所以她學識相當不錯，要是女子能去考科舉，估計她中個秀才完全不成問題，其父都經常嘆息她是個女兒身，要不她也能弄出一番名堂來。但這都是家人在內宅說的話，女孩子要是這種才名太過，世人並不喜歡，外人只知道汪家的女兒們知書達禮，是挑兒媳的重要人選。

「這麼說，謝大嫂肯定會啦！」辛湖立刻轉移目標，拉著謝大嫂又說：「我要跟妳學。」

「這個小機靈，真正是識貨人。」眾人哄堂大笑起來，把謝姝兒鬧了個大紅臉。

「哼，阿湖，我大嫂吟詩作對可比我大哥還厲害，教妳啟蒙也太浪費些。而且我大嫂很嚴厲哦，學不好會打手板的。」謝姝兒嘟囔著。

謝大嫂不好意思的瞄了夫君一眼，說：「阿湖這麼聰明，讀書識字肯定也很快。」

「就是，我可是很聰明的。」辛湖裝出一副孩子的自大口氣，惹得眾人紛紛笑起來。

「好啦、好啦，讀書的事也不急於一時。這五隻野兔子也不夠三家分，乾脆今天讓阿湖燒一大鍋肉，咱們一起聚個餐。」江大山的提議，打斷大家的笑鬧。

「好啊、好啊！阿湖弄的肯定很好吃。」大家異口同聲說，說完一屋子人全哄堂大笑起來。搞半天，大家都是吃貨啊。

「哎喲！我們太高興了，只顧著說話，快點回去做飯。」謝老夫人笑道。

天色其實還早，不到做晚餐的時間，但江大山既然說了，辛湖便立即拿兔子肉進入灶房，準備做一頓大餐。

老規矩，劉大娘和謝大嫂回家去煮飯，辛湖只管做菜。難得又一次歡聚，孩子們興奮的東奔西跑，竟比過年都還熱鬧。大家把桌椅板凳都搬到陳家的堂屋裡來。

這回男人們終於可以好好喝一頓了。謝公子在集市上買一罈老酒回來，他沒敢買多，主要是為了多買些糧食。

辛湖自然是先煮一大鍋蚌肉，這是早就清理乾淨，準備做晚餐用的。因為這幾天根本就以蚌肉為主食，所以量非常大，只是今晚有夠多的鹹肉可加，就能把湯燉得更入味，更加鮮美。

蚌肉湯燉上，辛湖想了想，又喊大郎讓他帶幾個小的，去多摘些野菜回來。這麼多人要放開了吃，菜是越多越好。

「幾樣菜都要嗎？」大郎問。

「嗯，多弄些，不過你們記得洗乾淨再拿回來，我直接要上鍋。」辛湖交代道。

大郎點點頭，提著籃子，拿著鐽子和菜刀，轉身帶平兒就走。走出幾步，又覺得光靠他倆怕是趕不及，光挖野菜花不了多少工夫，但清洗乾淨可要花不少時間呢。於是他又把無事幹的謝姝兒喊上，小石頭見狀也跟過來。四個人為節省時間，乾脆騎上馬去挖野菜了。

蚌肉燉鹹肉湯，味道相當鮮美，前面幾天他們只敢多放幾片鹹肉提味，哪能燉出現在這麼濃郁的味道來？最後辛湖又加一大把野芹菜進去，讓鍋內看來更豐富。雖然眼下糧食多、肉也有，但她已經習慣了節省糧食，野菜正當季，能多吃點就多吃點吧。

看著砍成塊的兔肉堆滿一小盆子，辛湖決定做一鍋紅燒兔肉，什麼配菜也不放，白花花的全是肉塊，再加些大醬上色，點綴一點野菇。五隻野兔燒滿整整一大鍋，兔肉才燉一會兒，那香氣就開始四處飄，引得孩子們口水直流。大寶和阿毛兩人不停在灶房打轉，恨不得爬上鍋去看看都是些什麼好東西？

「好啦，馬上就可以吃了，今天能讓你們吃飽又吃好。」辛湖好笑的把他倆趕到前面去。

沒一會兒，色澤金黃、油光發亮的紅燒兔肉就起鍋了。接著她又弄一碗江大山他們帶回來的花生，用少少的油炒出一碗花生米，花生米可是下酒的好菜。接著她就著炒了花生米的油再加入一點乾辣椒、鹽和蔥苗爆香，弄了點醬料。

做完後，正好大郎他們帶著已經清洗乾淨的野菜回來了。她又燙幾大盆新鮮的薺菜，然後把弄好的醬料淋在菜上仔細拌勻，一大盆新鮮、嫩生生的野菜就出鍋了。這道菜可比平時水煮的好吃多了。最後，她又用江大山他們帶回來的那包滷肉，炒一大鍋的野芹菜。

劉大娘依舊是攤了餅子，這次可是純麵的，沒加菜；謝大嫂則燜一鍋純正的大米飯。五道菜全上桌。男人們這一桌自然是大缽裝菜，女人們這一桌就用大碗裝菜了。雖然只有五道菜，但分量十足。特別是鹹肉燉蚌湯，連肉帶湯，每人先喝過一碗後，還剩下一大碗擱在男人們的桌子中間。

「這是什麼肉？湯太好喝了！」江大山一口氣喝光一碗，才問。

「嘿嘿，這個你們不認識吧？好吃吧？」謝三少有的開起玩笑。

別說江大山不知，謝公子和謝五更不曉得，只知道好吃，湯也格外鮮。

「大郎告訴我們吧！這又是阿湖弄出來的什麼好東西？」謝公子笑著問。

「嘿嘿，這是湖蚌。到處都是，多到我們根本吃不完。這幾天，我們天天就吃這個，好吃還管飽。」大郎咧嘴笑道。

辛湖這段時間教會了大家燉蚌肉，三家人可沒像江大山他們以為的那樣真正餓到肚子。雖然蚌肉比不上豬肉、羊肉等紅肉類，但也比光吃野菜要好吃許多，不僅營養，還能飽肚子。

「難怪，現在仔細一瞧，你們個個面色紅潤，我們還擔心你們在家裡挨餓呢！搞半天，你們自己找到肉吃了。」謝五大笑起來。聽到村內有多得吃不完的肉，這可令他太開心了。

第三十章

「阿湖，妳真是我們的小福星啊！連湖蚌也能弄來吃，我以前好像聽過，卻沒見過人吃，自己也沒吃過，沒想到味道這麼好。」江大山說。

「阿湖確實稱得上小福星，這滿地的野菜、野物，就她知道怎麼弄才好吃。沒有她，我們還真要挨幾天餓了。」謝老夫人說。

「大姊最好了，做菜好好吃。」幾個孩子也全跟著起哄。

眾人紛紛誇獎辛湖，弄得她都不好意思了。

不過，怕孩子們長時間沒吃過大葷的腸胃受不了，謝老夫人和劉大娘都沒讓孩子們吃太多肉，只給喝一碗鹹肉燉的蚌湯，再一人嚐兩塊兔肉、兩片滷肉，就讓他們去吃米飯了。

看孩子們還眼巴巴的看著兔肉，江大山好笑的說：「你們也別饞，往後我們再去捉，現在正是野兔子多的時候，容易弄到的。」他們有馬，走稍遠些，山坡大些，自然野兔子就多。

一聽以後還有得吃，孩子們也不執著於桌上的肉了。他們本就吃飽，一哄而散跑出去玩，正好讓他們消消食。這可是全村人第一次實質上的一頓飽飯呢，實打實的肉菜、米飯與麵餅，最重要的是，確定能從外頭弄到糧食，讓大家心中的煩憂煙消雲散。

江大山他們幾個男人喝著小酒、吃著肉，別提多美了。

「阿湖的廚藝真不錯。」謝公子不由得又讚美起來。

「那是，我們有口福了啊。」江大山自豪的說。

「確實。對了，姝兒和妳大嫂，這幾天又學會了新菜式嗎？這湖蚌妳倆會弄了嗎？」謝公子吃著吃著，又問起了功課。

「會了、會了。我們這幾天天天做，還能不會嗎？」謝姝兒衝大嫂眨了眨，又對大哥翻了幾個白眼，才回答他的話。

「那就好，我還怕明天只能來蹭飯呢。」謝公子一點都沒覺得不好意思的笑道。

「你說你，都是當爹的人，也不怕小孩子們笑話。」謝老夫人笑罵兒子兩句，把眾人都逗得笑了起來。

謝公子不以為然，說：「娘，好吃的東西，誰不想多吃幾口啊？」

「那是，我也覺得好吃得很。阿湖，明天還燉啊。」江大山也跟著打趣道。

這頓飯吃得大家都滿意極了，不僅因為有足夠吃的肉，主要是因為米飯、麵餅這些實打實的糧食，大家好久沒放開肚子吃過了。

辛湖反倒沒吃多少肉，而是連吃兩碗米飯，才意猶未盡的放下筷子。這可是辛湖來到這個時代，真正意義上第一頓正經的大米飯。先前吃的不是摻了菜，就是加了糙米雜糧的粥。這才是真正的吃飯嘛！辛湖暗暗嘆息。若天天有這種生活，她也滿意了。上輩子吃慣精糧，要是再頓頓野菜、蚌肉，她可真吃不消。

這頓飯吃到很晚男人們才盡興而散。那大缽大缽的菜都吃光了，飯和大餅也一個不剩。

「真飽啊，太好吃了！」謝三放下筷子，打著飽嗝說。這段日子來，他第一次真正吃飽。

「是的。天天這樣吃，估計我們都要長肥。」謝公子微醺的笑著。

「有酒有肉才叫吃飯嘛。」謝五嘿嘿笑著，嚼著搶走最後一塊餅，還把盤子裡所有殘湯剩菜全倒入自己碗中，做最後的清場。

「嘿，還有酒肉才叫吃飯？我看你每頓都吃得最多。」謝公子簡直被他氣得要笑出來。這傢伙，一桌的肉菜就他吃得最多。這一頓完全是敞開肚子來吃的，每個人都吃得又飽又好，卻沒人像他敢說，有酒有肉才叫吃飯。這年頭，能搞飽肚子已經不錯了。

況且謝五這傢伙的肚子就像無底洞，怎麼都填不滿，連回程一路上，他嘴巴也不停的嚼著點心。說起來，謝五一個人吃的分量，都快夠他吃兩頓了。最後一塊餅，也有二兩，擱在沒糧時，都算一個人一天的飯量。他真想打開謝五的肚子看看，那麼多肉菜飯都裝到哪兒去了？

江大山哈哈大笑幾聲，看著謝五這個活寶搖頭。

「散了散了，早點休息吧。」謝三搖頭晃腦的拉起還在嚼餅的謝五就走。

等大家都回家去，幾個小的也上炕睡覺了，大郎和辛湖還在歸整今天分得的糧食。該裝進罈子裡的要裝進罈子，用布袋裝的還要吊在屋樑上；有些明顯比較陳的米麵要先吃，新鮮的要留待後面吃。還有那些點心、乾果類，也得拿出來一一分好。

「哇，這次不會餓肚子了，可真像過年一樣。」辛湖邊清理邊和大郎說笑。眼前吃的東西可真不少，特別是那些各類的乾果、點心、糖塊，好多都是辛湖沒見過的。不管好不好吃，最起碼能填肚子，別說大寶、阿毛兩個小的有零嘴，就連他們幾個大的也可以跟著嚐嚐。

「說得好像妳天天沒有得吃。」大郎嘲笑她。這傢伙每頓吃得也不少，還一副被餓狠的樣子。其實他自己也跟辛湖有同樣的想法，但嘴上就是不願認輸。餓怕的人，看到糧食都會格外興奮。

「嘿嘿，你今天晚上可吃得不少哦。」辛湖嘿嘿笑了幾聲，又瞄他幾眼。她就是愛看大郎這副小大人模樣，一本正經的小正太，真是太可愛了！

「那是，我可是要多吃點，才能快點長大養你們啊。」大郎也裝出一副孩子模樣，理直氣壯的說，自己卻起一身雞皮疙瘩。裝小孩他實在太不擅長了。

辛湖「噗哧」一聲大笑起來，兩人合力把一包米倒入罈子裡。用罈子裝米保存的時間更長，畢竟這次帶回來的糧食比較多，一、兩個月吃不完。

「笑什麼笑？快點弄完，要睡覺了。」大郎黑著臉，動作加快。但其實他心裡也非常興奮，哪有睡意啊？看著這麼多糧食，他就好似一個窮光蛋突然得到一大堆金子，他簡直不知該如何來形容那種心情了。

辛湖也一樣。摸摸這個點心、聞聞這包麵粉，再看看那罈子米，後來又看著雞蛋流口水，恨不得把這些糧食全抱在懷裡才能睡得香呢。等兩人忙完，家裡的其他人都睡著了。

整個蘆葦村靜悄悄的，躺在床上，辛湖還在想著那小半籃的雞蛋。她穿過來這麼久，總算見到雞蛋，這可是正宗純天然、無添加劑的土雞蛋，在現代哪裡找得到？不過，因為張嬸家有個小初八，分走一半的雞蛋，陳家和謝家也就只各分到二十多個。

現在所有的孩子，包括她自己，營養都不夠。如果可能的話，她巴不得天天每人都能吃一個雞蛋，她相信吃一段時間，大家的身體都會變好些。不過眼下總共就那麼幾個，她的這個希望也不知道什麼時候能實現？

往後一定要養雞，天天下蛋吃。辛湖心裡盤算著如何弄些小雞回來養，又有蛋吃，又有雞湯喝，真是一舉數得。可惜她並不知道如何孵小雞，要不然她就把蛋全拿來孵成小雞了。她只知道小時候，每年春天家裡的母雞都會抱窩孵小雞，之後家裡就有一群嫩黃色的小雞，秋天時牠們就又能下蛋了。

這樣想著，辛湖慢慢睡著了。睡夢中，她夢到自己養好多小雞，然後小雞慢慢長大，一群肥美的小母雞都開始下蛋。最後她居然夢到自己煮一大鍋糖水荷包蛋。只是剛咬一口，就被人搶走。

「我的荷包蛋！」辛湖大叫一聲，猛的坐起來，被自己驚醒了。

被她驚醒的大郎，傻眼的回味荷包蛋這個詞，簡直哭笑不得。他沒想到這小丫頭連作夢都在吃荷包蛋，幾個蛋而已，就把她饞成這樣。

反正雞蛋也不可能存放太久，這天早上，大郎直接讓辛湖弄一鍋荷包蛋當早餐。每人一大碗糖水，但雞蛋只有兩個。

「大姊，妳竟然弄糖水蛋吃？」平兒簡直不敢相信的問。

這可是精貴吃食，他以前只見病人吃過，平常人哪裡吃得到？家裡就算養雞，下的蛋自己家都捨不得吃，全是拿出去賣的，賣了能換點鹽，又把錢攢起來去買別的東西。他長這麼大，還是第一次吃到糖水荷包蛋。

就連江大山也有些吃驚。他還以為辛湖會拿雞蛋做什麼菜，沒想到她倒好，一頓就差點把這些雞蛋全煮完，還加了糖。

糖和油一樣，都屬於貴重物品，如果方便出去買，其實他們也吃得起。關鍵是，在蘆葦村出去一趟不容易，外面世道還不安穩，誰也不知道下一趟再出去，還能不能像這次運氣這麼好，找到個還在過太平日子的縣城，拿銀子什麼都能買回來。

「就這幾個蛋，不快點吃了，天天數著好看嗎？」辛湖說著，自己端了一碗，喝起糖水來。反正她很饞荷包蛋，再說就這麼點蛋，也起不了多大作用。

久違的甜味一入口，就甜到辛湖心裡去。她一口咬住荷包蛋，把裡面還在流動的蛋黃吸到嘴裡，蛋黃混著糖水，滑入喉嚨，美得她嘴角都翹起來了。實在太好吃了！她的味蕾得到極大的滿足。

兩顆蛋很快就下了肚，再慢慢喝光碗裡的糖水，她意猶未盡的舔舔嘴巴，恨不得再吃一顆才好。認真來說，再煮四、五個蛋，她估計自己也能吃得完。

「有這麼好吃嗎？」大郎看她這樣子，簡直有種雞蛋是天下第一美味的感覺。說實話，他並不太喜歡吃雞蛋，小時候天天吃，他早就吃煩了。

「太好吃了。」平兒也和辛湖一樣，早吃完自己那碗。

接著大寶和阿毛也吃完了。大家都看著大郎和江大山，兩人都端著碗還沒有動。大郎是不太愛吃雞蛋；江大山是覺得自己一個大男人，不該吃這種女人、孩子吃的東西，而且他也不愛吃甜食。

「好吃！大哥你不吃嗎？」大寶睜大眼睛，別有所圖的問。

阿毛在一邊也是一副還想再吃的樣子。

兩人正想把自己的分給他們，辛湖卻制止。「別給他們，一個人最多只能吃兩個。」在她的認知當中，一個人一天一個雞蛋剛好，多吃也是浪費營養。何況大寶他們還是小孩子，吃太多也不好。最重要的是，如果分給他們，大郎和江大山豈不是要餓肚子了？

「為什麼？」大郎驚訝的問。

「你們快點吃吧，冷了就不好吃了。」辛湖沒解釋，催促道。

「我不要了，大哥快點吃。」大寶一聽，立刻跟著辛湖的話說。

大郎和江大山也不好再說什麼，三兩口就解決一碗糖水蛋。

「大寶，小孩子一次吃太多會肚子疼的。」辛湖想了下，對孩子解釋。

「那我們明天再吃，可以嗎？」平兒問。

「明天再吃。」阿毛與大寶同時說。

「可以啊。不過，明天我們不吃糖水蛋了。」辛湖說。她剛才也看出來，大郎和江大山並不喜歡吃糖水蛋。

「哎，下次出去還是該買些小雞、小鴨回來養，也好下蛋吃。」大郎說。

「對啊，我們也沒想到。」江大山後悔的說。他們只顧買糧食，其他的就沒想周全了。

「下次出門，我要跟著去。」大郎說。他早就想跟著出去見見了，現在外面是個什麼模樣，他心裡完全沒有底。

「下回出去前，我們先把要買的東西寫下來。」辛湖說。

其實就是列個購物清單再出門。眼下家裡缺的東西實在太多，那幾個大男人出去一趟，盡顧著買糧，其他東西也買得不周全，就比如布一買就是好大一疋，這全村人難道都得穿一樣的衣服？

「嗯，我們先想好家裡缺什麼，慢慢記下來，以後出去就帶上單子。」大郎笑道。這個法子好，也不用怕有什麼會忘記買、有什麼東西不需要買了。

「那行啊，大郎記吧，現在就可以開始，想到一樣記一樣，先把小雞記上。」江大山對這些家庭庶務一點也不擅長，腦子也記不住太多要買的零碎玩意，就讓大家先慢慢想，陸續往單子上添。

「大哥，謝公子說要教我們讀書，你能不能先教我一下？我一個字也不會寫。」平兒一聽到寫下來，就立刻請求道。

「行啊。」大郎應著，隨手撿根細枝在地上劃個平字。「這個字讀平，就是你的名字。」

平兒很認真的看一會兒，又學大郎的樣子拿細枝在地上寫寫畫畫起來，一個字他也學得很認真。

看平兒的樣子，辛湖心裡滿是感嘆。在現代，她見到的孩子都能上學，可在古代，想要讀書可是件非常難的事情，所以平兒雖然這麼小，也懂得珍惜讀書的機會。

江大山見到大郎寫的字，又聽他和平兒說的話，就明白他說的讀過兩年書是真的，順道考校起來，但也不過是讓大郎背些啟蒙讀物，比如三字經、千字文。

這些大郎當然記得很清楚，不說對答如流，卻也非常熟練，可見是真正認真學過的。

「不錯。這世道可真是把你耽擱了，要是一直學下去，你這個年紀也該學深一點的東西。不過現在連本書也沒有，不知道謝公子會教你什麼？」江大山有些惋惜的瞧著大郎。

他的學識不算高，所以沒敢說要給孩子們啟蒙，幸好謝公子學識比他高得多，教幾個孩子完全不是問題。只是謝公子也和他一樣，不會在這裡待太長時間，往後孩子們的讀書問題，還真是個大難題。

隔天，謝公子果然依言，把孩子們全部叫來。「我也沒有正式教過學生，只能給你們啟蒙，教些基礎給你們。我先問問你們的程度，瞭解一下。」

他也不知道自己在這裡能待多久，不敢以先生自稱，還是讓大家叫他謝公子或者謝大哥、謝大叔都行。至於他離開後孩子們的讀書問題，就要靠大家的造化了。

大郎與辛湖都識字。大郎前世可是正式上過學，雖然沒能去考科舉，卻也什麼都懂些，但他現在這個年紀，並不敢顯露出來，只說自己也學過。辛湖更要藏拙，毛筆字在當初也只是碰過，好在她能夠認識大部分的字。

「好的。」孩子們齊聲應了。

謝公子第一個考校大郎，滿意的點點頭，說：「大郎不能和你們一起學了。」

辛湖不想跟小毛頭們一起學，就說：「我也會一些！」

「哦，那我來考考妳，妳先寫下自己的名字。」謝公子笑道。他還以為大郎上學的時候，夫子也順帶教了辛湖呢。

辛湖看看毛筆，有些為難。這毛筆字，她肯定沒大郎寫得好，但以前有段時間還是練過字的，反正現在她是小孩子嘛，寫不好也不怕。所以她毫不心虛的提起筆，沾了點墨水，小心的在紙上寫辛湖兩個大字。雖然筆力不足，字也寫得很大，但筆劃還是很清楚的。

謝公子點點頭，表揚她一下。「不錯啊，就是寫得太大了點，以後要慢慢練習寫小一些，妳這個字都快要小半張紙了。」

接著，謝公子又問一些知識點，她大致都能回答，偶爾故意裝成不知道，不敢比大郎還顯得更懂。謝公子很滿意，覺得她完全不用和小毛頭們一起啟蒙，但也沒有表示可以讓她和大郎一起學習。

看著謝公子考校辛湖，大郎心裡更加懷疑辛湖身世。畢竟一個窮人家的小姑娘，肯定不可能讀過書，要知道他嘴上說是上過兩年蒙學，但其實他是有上一世的底子，學識肯定不止在謝公子面前表現的這一點。

雖然他前世算不上什麼有學問的人，但好歹也正式進學堂，念幾年書，如果不是家裡過於打壓他，讓他真正去學、去考，一個秀才估計也能考得上。只不過，謝公子沒想到他會是這種情況，考校的都是蒙學的知識。

但辛湖的學識從哪裡來，他就真想不通了，起碼他不相信辛湖那樣的家庭能給她請夫子專門教學，而且聽辛湖的說法，家裡條件也就那樣，哪裡請得起？

且不提大郎心裡是怎樣的驚濤駭浪，這邊謝公子又開始考校起小石頭。小石頭其實也啟過蒙，一般五歲孩子開始上蒙學，何況小石頭的父親學識不錯，也注重孩子的教育。

見他也能寫出自己的名字、能回答一些簡單的問題，謝公子就放下他，轉而問起平兒。這才是個真正什麼也不會的人，總共就是昨天找大郎學了個平字。然後就是大寶、阿毛、阿土三個打混的小毛頭了，也不用先教他們寫字，讓他們跟著念念三字經、百家姓什麼的，先學點規矩才是正經。

考校完，謝公子頭疼了。小石頭這個程度，比平兒強一點，但比辛湖卻差不少，辛湖又比大郎差一些，三人進度完全不同，想在一起教很有難度。

謝公子只默寫一本啟蒙書，給孩子們當教材用，現在看來，這本教材只能給平兒、大寶他們用，就連小石頭也用不上，至於大郎和辛湖就更別提了。

第三十一章

第一堂課，謝公子隨意寫一首簡單的詩，就是〈詠鵝〉。他先教會大郎和辛湖，讓他倆先背誦，再慢慢默寫下來。

辛湖和大郎都傻眼了。他倆自然都會背這首詩，這不是最簡單、最普通的小孩子背的詩嗎？這首詩在現代，三歲孩子都會背。

在這裡，辛湖不得不裝成小朋友，辛苦的背著。不過背雖然很簡單，重點是要寫。鵝字的筆劃滿多的，要想寫得像謝公子寫出來的這麼小，辛湖覺得自己要學很久，不講好看，單純講寫得正常大小。

大郎也一樣裝得很辛苦。他早就會了，當然也會寫字，而且他的字寫得還不錯，現在也只能裝模作樣，故意寫得鬆鬆散散，沒什麼風骨。

然後，謝公子把小石頭和平兒他們扔在一起，先教最簡單的基礎知識。第一堂課上的時間可不短，實在是因為謝公子準備不充足，也沒有事先瞭解孩子們的受教育程度，搞得他有些狼狽。

對於兒子的煩惱，謝老夫人不以為然的說：「大郎什麼都會點兒，但他年紀也大些，教他就教深一點，其他人就從頭開始吧。會的自然學得快些，不會的學得慢些也不怕，反正年紀還小，慢慢來。你還真打算讓他們明年、後年去考秀才啊？」

「就算兒子想，以後也沒那麼多時間來督促大郎的學業啊。」謝公子尷尬的笑著。

「可不是。況且你也不是什麼正經夫子，我們更不知道能在這裡待多久，現在盡心就行了，考慮太多也不是什麼好事。」謝老夫人又勸了句。

「嗯，兒子明白。娘，那阿湖怎麼辦？她也是什麼都會一些，只比大郎差一點點，我都不知道要教她什麼？」謝公子又問。

「你就專心教大郎吧，讓阿湖來跟青兒學習，反正她們也經常在一塊，平時做女紅、挖野菜時，都能隨手教她一點呢。」謝老夫人笑道。

「嗯，那就讓阿湖跟著青兒學習吧。」謝公子沈思片刻，又說：「娘，有件事我總覺得有些擔心。」

見兒子這麼鄭重其事，謝老夫人也嚴肅起來。「什麼事？」

「娘，外面世道怕是不對頭，只怕要換天了。」謝公子輕聲說。

「什麼?!」謝老夫人悚然一驚，臉色變得蒼白，激動的站了起來。

「您也別太擔心。好在我們找到這個世外桃源似的地方安身，就算外面發生戰亂，也難影響到這裡來，只不過京裡的事情，您只怕就不能太過指望了。」謝公子嘴裡安慰著母親，心裡卻沒什麼底。真要戰亂起來，這小片地方還保得住安寧嗎？誰也說不準啊！

好在謝老夫人也只驚慌一瞬，很快沈著下來，反過來安慰兒子。「嗯，凡事盡自己的力吧。你打算什麼時候啟程上京去？」

「還不能急著走，我們得先把附近幾條路都打探清楚，再看走哪條路最好？」謝公子答。

不把周圍先摸清楚，他哪敢倉卒離開？他這一走，至少要帶走謝五，家裡就剩下謝三一個男子，到時有個什麼事，他不放心。最起碼也得讓他們做些準備，他要妥善安排好家裡，才能離開。

他心裡很清楚，這一走少至一、兩個月，多則一年半載才能回來。家裡長時間沒有男人撐著，日子能好過嗎？他太明白這種痛苦了。當年他爹去世時，他可比阿土大得多，但那又怎樣？他們母子三人，還不是吃那麼多苦、受那麼多委屈，慢慢經營好長一段時間，才把日子過好起來。

「嗯，應該的，不能瞎闖，越是亂世就越得小心。」謝老夫人撫著胸口，心中暗自唸了幾聲佛。這世道要真的發生戰亂，就憑他們這幾個人躲在這裡，也不知安逸的日子能過到什麼時候……

「就怕妹妹的親事真的要耽擱下來了。」謝公子又說。

「這個時候哪還管得了這麼多？妹兒還是留在家裡好，這世道真隨便嫁出去，我還不放心呢。」謝老夫人像突然想開了，不再發愁女兒的婚事。

姝兒這個年紀雖然正當嫁，但多留幾年，二十來歲再嫁也不算什麼大不了的事。畢竟是亂世，誰還講究那些規矩？說不定，到時還能挑個好人家呢。

「您這樣想就好了，我也是這個意思。姝兒在家裡算是嬌養大的，逢上這種亂世，隨便嫁出去，哪有什麼好日子過，還不如多留幾年，等時局穩定下來再作打算。」謝公子笑著附和。

亂世時，年輕女子如果沒有家人保護會是什麼結果，還真不好說。剛嫁出去的婦人，在夫家都還沒站穩腳，出事時誰會拚命去救她們？最糟就是死路一條。他可不想自己妹妹落到這個下場，寧願養在家裡當一輩子的老姑婆。

兩母子又說了會體己話，謝公子就回房準備安歇。

回到房裡，謝大嫂有些擔心的問：「你們這趟出去，有遇上什麼事嗎？」

「嗯，估計不太平了。」謝公子輕描淡寫的回答妻子的問題。他倆感情好，他不想讓妻子太過擔心。況且這也是他猜測的，實際什麼情況還得去查證。

「那你有什麼打算？」她可不想讓夫君就這樣混過去。

「妳別太擔心了，家裡怎麼說也有母親撐著，妳就安心的養育孩子。對了，妳肚子有動靜了嗎？」謝公子轉移話題，露出某種不可言說的表情。

謝大嫂臉紅，「啐」他一口，身體卻不由自主的偎進謝公子懷裡，低下頭，用蚊蚋聲音不好意思的說：「沒呢。」

「看來為夫要加緊努力了，我們得早日給阿土添個弟妹。」謝公子輕笑道。

第二日早上謝公子想起昨夜和母親商量過的事，才急急忙忙的對妻子說：「青兒，昨天忘記和妳說了，阿湖居然上過學，我怕是教不了，就讓她跟著妳學吧。」

「你怎麼就教不好，還要我來教？」謝大嫂揉了揉酸軟的腰，白了他一眼。

「當然是妳比我更會教啦。他們家以前不是給大郎請過兩年的夫子嗎？那時應該順道教了阿湖一些，她竟然還記得大半。」謝公子陪笑道。

「那大郎的水準呢？」

「還不錯，我先教著吧，得單獨給他授課；小石頭也啟過蒙，偏偏平兒卻一個字也沒學過。妳說，我接這什麼活，真難搞呢。」謝公子還在為這事煩惱。

謝大嫂被夫君這模樣搞得笑起來，說：「怕什麼？一個個來唄，反正有時間。再說也就這幾個孩子，還能讓母親幫著管大寶、阿毛和阿土。你儘管認真教大郎、小石頭和平兒就行。」

「對啊，我乾脆把這三人交給娘，讓她也有些事情可做。阿湖交給妳，我的任務立時減輕了。」謝公子滿意的去找謝老夫人了。

前晚，大郎也問一些江大山他們在外面見到的情況。

「我們這次去的是個小縣城，不算遠，但還沒搞清楚這個縣屬於哪個州府，與其他縣又有多遠?但縣城裡很寧靜，老百姓的日子過得還算不錯。」江大山說。

「這麼說，災荒、流民、土匪都還沒竄到這個清源縣去啊?」大郎說。

他在腦子裡仔細搜索有關清源縣的訊息，發現自己完全不記得這個地方。還有一個可能，就是這清源縣地處偏僻，人口少、稅收也少，歷年來沒出過什麼大事，大家才不約而同把它遺忘了。

「就是，這地方大概因為太偏僻才能如此和平。不過我們回來時，遇到有人大半夜的打馬往縣城去了，他們包著馬蹄，行事詭秘。」江大山又說。

如果是正經事，誰會這樣形跡可疑?別說謝公子和江大山懷疑這些人的動機，就連大郎也懷疑起來。「他們難道想做些什麼?」

「不知道，不過我們也得小心些。蘆葦村雖然隱密，也不一定就是安全地方，我們還是要多做些準備才好。」江大山說。

「怎麼準備?總共就這幾個人。」大郎頭疼的說。

「是啊，蘆葦村總共就這幾口人，還多是婦孺。」江大山嘆口氣。現在最具戰鬥力的謝家人，還不一定會在這裡定居。「別的先不管，最重要的事是，從明天開始，你們的功夫要認真操練起來，起碼讓大家有自保的能力才行。」邊說，他想著明天要和謝公子商量一下，如何保護蘆葦村。

「好的。」大郎嘴裡答應，心裡卻很糾結。現在田裡沒多少活可幹，是可以先練功再讀書，但短時間內，哪有辦法一下讓大家變成以一擋十，甚至擋百的高手啊？

像知道大郎心中所想，江大山嚴肅的說：「這叫臨陣磨槍，不亮也光，有個把式能唬唬人也好，你可不要心存僥倖，得認真練。」

「知道啦！」大郎說著，立刻擺出架勢，開始認真打拳。

那頭大郎練武，這頭辛湖和謝姝兒幾人在割枯蘆葦。她準備讓大人們幫忙弄出幾張曬席，用枯蘆葦稈編，不用太精細，只要能拿來曬東西就好，不需要用的時候，直接捲成捆，存放起來也很方便。

她還打算曬些野菜，等自家園子裡的菜多起來時，還可以曬些乾豆角等物。

編曬席很簡單，把一排排剝掉枯葉和枝椏的蘆葦稈，用繩子編起來就行。這個技巧不難，大家試過幾次後就會弄了。其中謝大嫂編得最整齊也最結實，張嬸嬸和劉大娘編得也不錯，只有辛湖和謝姝兒兩人都結得鬆鬆散散的，曬席一副勘勘要散架的模樣。

「喲，這個東西不只拿來曬東西用，如果做得精細，用途也多呢，當墊子用也不錯。」張嬸嬸說著，把小初八放在席面上，讓他在上面翻滾著玩，直接把這曬席當墊子用了。

「嗯，還可以當門簾或窗簾子用。」謝大嫂很快就想到新的用途。

「還可以做籬笆！」辛湖也想到自家的菜園子。

「我倒想弄個放餃子的簾子。」劉大娘說。

「好啊、好啊，我也想要一個。」辛湖連忙附和。她正打算包餃子吃，卻沒想到還需要餃子簾。

「我也要。這個得編精細些，挑細些的編。」謝大嫂說。

花了兩、三天的時間，大家編了五張長約四、五公尺的曬席，六個中等大小的餃子簾。

「行了吧，還要編嗎？」謝姝兒問。

「不編了，我明天要多挖些野韭菜，醃起來。」辛湖說。

「野韭菜還能做成醃菜啊？」劉大娘驚訝的問。張嬸嬸和謝大嫂更是露出好奇的表情。

「當然能啊，那野韭菜的根醃了很好吃。」辛湖挑挑眉，答。

「既然這樣，明天我們都去挖野韭菜，跟妳學如何醃製。」說到吃的，三個大人對此都很感興趣，自然都要跟著學。

「好，今天我們先把這些曬席擦乾淨，明天挖了野韭菜要先清乾淨、曬一曬。」辛湖又說。

「直接放在水裡洗，行不行？」謝姝兒問。

「肯定不行啊，繩子打濕了哪這麼容易乾，明天還怎麼用？」謝大嫂連忙制止她。

「這事妳們別管了。妳們去找幾根長些的粗樹枝過來，我們先紮好一排曬架。」劉大娘說。這曬席總不能直接放在地上曬東西吧？人一走過、風一吹，灰塵沙土豈不是把上面曬的濕東西全弄髒了？

「這個簡單。」謝姝兒笑道，快步跑開。

她很快去收集粗棍子回來，幾個人齊齊動手，不到一刻鐘就弄好一長條曬架，兩邊各固定一排木樁，再把每兩根樁子間繫上粗壯的蘆葦稈，最後再把蘆葦曬直接鋪上去就完成了。鋪開的曬席，更方便大家擦洗、曬乾。

第二天一大早，辛湖帶大家一起去挖野韭菜。她要大家都選長得粗壯的野韭菜，連下面的根莖一起挖回來。

「就是這個白色的東西，像不像蒜？」辛湖問。

野韭菜也叫小根蒜，她要的就是長在土裡像蒜的部位，醃製起來很好吃，等到農忙時，沒空做菜，就可以拿出來當菜吃了。一小碟就可以配一碗飯，這玩意兒也可以當調料用。

「很像，就是太小了些。」劉大娘說。

「我們就是要醃這個東西，味道和蒜差不多。」辛湖告訴大家。

「那這麼多韭菜怎麼辦？」謝大嫂問。要是醃製只需要底下那部分，剩下的韭菜可就太多了，一頓、兩頓可吃不完，全扔又覺得浪費。

「一樣也可以醃製，只是要快些吃完。」辛湖說。哪有可能浪費掉？這些嫩韭菜葉一樣可以醃來吃，只是保存時間不會太長，況且還可以包餃子吃啊。

「哦，那就好，不然全扔掉可太浪費了。」張嬸嬸說。雖是野菜，也是大家認真挖回來，她們已經缺食物缺怕了，不願意浪費能吃的任何東西。

「先洗乾淨，曬一曬。」辛湖說著，率先在湖邊坐下來，仔細揀出雜草與老葉，然後洗乾淨。這是個細緻活，花費的時間可不少。

「不行，得叫人過來幫忙。」謝姝兒清理一會兒，站起身來。這一人一大籃子，光要揀乾淨就得花不少時間，還別說需要仔細清洗。

「去把在家的人都叫來，這個活不難。」辛湖說。她也覺得太多了些，光靠她們幾個，只怕要弄到晚上才能弄完。

等人全部來了，一人分一小籃，速度就快許多。洗乾淨、連根的野韭菜，整整齊齊擺在曬席上曬晾，等水分曬乾，就可以拿回去醃製了。

「今天晚上包餃子吃。大郎，你要不要去弄些薺菜回來包？」辛湖問。上一次，她就說過薺菜包餃子很好吃，這會兒她特意提醒大郎，想一次包兩種餃子。

「妳準備拿野韭菜包嗎？」

「嗯，這麼多，打算先弄一部分包餃子。」

「那我去摘些薺菜回來吧，包兩種餡來吃。」大郎說著，帶平兒走了。

劉大娘自然也會弄，湊熱鬧的說：「小石頭，你也去摘些薺菜回來，我們晚上也包兩種餡的餃子吃。」

包餃子需要的時間較長，辛湖、謝大嫂和劉大娘先回家去和麵。和好麵，辛湖又提籃子、拿菜刀到湖邊曬韭菜的地方，把洗乾淨的野韭菜上面一截綠色的嫩葉切下來，謝大嫂和張嬸嬸也學著她，弄了一些回來包餃子。

辛湖先剁好野豬肉，再把野韭菜切碎混合，先拌好一小盆韭菜口味的餡料放一邊備用。沒一會兒，大郎他們也拿著洗乾淨的薺菜回來了。

「哇！大姊，妳還剁這麼多肉呀！」平兒驚喜的大叫道。

「那是當然，包餃子當然要用肉，難不成包素菜餡啊？」大郎笑道。反正現在不愁沒肉吃，況且包餃子也用不了多少，切一點肉就能拌好多餡料了。

「大郎、平兒，快去洗手，都過來幫忙包餃子。」辛湖吩咐道。光靠她一個人，又要擀麵皮又要包，可得花不少時間。

家裡其實根本沒有擀麵棍，辛湖找了根手臂粗的光滑木棍，就準備擀麵皮了。

辛湖雖然年紀小，但力氣大，和出來的麵團十分光滑又均勻，揪成一個個小塊，扔在桌上，然後她將小塊揉幾下壓成圓形，就開始擀了。將小麵團擀成一張稍厚的皮，她並沒將皮擀很薄，皮厚一點，包的料也能多一些，餃子個頭就大，可以蒸也能煮或煎。

擀了十張皮後，她讓大郎學著擀，自己開始教平兒包餃子。她的包法很普通，就是把兩邊提捏在一起，弄成稍微有幾個皺皺的花紋，不算多漂亮，但速度相當快。平兒手忙腳亂的學，足足包了十次才算像樣，幸好皮大且厚，要是像現代的薄餃子皮，只怕皮早弄破。倒是大郎擀皮學得有模有樣，很快就上手。

第三十二章

大寶和阿毛在一邊搗蛋，也想包餃子，辛湖乾脆給一小塊麵團讓他們捏著玩，隨便捏成什麼樣子都行。

因為擀的皮較大，他們包出來的餃子一個個像雞蛋大小，都不像餃子，反而更像小籠包，兩盆餡料足足包有百來個。包完後，大郎兩樣各拿五個去謝家，平兒也一樣拿十個去小石頭家，互相換著吃吃，看哪家包的味道更好？這可是事先三家就說好的。

「阿湖，就我們家的餃子特別大，她們都包得很小巧。」大郎送完餃子，順便帶別人家的回來，有些抱怨的說。餃子一對比，就顯得他們包的餃子格外醜。

謝姝兒看到這麼大的餃子還大笑。「你們這也叫餃子啊？太大了吧！」

「阿湖說包大些，包得快嘛。」大郎當時說了這麼個理由。

平兒聽大郎的話，附和著。「就是，小石頭也笑我們包的不像餃子呢。」

「怕啥？能吃就好。」辛湖不以為然的說。她看一下謝家的餃子，再看看小石頭家的，果然都比他們家包的好看，小巧可愛的多。但那又怎樣？她們比的可不只是包法，最重要還得看味道。

包完餃子天色也要黑了，她直接派大郎去把湖邊曬的野韭菜收進屋裡。晚上可不能放在外面，要是被露水打濕，明天又得重新曬。「你先去收，我來煮餃子，你回來剛好可以吃了。」

辛湖先煮自己家的薺菜餃子，只煮十幾個，每人分到兩個，讓大家先嚐嚐味道。因為沒有醋，也沒有醬油，水煮的餃子味道就全看餡料了。除了醃製的鹹野豬肉和薺菜，她還放點蔥提味。

吃餃子蘸的醬料，她就弄一小碗花生辣椒油。

這個最麻煩，因為油少，她不敢太放開來用，要不然她就直接弄一碗辣椒油存著慢慢吃了。她先拿少許油炒一把花生米，再將花生米用刀拍碎，趁鍋裡還有點油，把碎辣椒加兩粒花椒一起爆香，最後加一點開水，才弄出一小碗蘸餃子的醬料。這是她的習慣吃法，要是在現代，她還會加入香菜、大蒜末、醬油和醋，味道會更好。

大寶和阿毛吃的是連餃子帶湯，味道清淡很多，比較適合小孩子的脾胃，但蘸料非常香，兩小傢伙一個勁的盯著流口水。

江大山挾起餃子，蘸點醬料，嚐過後說：「嗯，真好吃！阿湖，妳這蘸料真不錯，夠味。」

「好吃，真好吃。」平兒一邊吃，一邊不忘讚嘆。加肉的餡料，又是純麵的皮，吃起來格外好吃。

「不夠，還要吃！」大家吃完後，都大叫起來。

「別急別急，鍋裡還有。」辛湖笑道。

「要是油再多一點，再加點醋就更好了。」辛湖嚐過味道，有些遺憾的說。這個蘸料的味道比她以前弄的還是差很多。

「記上醋，下次出去帶一罈回來。」江大山連忙吩咐大郎。

「好，晚上我就記上去。」大郎應一聲，又開始進攻第二個餃子。

第二鍋是韭菜口味，一樣也是煮了十多個。待兩種口味都吃過，辛湖問：「怎麼樣？哪個好吃些？」

「我覺得薺菜口味好吃些。」大郎說。

「我倒覺得韭菜口味的更好吃些。」江大山笑道。

兩人的口味根本就不同，平兒、大寶、阿毛也紛紛表達自己的意見。結果，兩種餡料票數各半。也就是說，下次再包餃子還得包兩種口味。

「其實韭菜口味用煎的會更好吃。」辛湖說。餃子她愛吃煎的，特別是韭菜口味，用煎的會更香。如果是白菜餡，用蒸的會比煮的更好吃，可惜油太少，她可不敢拿來煎餃子，還是老老實實的煮吧。

「下次出去，再買一罈油回來。」江大山想著更好吃的煎餃，立即保證。

「是該再買點油，起碼也得點個油燈吧。」大郎也附和。家裡一到晚上就摸黑，很不方便，小石頭家和謝家都有油燈，就他們家沒有。不過那兩家亮燈的時候也很少，不到萬不得已是不會點燈的。

「要蠟燭。」辛湖連忙說，她覺得油燈一點也不亮。所謂如豆，真的就像一粒黃豆大的燈光，還不如用蠟燭，而且點蠟燭，煙也少些。

「行，蠟燭也買。」江大山好脾氣的說，一一讓大郎記下來。

吃完自家包的餃子，辛湖把小石頭家和謝家的也都煮一部分出來。嚐過之後大家一致表示，別人家的除了好看些之外，味道也都差不多。不過辛湖弄的更好吃一些，主要勝在這一小碗的蘸料上。

「看吧，還說人家包的好看，我們包的不好看，吃起來都是一個味吧？」辛湖笑道。謝家三個大人包餃子，小石頭家也是兩個大人，講起包餃子，陳家一屋孩子肯定比不上人家大人的手工，所以她特意包大些，省時省力。

「那是，我們下次還是包大的。」大郎笑道。他剛才拿餃子去謝家時，謝家三個女人還在忙呢，可見包得漂亮小巧，反而會浪費更多時間。

江大山一連吃了三大碗餃子，又喝了兩碗湯，飽得他都撐住了。大寶和阿毛兩個小傢伙，也每種餃子都吃一個，加起來也不少，加上每人都喝一碗湯，肚子都飽得鼓鼓的。

「好傢伙，這一頓真實在。」江大山摸摸肚子笑。連餃子帶湯可把他撐著了，於是他牽著兩個小的出去散步消食，平兒也跟在後頭。

難得包一回，辛湖包的餃子還剩不少。

「生的能直接放著明天再煮嗎？」大郎指著簾子上的餃子問。

「肯定不行啊，要煮熟了放著。下次該弄個蒸籠回來。」辛湖說。蒸熟了就留在蒸籠格子裡，明天直接再加熱就可以吃了

「嗯，我記下蒸籠了。」大郎說。

剩下的餃子辛湖直接煮熟，一個一個撈起來，擺放在餃子簾上面晾著，打算留下來明天再吃。鍋裡的麵湯，她和大郎則一人弄一碗喝掉。所謂原湯化原食，喝點麵湯還有助消化呢。剩下的麵湯也沒浪費，用大缽裝起來，準備明天熱過再喝。

江大山出門就遇到謝公子。「哎喲，今天阿湖包的餃子真好吃，我都吃撐了。」

「我也吃撐了，我們家包的味道也不錯。」謝公子笑道。

「好吃，真好吃，每家的都好吃。」謝五邊摸肚皮邊打嗝。

難得包一回餃子，顯然謝家人也放開肚皮大吃一頓。

「過兩天，我們該再出去看看了。」江大山讓幾個孩子去玩鬧，對謝公子說。

「嗯，是要多看看。」謝公子點點頭，他也正想說這話呢。

「你問下大嫂子她們，看她們要些什麼先記下來，免得我們買的東西不合她們的心意。」江大山提醒。

「喲，你不說我還沒想到，等會兒回去就問。」謝公子笑起來。

又要準備出門，這兩天大家再度忙碌起來。尤其是大郎，這次可是打定主意一定要跟出去見見世面，所以第二天一大早，他連早餐都沒吃，就先去地裡幹了會活。

回來還對辛湖說：「過幾天我不在家，妳也多去地裡看看，可得照看好。」

「我知道啦。」辛湖點點頭，心中有些不滿。她也想去外頭想得不得了。

傍晚時分，辛湖帶著大家把曬了一天多的野韭菜收起來，準備開始做醃菜。

「先把上面的綠葉連梗一起切下，我們醃下面的部分。」辛湖說著，示範著切一把，把葉與莖塊分開，各放在一個小盆子裡。

這步驟很簡單，很快三人就都分好自己手中的韭菜。然後，辛湖往裝著莖塊的盆子裡撒了些鹽，隨意的搓揉幾下，就表示可以裝罈了。

「就這麼簡單？」謝大嫂不敢相信的問。

「是呀！裝好後，就要把罈子封起來。」辛湖點點頭，說。

「那多久可以拿出來吃？」張嬸嬸問。

「半個多月就可以吃了。」

「如果想放到冬天吃呢？」謝大嫂又問。

「那就多放點鹽弄鹹點，再一直封著口就行了。」辛湖答。

「哦。」兩人點點頭，表示明白了。這是第一次試做，等半個多月後嚐過味，再看要不要多做些放到冬天吃？反正半個月後，野韭菜應該還沒有完全過季。

辛湖又撒些鹽在放葉子的盆裡，這次她撒的鹽要稍微少些，然後大力搓揉起來。看著她手上擠出的綠色汁液，謝大嫂和張嬸嬸又一次驚訝了，不過這回她們沒多問，也學辛湖的樣子動作。

「這樣搓好了嗎？」謝大嫂抓著手中的韭菜團問。

「可以，再把汁水擰乾就好了。」辛湖說著，把手中的韭菜汁擰乾，團成一團，一團一團的往罈子裡裝，再用力的壓實，裝完後正好滿滿的一小罈。

三家人各弄好兩小罈醃菜，然後就地在湖邊挖些黃泥糊住覆上蓋子的罈口，把罈子密封起來。

「這樣就行了？很容易呀！」張嬸嬸笑問。她覺得這種醃製很簡單易學，也是她第一次動手，覺得新鮮又有趣。

「簡單是簡單，不過要不是阿湖，我們也不知道這些野菜能醃呢。」謝大嫂笑道。

「行了。放在屋子裡，過幾天就可以拿出來嚐了。」辛湖說完，伸伸懶腰，拎上空籃子，又去淺水邊撿蚌。

「沒必要撿這麼多啊？前幾天養著的還沒吃完呢，明天再來撿吧！」謝大嫂看到辛湖的籃子已經裝滿了，連忙說。

「就是，到處是蚌，想吃時再來撿吧。」張嬸嬸也說。

「蚌可不是一年四季都能吃的，只能春天吃。」辛湖解釋。其實是春天的河蚌肉質最佳，過了季就沒那麼好吃、營養了。

一聽過段時間就不能吃了，張嬸嬸和謝大嫂連忙也跟著去撿蚌。

春天的雨淅淅瀝瀝的，雖然不大但卻纏纏綿綿，很容易就淋濕衣裳。小孩子們都關在家裡不讓出門亂跑，女人們則圍在一起做針線活。辛湖想到自家早就把需要的東西都寫好單子，就順口提醒一下。

「哎喲，我們家也得好好想想該買些什麼回來？」張嬸嬸驚叫道。

「我們昨天也寫好單子，妳現在就想，讓大郎幫妳記下。」謝大嫂笑道。

「哎，大郎，麻煩你幫我記下來。我要點小嬰兒吃的藥；對了，還要一副小手磨，要磨點米麩給初八吃。另外，還要些軟和的棉布……」張嬸嬸這一說就停不下來，劉大娘還在一邊時不時的補充幾樣。

而謝姝兒和謝大嫂聽到她們說的某樣東西，又會聯想起另外的東西，於是就變成一眾女人圍著大郎七嘴八舌起來。人多嘴雜，頓時搞得大郎簡直不知所措。

辛湖就不去湊熱鬧，帶一只背簍，又拿上菜刀和小菜籃。這種天氣，她覺得可以去弄些魚回來吃，他們家一段時間沒吃過新鮮魚了。這天天都有肉吃，今天居然想吃點魚。

辛湖的捕魚方式獨特又粗暴，她找塊地方，隨便撈兩次，收穫不太大，一共只撈上來兩、三斤小魚，最大也就巴掌大，小的她直接又扔回水裡。

「咦，奇怪了，這回怎麼撈不到魚呢？」辛湖圍著這塊地方打轉，想著是不是該換個地方？以前她捕魚，都是收穫多多啊。

馬兒「哢嚓」的咀嚼聲清楚的傳入耳邊，她一回頭，才發現幾匹馬居然都往她這邊來。因為這處有大片空地，以前割過的蘆葦，現在長出一大片嫩綠的蘆葦芽，看上去就非常鮮嫩可口。

「哎，看來馬很喜歡吃蘆葦芽啊！」辛湖看著馬全聚在她周圍啃食嫩蘆葦芽，有些驚訝。她本以為馬更愛吃草，不過蘆葦芽明顯更嫩些，也大一些，看來馬也懂得挑食。但這麼多蘆葦芽，再過段時間就長老了，到時馬就吃不成了，好浪費啊。

辛湖看著馬歡快的吃著蘆葦芽，腦海冒出一個念頭，自言自語的嘀咕。「蘆葦芽能不能曬乾，留到冬天給馬吃呢？」既然馬到冬天連枯的蘆葦葉都吃，這曬乾的嫩芽，想必牠們也會吃。

「阿湖，妳這個想法好啊！我們怎麼就沒想到呢？」和謝公子兩人散著步過來的江大山，聽到她的自言自語，開心的大叫。

「嗯，先備些吧，不管馬愛不愛吃，到了冬天沒得吃，牠們肯定會吃的。」謝公子說。

「那我們多曬點吧？去年冬天，馬是勉勉強強硬撐下來，今年可不能虧了牠們。」江大山接著說。

「是的，這幾匹馬都不錯，好好養著，說不定明年還能添兩頭小馬呢。」謝公子點頭。

小石頭家的兩匹馬都是母馬，五匹馬天天在一起，時間久了肯定能自己配種。

說到小馬，辛湖眼睛都亮了。若養的馬多，以後是不是就可以靠販馬為生了呢？反正這裡有的是大量的蘆葦，養馬完全不需要什麼成本，除了人力之外，利潤肯定不錯。光看大家對這幾匹馬的精心照顧勁，馬肯定是貴重物。

兩個大人都被她那驚喜的樣子給逗笑起來，江大山說：「阿湖原來喜歡小馬啊？我看妳現在騎術不錯啊。搞半天，小孩子還是更喜歡小馬一些。」

「就是，這幾匹馬本來就是大人騎的。小孩子們是該騎小馬，往後大寶、阿土他們學騎馬，還是用小馬比較好。」謝公子也說。

辛湖懶得辯稱是想到養馬，笑嘻嘻的說：「原本是來撈魚的，倒說起曬蘆葦芽。」

因為馬多，要準備好過冬的馬飼料，光是割足嫩蘆葦芽，可是個大工程，勞動量非常大。於是江大山和謝公子又討論一會兒，實際該如何做？

「希望明天天就晴，我們能早點開始曬蘆葦芽。」謝公子看著濛濛如霧的細雨，恨不得天空立刻就放晴。春天的雨，一下就是好幾天，他們已經困在家裡兩天了。

「天氣一好，你們不就要出門了嗎？」辛湖說。

「是啊。阿湖喜歡什麼花色的布，這次我們多帶幾塊回來。」謝公子打趣道。小姑娘家的愛好，他也把握不住。

「不要太多花的。」辛湖看著自己身上這件新衣服，滿是花，搞得她就像一朵移動的大花。這還是有搭點素布呢，否則更誇張。

「那粉的、黃的，喜歡嗎？」謝公子又問。這一點他比江大山要強些，畢竟他有妹妹，還有妻子。江大山只知道要買花的，大花的。

「都可以，藍色也行。」辛湖答。

「哎，太陽出來了，明天看來會是個晴天。」謝公子抬頭，指了指天邊那一抹光亮，結束了這個尷尬的話題。

「太好了！再下雨人都要發霉了。」江大山笑著，又轉身對辛湖說：「阿湖，把簍子給我，我也來撈撈看。」

辛湖今天戰果不佳，立刻把簍子遞給他，希望他能撈些大魚起來。

結果江大山連撈兩把，也只弄上幾條小魚，只能乾笑著把簍子遞給一邊看笑話的謝公子。「看你的了。」

「行啊，我來露一手！」謝公子信心滿滿的挽起袖子。他倒是沒落空，就是撈上一簍子底的小蝦米。

「這有什麼用？下酒都嫌小。」江大山大聲嘲笑道。

謝公子訕訕的笑著，正想把小蝦米倒掉，辛湖連忙大叫阻止。「別倒別倒，這小蝦米可是好東西呢！」

雖然小，但這玩意兒補鈣啊。她現在正值長身體的時候，前陣子吃得又不好，孩子們肯定都缺鈣。最近晚上睡覺她都感覺到小腿痛了，這正是所謂的生長痛，就是生長時，身體的營養跟不上來造成的，若是缺鈣，這種情況就會更嚴重。她還正想叫他們弄些補鈣的食物回來，這小蝦米就主動跳出來。

聽說小蝦米是好物，謝公子開心了，衝江大山驕傲的抖抖手中的簍子，辛湖連忙接過。不能倒進籃子裡，因為籃子的洞眼較大，這小蝦米一倒進來，說不定就全漏了出去。

「這要怎麼吃？」江大山和謝公子同時問。

「可以製成蝦米乾啊，直接炒了當菜吃也行。」辛湖答。

蝦米乾可是好東西，吃麵條時，丟一把進麵湯裡多香。記得老家有一道小吃——包麵，裡頭是一定要加些小蝦米，有的會加紫菜，但她個人認為小蝦米更香更好吃。

想到紫菜，辛湖又說：「要是看到海帶，記得買些回來燉湯喝。」他們不僅需要鈣，還需要補其他的營養啊，海產品她可好長時間沒吃過了。

「好，不過這裡只怕難得見到海產品。」謝公子驚訝的看辛湖幾眼，沒想到她居然還知道海帶。不是生活海邊的人，是很難得吃到海產品，雖然海帶是海產品中最普通的一種。

「舅舅，去幫我拿個盆子或者大碗來，我要弄小蝦。」辛湖提著簍子裡的小蝦喊。要清理小蝦會花不少時間，謝公子這隨手一撈，起碼弄上來有一斤多的小蝦。

「好咧。」江大山答應著，騎上馬往家跑。

第三十三章

聽說辛湖又弄到什麼好吃的小蝦米，女人們坐不住，大郎也坐不住了，全都擠到湖邊來。

人多手快，這一斤多的小蝦很快就清好了。見一家分不到多少，謝公子自告奮勇又去撈了一回，這回效果差些，但仍有不少。清理完，正好一家分得一碗小蝦米。

「不行，我還是要再撈幾條魚，這也太少了。」辛湖看著籃子裡十來條巴掌大的小魚，不滿地說。

「我來試試。」謝姝兒搶過簍子，隨便找個地方下簍子。

「連阿湖都弄不到魚，想來是因為天氣暖和，魚都跑到深處去了。」江大山說。

結果謝姝兒手氣不錯，居然弄上來幾條半斤多重的鯽魚。眾人開心地大笑，謝姝兒得意的說：「嘿嘿，看來我還是滿厲害的嘛！」

「正好，再接再厲，看能不能再弄幾條上來，今天晚上大家就全吃魚了。」謝大嫂笑道。

「好咧！今天就讓每個人都能喝到魚湯。」謝姝兒拎著簍子，又轉悠一圈，找個新地方下簍子。

大家眼巴巴的瞧，包括辛湖。她就不懂，怎麼現在反而謝姝兒比她會捕魚了呢？

不負眾望的謝姝兒，這次又撈上來四、五條半斤多重的鯽魚，謝姝兒大笑道：「不錯，總算達成目標！」

眾人分了魚，說說笑笑的回家去了。

「小蝦米拿點油在鍋裡炸一下，加點鹽就行了。」辛湖提供小蝦米的吃法。這麼少的蝦米，當然不能曬小蝦米乾，先給大家加菜才是正事。

做小蝦米的方法其實很簡單：把油燒熱，再將小蝦扔到鍋裡翻炒幾下，撒點鹽，等蝦米變紅就可以起鍋。只是小蝦米雖然好，但一次不能吃太多，尤其是小孩子，這玩意兒不好消化。

四月初，連割好幾天蘆葦芽之後，江大山和謝公子帶上大郎和謝三，出門了。這次謝五被留下，江大山和謝公子覺得該讓謝三出門一趟，熟悉一下附近周遭的路。

這件事他倆私底下已經說好，之後要留謝三在村子裡照顧大家。謝三功夫高，年紀也大些，裝成普通中年老農民更像，往後他們離開，就靠謝三帶大郎出去採買東西了。

辛湖羨慕得眼紅，可也沒辦法，誰也不可能答應帶她出去。

謝姝兒在旁邊一個勁的叫著。「我也要去！」

「妳跟著出去像什麼樣？大姑娘家的，就該待在家裡。」謝老夫人嚴厲的訓了她一頓。

謝公子看妹妹可憐兮兮的樣子，又是好笑又是好氣，勸道：「我們可不是出去玩，等以後安定下來，自然會帶妳出去。」

看辛湖也在不高興，大郎好笑的哄。「好啦，我給妳帶好看的布回來做衣服。」

「哼，有什麼了不起。」辛湖翻個白眼給他。她又不是真正的小姑娘，還靠漂亮衣服來打發啊？

「是的，我們多給妳帶幾塊花布回來做衣服，做幾身漂亮的小花裙穿穿。」江大山也哄著，完全拿她當小孩來哄。

「我不要花布，你們多帶幾種菜苗、豬牛羊、雞鴨鵝回來。」辛湖轉換話題。

「好的，我們記住了。」幾個男人連忙點頭。

「爹爹、爹爹，我也要去！」阿土受到影響，也在一邊吵鬧著。

「好了，快走吧，別在這兒逗他們了。」謝老夫人拉住孫子笑道。其實就連她也想跟著出去看看外面是什麼樣，別說她，現在人人都想知道。這些孩子們，還以為出去就格外好玩呢。

「我們先走了，你們小心點啊！」謝公子說完便駕馬跑了。

「好了，阿土跟奶奶跟回家，他們都要去幹活了。」謝老夫人拉上阿土，還捎上大寶和阿毛，哼著兒歌慢慢往家走回，不讓他們三人在其他人幹活時搗亂。

送他們走後，辛湖才想起都快四月中，該種豆了。雖然不知道這個時節是不是晚些，但也顧不上了。反正前面播的種子，都是按照她的方法和時間播種，還都長得非常好。種豆雖簡單，但其實很麻煩，她示範一下，就讓謝姝兒和謝五去種了。

和種豌豆一樣，拿小鏟子挖個小洞，扔一、兩顆豆子下去，再順便埋上土。這活兒比鋤草要簡單些，因為鋤草還得注意禾苗，一不小心就會連苗子也一起鋤掉。

劉大娘和辛湖就彎著腰在其他幾塊地裡忙碌，下過一場雨，不只禾苗瘋長，連野草也跟著飛長起來。等鋤完一塊田，再回頭看前面已經鋤過野草的田，又長出新的野草。

真是，天天在地裡鋤草，天天也見有新的野草長出來。

「好討厭啊，怎麼這麼多草。」辛湖抬手抹把汗，罵道。

「坐下來休息會兒，喝點水吧。妳看這整個地方，不是蘆葦就是草，這塊地以前肯定也是荒地開出來的，草才會格外多。」劉大娘說。幸好最開始翻地時，大家挖得深，還把大量的野草根給清掉，要不然，現在這地裡只怕野草都比禾苗長得還茂盛。

也許，這就是蘆葦村的原居民們放棄這地方的原因。難道在這裡種糧，產量很低？辛湖喝著水，胡思亂想著，就怕她們天天的辛勞白費了。

或許該想辦法多養些馬，或者牛、羊，反正這裡草多，蘆葦也多，冬季來前多囤些，不怕沒飼料，而且放牧也比種田輕鬆很多。辛湖打定主意，以後要慢慢往養殖業發展，畢竟這裡的優勢就是草多，飼料多。

「想什麼呢？」劉大娘打斷她的沈思。

「也不知道大郎他們怎麼樣了？」辛湖隨口答。她這些想法，還得等大郎回來跟他商量一下才行，畢竟在這裡當家作主的是大郎。不知不覺間，她已經把大郎當成一個可以信賴的男人了。

「別擔心，有三個大男人跟著，大郎不會有事的。」劉大娘憐惜的看著她說。

「嗯。」辛湖應一聲，又下地開始幹活。

今天得快點做完最後一小塊，整片地已經全部鋤過一遍草，明天可以先歇一歇。她雖然擔心大郎他們的安危，但更清楚他們絕對不會出事。要知道，以前就她和大郎兩人帶著孩子都能成功的活下來，現在加上三個武力值更高的大男人，要還是出事，她只能說大家命不好了。

現在，她只盼望他們能快點回來，到時家裡的活有人手幫忙，大家需要的東西也帶回來了。

傍晚時分，四人收工回家，豆子全部種下去，草也鋤光了，辛湖心情愉快起來，在路邊看到有剛長出來的灰灰菜，就蹲下來摘。這個時節，又有些新的野菜長出來。野韭菜、野芹菜都變老了，不好吃。

「這個好吃嗎？」劉大娘問。

「還行吧，吃個新鮮味啊。」辛湖邊摘邊答。

其實她認識的野菜也有限，下次她一定要把平兒和大郎帶出來找野菜，他倆認識的都比她多。春天到夏天是野菜最多的時候，還可以再多找幾種嚐嚐。

她記得夏天那種叫馬齒莧的菜最多，市場也有很多人賣，都是野生的，農村田間地頭、大門前長得到處都是，酸酸的很有味道，她以前常吃，清熱解毒，對人體非常好。

「那我也弄點吧。」劉大娘說著拉上謝姝兒，兩人跟著辛湖一起去摘菜。

謝五一個人先往湖邊跑，他得去幫小石頭和平兒。這兩人專管曬蘆葦芽的活，白天曬，晚上得收起來，放進湖邊的屋子裡，第二天再拿出來曬，就怕晚上下雨會打濕。完全曬乾的蘆葦芽就先拿回來，存放在家裡，裝入空罈子，希望能保存久些，到冬天還能給馬兒吃。

謝公子一行四人，這次選最後那條通往大山的路。四個人走了一天，山路越來越小，漸漸掩沒在剛長出來的野草中。

大山的春天，滿山滿坡都是綠色，一眼望去看不出哪裡有人煙，但野兔子、野鳥成群，一路上江大山順便教大郎打獵，只不過他拿的那張弓，大郎現在這個年紀根本還拉不開。

見大郎鬱悶的樣子，謝公子在一邊安慰道：「別急，你還小，這次出去要是能弄到材料，回頭我們幫你做張小點的弓。」

「真的？一定要說話算數哦。」大郎興奮的說。有了弓箭，他就能自己打獵，就算江大山他們離開，他也能自己獵到肉吃。

「保證說話算數，但找不到可就不能怪我。你放心，即使這次找不到，我之後還是會想辦法幫你弄張小弓的。」謝公子也沒想糊弄他，自然是百般保證。

一路上弄到的野兔根本吃不完，活的他們全部捆起來扔進筐子裡，拿去換東西或帶回去吃都好，死掉的就全部烤著吃了。

「哎，天天吃烤兔子，謝五知道了，只怕會羨慕的罵人。」江大山吃得滿嘴是油的打趣。

「沒事，我們給他們多帶些回去，讓大家也吃個飽。」謝公子不在意的說。現在能弄得到，大家都可以放開來吃。

因為不急著買糧，幾個人也沒像上次那樣著急趕路，頗有興致的東看西看。

「咦，前面發生什麼事？」突然，謝三打斷大家的談興。

順著他的手指，大家發現下面一處山坡上，傳來野豬的嚎叫聲，也隱隱聽到人聲。動靜因離得太遠並不大，但大家居高臨下，還是看到一群人正在圍攻一群野豬，但很顯然人類不敵野豬。

「那些人怕是不行了。」眼看倒下兩個人，大家急了。

他們打馬往下跑，跑過來就看到場面很狼狽，地上橫七豎八倒著些傷患，四處是血，受傷輕的人在小聲哭泣。野豬四散亂奔，有的還沒跑遠。

江大山氣得抽出箭，唰唰幾箭射倒兩頭成年肥野豬。受傷的野豬倒地掙扎，嚎叫聲震天響，驚得山林裡一陣鳥飛小動物亂竄，久久不能安靜下來。

這些人一眼就看出來是災民，個個都因為缺乏糧食身形消瘦，有氣無力，滿臉菜色。也不知道他們是怎麼跑到這荒野大山裡來，還倒楣的遇上一群野豬。

謝公子和謝三扶起一個正在痛苦呻吟的年輕男人，他的腿斷了，身上還有幾道明顯的傷痕。大郎扶起他身邊的一位年輕女人，女人的手臂折了，疼得暈過去。

幸好大家多少都會處理外傷，沒花多少時間就把兩人的斷手斷腿給接起來，綁上樹枝固定。江大山和謝公子習慣性帶了些外傷藥，這時也派上用場，替他們把傷口嚴重之處都上過藥，再包紮起來。

躺在地上的人，江大山仔細查看一下，死了大半，傷太重的也沒有救治的希望，就只剩一口氣。看著這幕慘狀，他心情很沈重。

大郎解下自己的水葫蘆，給那女人餵一點水後，女人才勉強開口道聲謝。因為消瘦得厲害，她兩隻眼睛瞪得大大的，像可怕的骷髏，眼角默默滑下一連串淚水，她連抽泣的力氣都沒了。

「給她餵點吃的。」江大山提醒大郎。

大郎連忙掏出自己帶的乾糧。出門前辛湖給他們攤了些餅帶著，一路上因為有野兔吃，餅子還剩不少。見到食物，女人眼睛亮了，死死盯著大郎的手，直嚥口水。

大郎暗嘆一聲，撕一小塊餅餵到女人嘴裡，女人連嚼都沒嚼就吞，結果卻嚥得直翻白眼，大郎連忙又給她餵一口水。

「慢點吃，這塊都是妳的了。」大郎輕聲哄著，把餅撕成小塊，往她嘴裡餵去。

女人連吃幾口後，有了點力氣，才轉過頭來看其他人。

「他是妳的家人嗎？」謝公子問。

「是我當家的。」女人轉頭，可憐兮兮看向大郎，希望大郎也餵點東西給男人吃。

謝三連忙把自己的餅拿出來，拍了拍暈過去的年輕男人，那男人醒來，見到吃的也和女人一樣，死死盯著餅，恨不得上手搶。

謝三安撫了句，也學大郎的樣子，撕一小塊餅餵進他嘴裡。

等他倆有了點精神，江大山才問：「你們還有其他人嗎？」

女人撐起身子看了一圈，流著淚說：「還有兩個孩子，怎麼沒見著？」

江大山一聽有孩子，立即和謝公子兩人四下尋找起來，他們真怕野豬傷了兩個孩子。結果沒走多遠，就在一小坑裡發現兩個暈過去的半大少年。

「好像還活著。」謝公子說著，上前伸手去拉一名少年。那孩子一被驚醒，嚇得大叫起來，他旁邊的少年也跟著被他嚇醒了。

「別怕，我們是來救你們的。」謝公子連忙安慰道。

兩個少年呆呆的看著他和江大山，有些害怕，又有些驚喜，過一會兒才掙扎著想站起來。但他們太虛弱，站都站不起來，還是靠江大山和謝公子把他們拉上來，又帶他們回到受傷的男女身邊。

「表嫂、表哥！」兩人見到熟人，立刻高興起來。

「阿志、阿信，你們還好吧？」年輕女人看著他倆，擔心的問。這兩個少年滿身濕泥巴，連臉上、頭上都有，也看不出哪裡受傷了。

「沒什麼事，你們怎樣了？」

「我的手臂斷了，你們表哥的腿斷了，其他都還好。」女人回答。

「其他人呢？」兩個少年驚慌的看著地上的人，問。

「都不行了……」女人哭著告訴他們。

兩個少年看看這個、又看看那個，地上的屍體，個個都還有餘溫。兩人哭著撲過去，摸了摸這個、又摸摸那個，又累又餓又傷心，沒一會兒兩個少年都暈了過去。這裡躺著的都是他們的親人，要不是他倆機智躲進小坑裡，說不定也遭難了。

江大山嘆口氣，將兩個少年拍醒。大郎把餵過女人喝水的葫蘆遞給兩個少年，又取一塊餅出來分成兩半，讓他們吃喝。兩人接過水和餅，也跟他們的表哥、表嫂一樣狼吞虎嚥起來。

吃完了，兩個少年才想起要道謝，衝著江大山四人行禮，說：「多謝恩人們相救。」

見他們休息了一會兒，情緒穩定下來，謝公子便問：「地上這些人，你們打算怎麼辦？」

兩個少年與他們的表哥、表嫂商量一下，那個叫阿志的說：「只能就埋在這裡了。」

「那行，我們幫你們挖坑，是全埋在一起，還是要分開？」江大山問。

「還是分開吧……這是我爹和我大哥。這是他爹和他娘，另外的是我三叔、他大伯，還有表嫂的兄弟和父母。」阿志說。他們雖然是親人，但也各自有小家庭。

於是，眾人在附近找個地方，開始挖坑。那對夫妻又開始哭泣，兩個少年反倒沒哭了，默默的在一邊幫忙，將各自的親人擺在一起，準備依小家庭埋。

處理好這些事後，天色也暗下來。江大山他們帶著這四個人，找了個安全的地方，歇下來開始弄吃的。這下他們終於有時間好好說話了。

原來這群人本也有二十來人，是鄰里鄉親，都沾親帶故，他們結伴而行，已經在外面奔波近兩個月。因為路上不太平，再加上也不識路，誤打誤撞就跑進大山裡。

原本他們只是盯上一頭小野豬，哪想到居然引來一群野豬。這些人雖然青壯年居多，但個個都餓得有氣無力，哪是野豬群的對手？最終死傷大半，要不是江大山他們路過，只怕這四個人也活不下去了。

這對年輕夫妻，男人叫胡傳富，女人是胡嫂子。另外兩個小子，一個叫譚大志，與胡傳富是表兄弟；另一個小的余之信，是胡嫂子的表弟。余之信與譚大志也是表兄弟的關係，都是十二、三歲的年紀。兩個大人斷手斷腳，兩個小的幸運的只受了些驚嚇，身上只有幾處擦傷。

本來他們幾家人是一起逃出來，一路走一路死的，後來就剩下些年輕力壯的和幾個半大小子，要是能早一點遇上江大山他們，剩下的人也不用白白死在這裡了。

但他們也說不清究竟是走了哪些路，怎麼穿到這麼個荒野大山區來？只知道到處都沒吃的，還不停有帶武器的人隨意劫殺，反正世道都亂了，他們也是東逃西竄，才跑到這個地方。

大郎燒了開水，又開始烤野兔，還多烤兩個餅，謝三在旁邊也幫忙烤兩個餅。野兔肉只撒一點鹽，卻烤得油汪汪的，香得大家都要流口水了。

至於那兩頭肥野豬，這會兒早被捆得嚴嚴實實的，連嘴都捆死了，扔在一邊。江大山準備帶這兩頭野豬去換點東西，還是留著活口更值錢些。而且他們也沒帶那麼多鹽，殺了吃不完，多放兩天這肉也壞掉了。

第三十四章

四個傷患，每人吃小半塊餅，再吃兩塊不大不小的兔肉，江大山就不讓他們再多吃。就怕他們餓的時間太長，一時吃太多東西會受不了而鬧肚子。

因為還要往前走，江大山和謝公子商量一下，決定不帶四個傷患走。除了帶上是個拖累外，還有兩個斷胳膊斷腿的人需要就地休養。等他們返回時，一去一回起碼也要四、五天時間，到時這四人的身體應該也養好些了，有力氣跟著他們回村。

於是第二天早上，江大山給他們留下些食物，說：「我們要去辦些事，過幾天回來時，再來看你們。」

「恩人、恩人，帶我們走吧！我們什麼活都能幹，只求一口吃的。」四個人連忙苦苦哀求起來。恨不得抱住他們的腿，不讓他們走，卻又不敢放肆。

「我們是去辦事，你們現在傷成這樣，連路都不能走，怎麼帶上你們？」江大山反問。

「那帶他們兩個小的走吧，他們好手好腳，不會給你們添大麻煩的。」胡傳富連忙說。他的女人也一邊猛推兩個小的，現在能活一個就算一個。能帶走這兩個小的，也算是給家裡留下兩個根了。

可是兩個小的卻不肯丟下他們，急得眼淚都掉下來，一個勁的說：「不行！求求你們，把我們都帶上吧，我倆要是走了，表哥表嫂怎麼辦？」

四個人恨不得抱團痛哭，看得謝公子不忍心的勸著。「行了，都別哭了，我們過幾天就回來。你們先在這裡養身子，養得好些，才有力氣跟上我們。」

「恩人們真的會回來？」女人充滿希望的問。有個活頭，誰也不願意放棄這個機會。

「那是當然，我們得回家去啊，這裡可是必經之路。」江大山笑道。

「你們只管在這裡養身體，天天吃好、睡好，我們過幾天就回來了。」謝公子又勸道。

這下四人不再吵鬧，不過卻擔心的說：「要是再遇上野豬可怎麼辦？」

「哪有這麼多野豬？這裡很安全的。多撿些柴草，要是真遇上野豬就燒火驅趕牠們。另外，不要亂走，往那邊有水、有野菜，不會餓到你們。」謝三伯指了個方向說。

他們選擇的這塊地方很空曠，是個較大的開闊地，周邊都是石頭，連野草都沒長多少。沒現成的東西可以吃，野豬一般不會到這裡來，當然如果野豬真來，他也沒辦法，只能算這四個人倒楣。

不過為安全起見，他們又給這四個人削好幾根尖利的樹枝當武器，他們自己也有菜刀、砍刀類的利器，這裡還有個天然的石洞，四人平常躲在裡面，把洞口擋得嚴實一些，只要安全度過幾天就行。

「白天出去多挖些野菜回來，燉野兔湯喝，其他時間就好好待在洞裡歇息，養好精神，把身體養好了，才有力氣跟我們回去。」臨走之前，江大山又叮囑。

「好。」四個人齊齊應道。

江大山留給他們四人的食物，有八個大餅，幾隻已經處理乾淨的野兔，還有一小包鹽。

「這些東西夠你們吃個幾天，幾天之後我們也應該回來了。」說完，便上馬走了。

阿志和阿信目送江大山他們走遠，才悶悶不樂的回到藏身的山洞。

「怎麼啦？」胡大嫂問，胡大哥也擔心的看著他倆。現在他們夫妻兩人都不能動，還得靠兩個小的照顧呢。

「表嫂，他們真的會回來帶我們走嗎？」阿志和阿信不約而同的問。

「會的，他們說會，就一定會的。我們現在只要養好身體，不給恩人添加太多麻煩就好。」胡大哥勸告兩個表弟。

現在有了糧食，可以過一段日子了。前面他們光靠吃野菜都沒有餓死，現在有這幾隻野兔和八個大餅，他們省著點吃，過個十天半月不成問題。

十天半月之後，斷骨雖然不會完全好，但其他的傷口大致應該養好了。身體好了，他們活下去的機會就更大。這樣一想，他就越發有了希望，勸說起表弟們也更有精神。

「是的，你們不要想太多，我們難得遇上好人，以後得好好報答他們。」胡大嫂說。

「知道了，你們好好歇著吧。」阿志說著，帶上阿信出去找柴草和挖野菜。阿志比阿信大一歲，很有哥哥的模樣。

「唉，以後我們就只能和表哥、表嫂在一起過活了。我好想我爹我娘。」阿信說著，又流淚了。他的爹娘兄妹叔伯全死光了。

「別怕，我們會好好的。」阿志安慰道。現在不是痛苦傷心的時候，他已經從不斷失去親人的痛苦中，變得堅強起來，因為這個時候，自己不堅強，就只有死路一條。其實他對恩人們會不會回來，並不抱太大的希望，但現在至少有了食物，待表哥、表嫂身體養好了還有些盼頭。

走遠了些，江大山和謝公子兩人又商量著說：「把他們四人帶回去後，先住在湖邊的屋子裡吧。幸好當時把那屋子蓋得好，住人沒問題。」

「現在住是沒問題，但冬天就不行了。湖邊冷，那屋裡又沒有火炕，如何過冬？」謝三問。

「難不成還得我們自己弄個火炕？」江大山發愁了。

「我不會。」謝公子連忙說。

「咱們都不會，只能問問他們自己了。實在不行，我們在村子裡再蓋間屋，起碼比待在湖邊要暖和些吧？再說大家住在一起，也能互相照顧。」大郎說。既然決定要帶他們回去，自然也要安排好他們以後的生活。

「說到建房子，其實我也得建，我現在和大郎他們住在一起，暫時沒問題，等過一、兩年，阿湖再長大些，就得讓她單獨住一間了。」江大山猛然想起這個重要問題。總不能讓個大姑娘家一直和家裡的小子們一起住吧？

「就是，是該分開。」謝三和謝公子都說。

「那我們回去後，再蓋房子吧。這回要多砍些樹回來，把房子建得更結實些，以後還得想辦法盤上火炕。」江大山又說。

「行吧。左不過十天、半月就蓋好了。」謝公子笑道。反正這次回去，他們也得留在村子裡先觀察胡家人一段時間，所以他們有時間再建房子。

大郎他們出門已經五天了，這一路不停歇的，山是越來越大，路卻越走越荒涼。幸虧樹木花草沒怎麼瘋長，要不然他們只怕連小路都摸不到，只能在大山群裡瞎穿行了。

離開胡家四人，他們又走了兩天一夜，第三天都快下午，江大山和謝公子都快要失望時，終於看到不遠處的山坡上，有東一小塊、西一小塊的農田。

謝三鬆了口氣，高興的說：「有人種田，附近肯定有人家。」

「嗯，總算有希望了，要不然只有上回那小縣有人，我心裡真不踏實。」江大山說。

四個人又繼續前行，經過一個長長的大下坡路，再轉過一道大彎，眼前豁然開朗起來。大郎興奮的指著前方不遠處的炊煙。「哎，那邊好像有人家了。」

「不錯，有煙，就算不是人家，也能遇上人了。」江大山興奮的說。

他很怕出來這麼多天，什麼收穫也沒有，還得帶回四個人。蘆葦村的三家人能顧得了自己就不錯，再多四口人，別的不說，光糧食就是個大問題。

四人興沖沖的繼續前行，終於發現一個村莊。一排排低矮破舊的茅草黃泥屋掩藏在大樹與翠竹之間，一看就知道這個村子不太富裕。

他們騎著高頭大馬，一到村口就引起全村人的注意。正好又快到做晚飯的時間，村子裡的人大半都在家；孩子們在門口打鬧嬉笑，整個村子雞犬相聞、人來人往，還滿熱鬧的。

謝三帶著大郎往村子裡來，留謝公子與江大山守著四匹馬。

小孩子們好奇的看著他們，謝三問幾個孩子。「你們的村長是哪戶？他在家嗎？」

「村長來了。」一個拖著鼻涕的男娃娃，指著不遠處正快步往這邊走來的老男人。

「路過貴村，打擾了。」謝三連忙過去和那村長攀談起來。

「難得有外人到我們這窮村子裡來。客人們打哪邊來，是來幹啥的？」村長年約五十多歲，看上去很和氣，但也很精明，甚至能隱約感覺到很忌憚他們。畢竟他們騎著馬，一看就不是普通鄉民。

「我們從南邊來，路上走了幾天幾夜，在山裡還獵到兩頭野豬與一些野兔，不知道貴村有沒有多餘的糧食能換些給我們？」謝三說。

他們說話的時候，已經有不少人圍攏過來，有剛從田裡回來、扛著鋤頭提著籃子的老農，也有大媳婦、小姑娘的，男男女女還不少。大郎剛才粗略的數了一下，這個村子有約二十戶人家。一戶人家只算五口，就有百來口人，想來這個村子算得上是大村子。

「我們村窮，種的糧自己都不夠吃，沒有多餘的。」村長直言，沒有糧食。

「就是，這時節家家戶戶都靠野菜充饑，哪有多餘的糧啊？」幾個面有菜色的年輕人說。

「那你們村應該有不少竹器吧？」大郎問。這裡到處是粗壯的楠竹，想來有人會製竹器才對。

「我們村人人都會編些竹椅、竹筐、竹籃子，你們要嗎？」村長問。

周邊眾村民也眼巴巴的看著他倆，希望他們要。

「我們拿野豬肉和你們換，行不？」謝三問。

眾人面露喜色，村長裝模作樣的沈吟片刻，同意了。村民們歡呼起來，村長叫幾個孩子過去讓江大山他們進村來。

江大山和謝公子牽著四匹馬慢慢進了村，其中兩匹馬背上各綁著一頭捆得結實的野豬，一匹馬掛著兩個筐子，筐裡拴著一串野兔。兔子和野豬都是活的，只是被綁起來。

看到野豬、野兔，很多人都露出羨慕的眼光。他們這個村很窮，大家靠種田為生，但這裡的良田少，還東一小塊西一小塊的，大家辛辛苦苦一年，產出的糧食除了交田稅，自家都不夠吃，一年有大半日子，還得靠找野菜來充饑。

雖然能做些竹器貼補下生活，卻因為價格賤，又難得賣出去，家家戶戶日子都不太好過，也不過是比最窮的強了那麼一、兩分。現在家家戶戶都堆積了些竹器，就等著人來收呢。

因為窮，家家戶戶更難能見到葷腥，一聽可以拿東西換肉吃，大家七嘴八舌的聚到一邊去商量價錢。

憑剛才的觀察，大郎知道這個村子很窮，雖然離山不遠，但村民畢竟出生普通農戶家，有能力打獵的人並不多，不然村民們也不會像看稀奇似的圍著他們，有的小孩更是眼巴巴盯著野豬、野兔，恨不得拿刀來割塊肉回去吃。

兩頭野豬雖然受了傷，但一路上，江大山他們也給野豬餵食，反正路上到處是野草、野菜，野豬又不挑食，隨便餵幾捆野菜，養著不讓牠們死了。活野豬更好賣一些，野兔子也一樣。

村長和幾個能做主的人商量了一下，讓人取一把竹椅、一張長板凳、一對竹筐，幾只大小不一的竹籃、竹簸箕等物過來，才對謝三說：「這些東西你們看一下，要哪幾種？我們好談價格。」

大郎看了下這些東西，除了竹椅和竹簸箕有用，竹筐、竹籃子只是粗粗的掃幾眼，這些東西真不值什麼。

「你們有小竹床嗎？就是天熱時在外乘涼睡的。」

「有啊，大小都有，家家戶戶都用著呢。」村長一聽樂了，連忙又叫人去搬來三張大小不一的竹床。這才是最貴的物件，也是他們賣的大頭，其他竹籃子什麼的，一般都當作添頭送給商隊的。

大郎看了看，表示滿意，假裝和江大山商量似的說：「舅舅，我們要幾張中等大小的竹床吧？」

「行啊，四張夠不夠？」江大山問謝公子。

謝公子點頭。「夠了，再多我們也帶不走。」

於是村長讓人去搬來另三張他們說的中等竹床。

「問他們吃不吃竹筍？」大郎在江大山耳邊低語。

江大山連忙問了這個問題，村長笑答。「自然是吃的，家家戶戶還曬了筍乾呢，小光去拿點筍乾過來。」

很快筍乾就拿過來了。謝三假裝仔細的看了看，然後轉頭看大郎的眼色，其實他根本不懂好壞，只吃過筍乾，像臘肉燉筍乾就是一道很美味的菜。

「這是舊年的筍乾吧？」大郎問。

「是的，今年的筍乾還沒有開始曬呢。」村長驚訝的看著大郎。

他沒想到，這四個人當中，居然是這個孩子最識貨，想來，這孩子才是其他三人的主子。他心裡認為大郎他們是行商，大郎這個小主子是出來歷練的，因此對大郎就更加另眼相看了。

「成貨，價格就便宜些了。」大郎說。

「那是當然。」村長點頭，越發對大郎恭敬起來。

「我們要十把中等椅子、十條長板凳、四張竹床、十個簸箕、一對大竹筐子、十斤筍乾。拿一頭野豬和你們換，行不行？」大郎問。

這是他和江大山、謝三他們商量好的。其實這不是他們的底價，如果對方還價，兩頭野豬都給他們也行，反正他們並不太在意野豬能換多少東西。

「一頭太少了吧，再加點。」村長說。

「行，再加兩隻野兔。」江大山隨口說。

經過一番討價還價，最終江大山同意把野兔子全給村長，不過大郎卻向他們多要幾個大大小小的竹籃。

村長臉上露出笑意。這可比他們平時賣的價格好得多，雖然商隊給的是銀子，但價格卻極賤，再說，現在這些還是商隊收購後留下的次等貨，生意達成後，大郎又找他們要幾捆乾枯的老筍葉，這玩意當繩子用很方便。

村長見他要老筍葉，從家裡拿一捆草繩過來說：「拿這個去綁，更好使些。」

「多謝。」大郎接過道了謝。其實從村民的表情就可以看出來，今天這生意他們虧了。不過他們本也沒想拿這些野物賺多少銀子，只不過是拿牠們當個由頭罷了。

談妥生意，大郎就不管事，任憑江大山他們忙活，做交割。村裡熱鬧的很，因為有肉吃了。而且這次的生意他們算是賺到，大人們心情很好，家家戶戶像過年似的。

大郎拿出一塊餅，撕成幾小塊，分給幾個小孩子，順便跟他們套話，得知明天居然是他們趕大集的日子。

「很熱鬧呢，有好多人。」有小孩子懷念的說。每回只要去大集，家裡總能買點吃的給他們打打牙祭。

「遠嗎？」大郎問。

「不遠吧。」其中一個大點的孩子不太確定的說。

見再也問不出其他的話，大郎找到村長說：「明天帶我們去趕集，我們想把剩下的野豬賣掉，在集市上換些糧食。」

「好啊。」村長滿口答應了。

「今晚能不能在村裡找個地方給我們住？」謝三問。

「就在我家吧。不過我家也窮，沒什麼好招待的，你們別嫌棄就好。」村長熱情的邀請道。

「那就叨擾了。」江大山掏出一兩銀子遞過去，說是今天晚上的飯錢與住宿費用。

村長也沒推辭，接過來有些不好意思的說：「家裡窮，沒什麼好招待的，也不知道客人們吃不吃得下？」

「我們只要喝些熱湯水就行，我們自己有乾糧。還有我們的馬，也放在你家院子裡嗎？我們那頭野豬要怎麼辦？」謝三問。馬可是他們寶貝，得好好照看。

他們還剩幾個餅，隨便吃吃就行。反正一路上他們沒餓過肚子，況且明天去趕集，還怕買不到食物嗎？所以對這一餐，他們本也沒抱多大希望。

「你們放心，馬自然會幫你們照顧好，那野豬也會看著。」村長說。野豬雖然很凶，但受了傷，又被綁幾天，早就沒多大脾氣，根本就不用怕。

幾個人在村長家門口，坐著說了會閒話，村長的兒媳婦才過來喊吃飯。

這會兒，大郎他們才知道，村長家人口還不少，不過女人們不能上桌，都躲在廚房裡吃飯。堂屋的大桌上，擺著四盤菜、一大缽湯，外加一疊粗麵菜餅。

看來村長家還是很盡力的準備飯菜，菜湯裡放了點油，還加上雞蛋，弄一大缽，另外還炒了大盤的臘肉筍乾，其他三道菜他們也沒細看。因為江大山他們沒有要其他的飯菜，直接把大餅泡在菜湯裡，再挾幾筷臘肉燉筍乾，每人吃一碗就打發肚子了。

村長家本就留有招呼商隊的房子，在他們家院子裡有一排小屋，總共有四間房，裡面除了竹床與竹椅之外，居然還配一張小竹几，就是床上只鋪了些乾草，沒有鋪蓋。

「家裡沒有多餘的鋪蓋，這房間也是供商隊來住，他們都自帶鋪蓋，房間很乾淨，我們天天都整理。」村長說。

「多謝了。」謝三連聲道謝。難得有床鋪睡，這可比在外面露宿好了不知多少倍，還有什麼好挑剔的？

第三十五章

第二天早上，江大山他們一人喝一碗村長家的稀菜粥當早餐。

村裡人出去趕集的不少，男女老少都有。每人都帶著些竹器，甚至還有那幾隻野兔子。聽說那頭野豬，他們也還沒有殺，準備今天趕完集再回去殺呢。

這裡可比上次去的那個縣城要窮得多，只有一個叫半條街的小集市。稀稀疏疏兩間小鋪，交易都靠初一、十五，附近的山民與農戶拿自己家的東西過來換些日用品。

「這麼小。」謝公子喃喃低語。

「就是，還說是大集市，就這麼點地方，我們這頭野豬不會還要帶回去吧？」江大山擔心的說。

「那也沒關係，大不了再和村民們換些東西，多弄些竹椅、小几回去也好，反正家裡缺這些東西。」大郎說。

「你這想法不錯。」謝公子被他說的笑起來。

幾個人在集市裡瞎轉，鄉民們以前見過商隊來，所以對他們並沒有表現出太多好奇。大家都只顧自己的生意，互相談價，忙碌著呢。不過他們運氣很好，野豬很快就被人要了，雖然只給一兩銀子，但看這個集市，再看看這些鄉民，也就這麼點消費能力，他們便很爽快的交割了。

在兩家鋪子裡，他們總共買了二百來斤的糧食，不敢買太多，畢竟也就兩家雜貨鋪，貨品也不齊全。要是他們什麼都買，只怕會被他們搬光，讓其他鄉民買不到那就不好了，而且有些東西他們實在看不上眼。

不過，鹽倒是可以多買些。請村民們幫忙，他們共買了四十斤鹽。後來大郎又相中鄉民們自紡的麻布，雖然粗一些，但做幾件衣服穿來幹活還是可用，江大山乾脆也買了一捆。

天氣熱後，很多人就不穿夾衣、單衣。這些布雖然不好，但穿著幹活也很正常，穿好衣服下田幹活也太浪費了。他們順帶連針線也買一大包，然後是農具。這玩意兒挺貴，但也買了三把鐮刀、三柄大鏟子，再加一口大鍋，每次辛湖都嫌鍋不夠大。罈罈罐罐永遠不嫌多，挑了兩個大砂罐，又另外大大小小的買了十來個，把兩只大筐子都裝滿才收手。

「差不多啦。估計也難能再看到好東西。」謝公子說。

「我還想弄些藥材，小石頭娘不是還要成藥嗎？」江大山不甘心的雙眼四處亂轉。

「對了，石磨。石磨哪裡有？」謝公子也想起一件東西。他們的採買單子根本沒拿出來，這個地方東西少，哪裡用得上啊？

「石磨不在這裡，要到那邊去。」有人在旁邊說。原來是一個與他們同來的村民，他自己的生意做完，無事可幹，閒晃著正好聽到他們的談話。

江大山連忙請這人帶他們找去。

走過熱鬧的集市，後面居然還有一條小街，人很少，一點也不像是做買賣的地方。一間專門做石器的店鋪就在第一家。「老石頭，有貴客要買石磨。」村民粗大的嗓門很快就把屋裡人叫出來了。

一名精壯的中年漢子披著外衣匆匆迎出門來請。進門一看，果然大大小小的擺放著好幾副石磨，謝公子大笑，選了一副小手磨，又拿一副中等石磨，大的不敢要，怕太重帶不回去。

「那邊還有什麼？」大郎問。

「還有家彈棉花做棉被的鋪子，和一家小飯館。」

「走，去吃點東西，先填飽肚子再說。」江大山連忙拉上那位熱心村民，招呼大家去吃飯，剛才有在集市買一些亂七八糟的小食吃，但粗糙得很，真不太好吃。

小飯館平時接待的就是來往的行腳商，都是些窮鬼，難得見到出手大方的客人，飯食自然也不會太好。

菜沒什麼選擇，大塊的滷肉上了兩大盤，再炒兩道小菜，一缽加了雞湯的菜湯。大家都餓了，吃個盤底朝天，那位村民只怕是有生以來吃得最飽的一頓，末了還眼巴巴看著剩下的一個饅頭。

「我們都吃飽了，這個饅頭你帶回去吧。」謝三乾脆直接把饅頭塞給他。

他們點一壺茶水，慢慢喝著，休息一會兒，準備再去看看棉被。家裡正缺棉被，雖然冬天過去了，但難得遇上，肯定也要買幾條回去。
這時來了三個行腳商人，店家顯然與這三人很熟，打著招呼過來，熟門熟路給他們安排每人兩個饅頭、一小碟滷肉。
三人邊吃邊抱怨。「他娘的，過個橋現在收十個錢了，我們來往一趟，就得花二十個錢，這樣下去，跑這一趟盡給他們賺了。」
「就是，太黑心了！以前都只收三個錢的。」
三人說得熱火朝天，江大山他們也不急著走，喝著茶水，希望能再聽到一些更有用的東西。但那三人吃完就匆匆離開，謝三本想跟上去套套近乎，問點話，但人家很顯然沒心情理他。
江大山又讓店家裝十幾個饅頭和兩包滷肉帶上，這是準備在路上吃。店家難得見到這樣大方的客人，自然非常熱情的招待，江大山乘機問：「那三人說過橋收十個錢，怎麼回事？」
「哎喲，您可不知道，我們這地方出入就靠那座橋，以前每人也就收一、兩個錢，他們這種做生意買賣的才會收三個錢。年後開始不知怎麼，守橋的兵士越來越多，都帶著刀，盤查嚴，收的錢還越來越多。」老闆說。
「那橋有多遠？」謝公子問。
「三十多里。過了橋，不到十里就是清源縣城。」老闆說。

聽到清源縣城，謝公子和江大山都愣了。搞半天，這裡居然能通到清源縣去？那他們這一次出來還是沒有找到新的路嘛。而且現在清源縣突然加強守衛，連過橋費都突然漲這麼多，這情況顯然不太妙啊！

他們想去看看，但那老闆卻說現在盤查很嚴，低聲告訴他們。「據說青壯年都被抓走啦。」

「他們是查什麼，有江洋大盜嗎？」江大山笑道。

「誰知道咧。官府的事情，我們這些升斗小民可不懂。」老闆直搖頭。

本來他這間飯館說是做生意，其實不過是給行腳過往的商人們提供些便利，賺得很少，但現在商隊不來就別說，連行腳商都不敢來，以後的日子只怕會更難過。

聽他們講這些事情，其他客人也都聽得津津有味。這巴掌大的小地方，平時也沒什麼新鮮事，有些人來趕集的次數很少，難得有這機會，不知不覺大家聊起來。

有個熟識老闆的人就問了句。「飯老大，你去過清源縣城嗎？」

「清源縣城裡熱鬧不？是不是到處都有好看又高大的青磚大瓦房？」又有人問。

「我哪去過啊。」老闆訕笑道。

「你們都沒去過？」江大山好奇的問。

那個帶他們過來的村民小林及大堂裡的幾個客人紛紛搖頭，有人說：「我們鄉戶人家，去那縣城做啥？進城還得交錢，家裡又沒啥值錢的物件能去賣。」

「就是，要啥就在集市買，去那麼老遠，路又不好走，不是做買賣的，誰樂意走那三十里的山路啊？」又有人說。

眾人皆附和，表示對那縣城並沒什麼興趣。

「過橋要收錢，那橋邊沒有小集市嗎？」謝公子問。

「有啦，當然有，還不小呢，比我們這熱鬧。」老闆說。

「你不是沒去過嗎？說得好像自己見過。」有人嘲笑道。

老闆也不生氣，笑嘻嘻的說：「我還不能聽行腳商們說啊？聽說那邊南來北往的商隊不少呢。喏，就你們翠竹村的竹器，也有在那集市上賣，要是你們自己能運到那裡賣，村裡日子早就富裕起來。」

「美的你呢！還自己運過去，先別說他們怎麼運，肩挑背扛能弄多少出去？而且那路有一截很艱險的，搞不好就會掉下去，連屍骨都收不回來。再說到了集市，你當自己想賣就能賣得出去？自有人專門做這個營生。」正進門的兩個行腳商聽到他的話，笑罵道。

「那是，我們還是老老實實在家待著，讓商隊來收竹器，過慣苦日子。」小林苦笑。

以前他們也不是沒打過這個主意，卻沒有成功過，反而還令商隊大為光火，連續三年沒來收竹器，後來他們再也不敢重提這事，就賺點手工錢，多少有些收入。

在大家的七拉八扯間，江大山他們還是打聽到一些消息，起碼知道這翠竹村和附近幾個村都歸清源縣下的一個什麼里長管，但除了每年收稅賦外，里長並不怎麼管他們。

反正這裡鄉民都窮得叮噹響，還四面環山，跑也跑不出去，人也格外老實，很多事上頭也就睜一隻眼閉一隻眼，所以本地的事基本上是由村長管，而村長一般都還是族長，權力還滿大的。

聽了這些消息，江大山打算和謝公子去那個集市先打探一下，讓大郎和謝三帶著東西先回翠竹村裡等。「也就三十里遠，我們騎馬，很快就會回來，你們先在村子裡休息。」

「行，你們小心點。」謝三點點頭。

小林跟著他們大吃了一頓，很爽快的幫大郎和謝三伯挑上那副石磨。謝三挑一擔糧食，還有剩下的一袋粗麵與一些七零八碎的東西，村長讓幾個人分擔著幫他們運回翠竹村。

大郎則揹兩床被子。棉被是貴重東西，所以他只敢買兩條，還花了二兩半銀子呢。不過人家那鋪子裡也僅有兩床棉被，全賣給他們了，喜得搭一斤棉花給他們。

回到村子已經大下午了，大郎與謝三肚子也不餓，分了些粗製點心給幾個幫他們揹東西的村民算是答謝。謝三在整理東西，大郎就去村裡瞎逛，他還想在這個村弄些有用的東西，因為辛湖交代的有好多都沒弄到。

一群孩子跟著他亂逛，不過是為了他手中的一塊、半塊粗點心。

「誰家小雞、小鴨有多的？」大郎問。

「三奶奶家剛孵了小雞。」有孩子說。

大郎跟著孩子們到這個三奶奶家，才發現這老太太家只怕是全村最窮的一家。大郎提出要她家的小雞，總共才六隻，老太太卻說要一升半粗麵。

「妳這也要得太多了吧！」有孩子當場反對。老太太不過是看大郎他們有錢，其實這六隻小雞仔擱平時，能有半升粗麵就不錯了。

「就是，這麼貴不要了。」大郎說。

今天他可是好好整理過本地的物價，一上午他盡是在集市上看別人交易，把很多東西的價格摸清楚了。雞蛋兩個才要一個錢，甚至買多些還能搭上一、兩個，還經常賣不出去，鄉民們家裡的雞蛋多半是拿去換鹽。

那雜貨鋪裡，老闆挑雞蛋挑得可嚴，生怕不新鮮。因為他也是拿這些雞蛋給商隊，讓別人給他帶鹽回來的，重點是收了雞蛋，還得折價才能換鹽。所以兩個雞蛋實際還換不到一個錢，現在老太太居然還要一升半粗麵，這可是把他當傻子了。

再比如，他們一頭野豬賣得一兩銀子，聽村民們的說法，稍微賤了點，但難得碰上要整隻的大主顧，便宜點也划算。村長的意思是，如果讓他去談價，應當可以多要十到二十個大錢。一兩銀子算一千個大錢，十錢可以買二升粗麵，但二十錢卻只能買一升細麵。

最後，他們用賣野豬的一兩銀子，買了二百來斤粗糧。

鹽不算太貴，品相卻不太好，要十五錢一斤，四十斤鹽就花了六百錢。再花二百錢買了些粗點心，吃一頓有肉有細麵饅頭的飯，才花了半兩銀子。

相比於給村長的一兩銀子，大郎也心知不值，不過就算結個善緣，畢竟這個村長在翠竹村甚至半條街集市上都說得上話，以後有什麼事還可以來找他幫忙。況且看他接一兩銀子也不吃驚的樣子，想來商隊歇在他家，給的也不少。

大郎決定回去後，還是得和江大山、謝公子談談物價的事，以後可不能一出手就是一兩銀子。不過其實他冤枉了江大山，不是他大方給一兩銀子，只是他當時手中只有一兩是最小額的。

老太太見大郎一開口就說不要，心裡慌了，連忙放軟態度，苦著臉說：「我們家窮，早就斷糧了，我孫子就等著糧救命呢，拜託你多給點吧，我家還有些筍乾。」

大郎搖搖頭，說：「一升，還是看妳說得可憐。」

老太太連忙把小雞裝在一個小籠子塞進他懷裡，說要和他去拿糧食。

到村長家，大郎借來村長家的升子，裝一升粗麵給她。老太太哭窮，接過粗麵倒入自己的口袋裡，眼睛卻四下亂轉，明顯村長不給點東西，她就不走的模樣。不得已，村長把謝三給他家孫子的一包點心分出一半，才打發走老太太。

村長嘆了口氣，說：「他們家最窮，命也不好，兒子、老子都死了，就剩下孤兒寡婦的。你們要小雞，我再去給你們弄幾隻，也不用一升麵，就按價給，十隻給一升。」

「如果有鴨仔也行。不過一樣我們只要二十隻，兩、三隻公的就行了，麵我們也是拿回去吃的，只不過家裡女人們想養些雞鴨，下些蛋給孩子們補補身子。」謝三說。

「行。」村長答應，很快就讓他的大兒媳婦出去張羅。也不知道她怎麼弄的，反正出去不過幾刻鐘，就帶回雞仔、鴨仔各二十隻，還用兩個小籠子裝得好好的。

「我仔細看過，公的各有三隻，不過太小，興許也有看不準的。」

有了雞仔和鴨仔，大郎開始往村民們家的菜園子轉，又弄到兩棵六、七尺高的柿子樹苗，花了一升粗麵，讓人家給他們連根帶泥巴挖起來，仔細包好根部的一大坨泥，才帶回來。

出去探路的江大山和謝公子一路快馬加鞭，跑了約十里地後，果然遇上一截非常險峻、大約三尺多寬曲曲折折的小路。

一邊靠著怪石嶙峋的山頭，時不時還有砂石滾落，另一邊卻是湍急的河水。河面寬廣，水量很大，根本沒見到有船通行，前面一路上還能遇上人煙，在這裡他們卻沒看見一個人。

兩人下了馬，小心拉著馬走這截路。那馬也知道危險，根本不敢往兩邊看，跟著主人慢慢往前走。

「還真難走，難怪沒人敢來。」江大山說。

「就是，要是揹滿東西就更難走了。」謝公子說。

兩人走到這裡，又喬裝一番，變換樣子，把自己打扮成商人。

等兩人發現所謂的集市時，遠遠就看見整齊的幾排房子，看起來不小，卻沒見幾個人走動，可見這邊生意真的不好做。再往前走一點，就看到再遠處是一座橫跨河面的大橋，果真看見有身懷利器的官兵把守。

「這是什麼集市？都沒有人啊。」江大山好奇的說。

「怕是被查的狠，人來少了吧。」謝公子猜測道。兩人四下轉一圈，發現還有幾條小道，估計附近還有些村子。這個地方和他們上次來的清源縣，似乎完全不是一個地方，兩人猜測，這裡應是清源縣的另一頭。

「我們騎著馬也太打眼，要不你帶著馬躲起來，我過去瞧瞧。」江大山又說。

「行，你去吧，小心點。」謝公子同意了。

江大山揹著簍子走過去，集市裡有一半以上的鋪子已經關門，沒關門的好幾家鋪子見到終於來了客人，紛紛招攬起來，甚至還有女人過來拉他。江大山裝成鄉下來的二愣子，不動聲色的四下觀察一圈。

最後，他在一家雜貨鋪裡挑幾樣孩子們愛吃的小點心，在隔壁的布鋪裡買兩塊棉布，一塊粉色、一塊紫色。接著在一家藥鋪裡，買到小石頭娘說的小嬰孩吃的藥，又買了些跌打損傷的藥，還不敢買全，只七零八落的雜買一把。

這邊的物價可比半條街那邊貴得多，尤其藥真的很貴，就這麼一圈，他已經花掉五兩銀子。本來他還想再仔細看看，挑著買些東西，卻發現有人一直跟在他身後轉悠，令他心生警覺，揹上簍子就往回走。

走出集市，江大山故意裝作去解溲，尋了個雜草樹木茂密的地方跑過去，他來時，就看好這地兒。那跟著他的人遠遠的墜在後面，見狀也沒走近。

沒一會兒，江大山就從另一邊溜走，快步跑到謝公子藏身處，說：「快走！」

謝公子沒吭聲，迅速接過他的東西，兩人騎上馬就跑。

第三十六章

沒跑多遠，後面跟蹤的人就發現自己上當，罵罵咧咧的回去了。他們也懶得追上來，反正只要不進城，也不會出什麼事。

兩人回途時，還是遇上幾個熟面孔去集市，但因為他倆改裝扮，別人一時沒認出來，兩人又打著馬一陣風似的奔過，那幾人根本就沒認出他們。

越過那段險路，天就擦黑了。

「好險，要是天黑下來，這段路我可不敢走。」江大山擦著汗說。

「那是。」謝公子笑笑，兩人找個地方歇下來，喝點水吃了東西。

夜裡的山林黑漆漆的，伸手不見五指，兩人也沒生火，就在黑夜裡談話。

「這個清源縣看來還不錯，怎麼我就不知道呢？」謝公子苦苦思索半天，還是找不到有關清源縣的印象。

「我也不知道。真想再進去看看，上次我們太匆忙了。」江大山惋惜的說。上次要是好好的在縣城裡轉轉，說不定就跑到這邊來了。

「你看那個重兵把守的模樣，還進城？算了吧！要是真被抓走就麻煩大了。」謝公子嘆氣。他寧願再去找其他路也不想再來清源縣，這地方總令他有種不好的感覺。

兩人摸黑說了會兒話，月亮就升上來。今天是十五，月亮又大又亮，很方便兩人趕夜路。

回到翠竹村已經半夜，大郎和謝三在村長的勸說下早早歇下了。

「他們騎著馬回來我聽得到，你們先安歇，有什麼事，我再叫你們。」

謝三道了謝，就和大郎先睡了。

村子的半夜極安靜，謝公子和江大山的馬蹄聲還很遠，就十分清晰的傳到這邊來，果然很輕易就驚醒了一些人。村長和他兒子本就沒有睡下，馬還沒進村，他們就起來了。

「我們過去看看，有什麼事就叫人。」村長對也想跟過來的二兒子說，讓他去叫幾個人，以防萬一。畢竟村子裡剛來一個大主顧，怕惹來麻煩。

沒多久江大山和謝公子騎馬朝村口來，兩人身形很好認，還沒到村口，村長的大兒子就認出來，見後頭沒跟什麼人，父子倆鬆口氣，迎上前去。

「這麼晚，路上還好吧？」村長殷勤的問。

「那邊路是很難走，我們去抓了些藥，趕急趕忙的回來，還是拖到半夜。」謝公子說著，故意露出藥包。

村長笑笑，沒再多說什麼，帶他們進去歇下了，其他起來的村民也各自回家去。

第二天，大家在村長家裡吃早飯。今天的早飯可比昨天的要好很多，是半稠的麵糊湯，還炒了兩道小菜。

四個人也不客氣，一人端一大碗，就連大郎也一樣。這麵糊湯總比昨兒的稀粥要飽一些，雖然味道不如稀粥，糙口又割喉嚨，四個人眉頭也沒皺一下就喝光。

東西太多，四匹馬足足馱滿了，尤其竹床、竹椅極占位置，要不是村長他們有經驗，知道怎麼疊、怎麼捆綁最省空間，只怕江大山他們根本沒辦法帶回去。就算這樣，最後馬上也只剩一個位置留給大郎坐，其他三人都得步行。

村長帶著幾個青壯年送他們一會兒，並且說：「往後還想要竹器、竹筍可以再拿野豬、野兔來換。」

「好的。我們也難得出趟門，太遠了，下次怕是要到秋收後。」謝三笑道。這話也說不準，興許來興許不來，得看情況。

走遠後，謝三才搖搖頭又說：「這村長還真精明，拿著賣不出去的竹器，還想找我們換更多的野豬。」

「但是，我們要他的竹器呀。」大郎笑道。

「就是啊，所謂物以稀為貴，你不要的東西就不值錢，要的東西就值錢。就比如野豬對我們來說不算什麼，但對他們來說就很需要；竹器對他們來說隨手可取，我們卻得找他們買。」謝公子也附議大郎的觀點。

「對的、對的，其實我有些後悔給他一兩銀子當茶飯錢。」江大山也笑起來。

「說到這個，以後舅舅還是別這樣大方了。」大郎乘機跟大家提，他昨天在集市上瞭解到的本地物價。

「我要是知道一兩銀子都能買二石粗麵，肯定不敢給村長一兩銀子，他該不會把我當成肥羊吧？」江大山訕訕笑道。

「算啦，那粗麵要不是為了胡家四口人，我們也不會買這麼多。不過本地物價的確混亂，貴的貴死，賤的賤死。」謝公子說。

大郎安慰江大山說：「村長得了我們一兩銀子，下次來他肯定會好好待我們，就算是交了人情吧。」

「嘿嘿，下次我知道啦！這回還特地換上兩串錢，不會再這樣大手大腳的花。」江大山不好意思的笑著，有些心虛。

「其實我本也不清楚，是仔細在集市上打聽過才知曉。」大郎不好意思的說。

他也和江大山、謝公子一樣，並不清楚物價，況且各地的差異很大。其實他們一看就是外鄉人，要不是他跟著翠竹村村民們混在一起，還不一定能把市場行情搞清楚呢。雖然都是些一輩子也沒出過半條街的鄉民，做起生意來也一樣有精明的。

幾個人聊起這些，都覺得有點好笑，謝三轉移個話題，說：「哎，要不是實在帶不下，我還想找他們弄些竹斗笠和竹席。」

「哎喲，我怎麼忘記竹席了呢。」大郎後悔的恨不得再轉回去。

「想要，過段時間再來唄，反正一時也用不上。」江大山安慰道。

大郎點點頭，轉而問：「那邊集市熱鬧嗎？東西多不？」

「熱鬧個鬼哦！都沒人了，盤查也格外緊，我們不敢多買什麼。」江大山答。

「你們上次去都沒人管，怎麼這次就大變樣了？」謝三驚訝的問。

「上次我們是從另外一條路進去，與昨天去的地方都不同。不過肯定有什麼大事要發生，不然城裡也不會管那麼嚴。」謝公子說。

「就是，那前邊應當有碼頭才對，這麼大一條河，不可能沒有水路。」江大山很遺憾沒能再去探一探路。

「嗯，說來是有些奇怪，下次有機會再說吧，現在還是安心回家。」

謝公子也覺得有些怪。不過，那河他們並不是一路都經過，也許在他們沒經過的地方有船也不一定。

四人一路不敢耽擱，帶著一堆行李，緊趕慢趕的花了三天回到胡家寄居的山洞。

阿志和阿信每天都會在他們離開的方向翹首以待，遠遠的一見到他們回來，就興奮的迎過去。「恩人們回來啦！」阿志大叫著，也讓山洞裡的表哥、表嫂第一時間得知這個好消息。

走近些，兩人嘴裡更是連聲喊「恩人，恩人」，弄得大家都很尷尬。

「別叫我們恩人了。」江大山皺眉，很不喜歡這個稱呼。

「我姓江，他倆姓謝，大郎姓陳，以後你們就叫江大哥、謝大哥、謝三伯。」江大山給他們定了稱呼，大家聽著恩人兩字真是彆扭。

「那，恩……江大哥，你們買這麼多東西啊？」阿志小心的問道。

「你們倆身體養好了吧？裡頭兩個怎麼樣了？」謝公子沒回答反問。

「我們倆身體很好，表哥、表嫂也好很多，就是表哥腿斷了，還不能走路……」阿志這話越說越小聲，怕江大山他們嫌棄表哥不能走路。

才養幾天，傷是不可能馬上好全，但起碼四人的精神都不錯，兩個小的看上去也活潑很多。

「那就好。」謝公子笑道。

江大山他們在這裡稍作休息，把在飯老大那兒買的饅頭拿出來吃，就著胡家生火的地方烤起來，也分給胡家四口一人一個。

胡家四口在這裡生活了幾天，煮飯的鍋一直燒著水，阿志見狀連忙要給大家裝些熱開水喝，大郎卻拿他們自己的器具出來，說：「不用了，我再燒些，你們先吃吧。」

謝三去打水回來，放入滷肉又扯把野菜，燒起一鍋湯水。

大家吃飽肚子，開始收拾行李準備出發。等胡家四口把行李物品收拾好之後，大家馬上發現一個難題：要想帶他們回去，肯定得讓胡大哥騎馬，可他根本不會騎馬，就算大家把他扶上馬，他一個人坐都坐不穩。一是因為怕，二是傷腿無法使力，坐上去就險些掉下來，還得人扶住才行。這本來就是唯一的位置，還是大郎讓給他的。

眾人沒辦法，只得將馬身上的東西卸下大半，給江大山和謝三揹，然後讓大郎與胡大哥同騎一匹馬，大郎在後面扶著他。

胡大嫂勉強能走，但也走得極慢，全部的行李物品還得靠兩個小的揹。謝公子實在看不過去，於是幫他們揹些東西，讓兩個小的扶著他們表嫂走。

這拖家帶口還帶傷患的，又揹著東西，實在走不快。走了三天，才走到一半的路程。

眼看天下起小雨，大家都急了，要是下起大雨麻煩就大了。不僅怕人淋濕了生病，又怕買的糧食、棉被打濕，幾張遮雨的油布完全不夠用。

「這樣不行，不如三叔和大郎先騎馬回家，再讓謝五帶馬過來接應我們。」謝公子想了辦法。與其所有人慢吞吞在路上走，還不如先回去兩人再說，而且家裡還有一匹馬呢。

但謝三不肯丟下謝公子。

「這樣吧，你和大郎先騎兩匹馬回去，把他們夫妻倆帶上，糧食、被子也先帶一點回去。我們幾個人慢慢走，等謝五過來接應。」江大山說。

「那我們先走了。胡大哥，坐穩了，抓住我。」謝公子說著，打馬率先走了。

胡大哥是個男人，又傷的是腿，手還能抓，但胡大嫂完全沒能力自己坐好，極是影響大郎的速度。

「謝大哥，你們先走一步。」眼看謝公子時不時的得停下來等他們，大郎乾脆讓謝公子帶著胡大哥先走。

謝公子抬頭看了看一直飄著細雨的天空，只見遠處黑沈沈的，顯然醞釀著大雨，心裡更加焦急，可真丟下大郎先走，他又不放心。

「拿繩子把她綁上再走。」胡大哥建議道。他看得出來，妻子已經快撐不住了，可不能讓她拖慢大家的行程。

於是謝公子下馬找條繩子出來，把胡大嫂緊緊的拴在馬上。兩馬馱著四個人，在細雨中飛奔起來，胡家兩口子被震得暈頭暈腦，傷口也隱隱作痛，到後來兩人幾乎失去知覺。

一路狂奔三個多時辰，雨也開始變大，大郎和謝公子兩人根本不敢歇下。

「大郎，你還好吧？」謝公子大聲問。

「還行。你不用擔心我，快點走，要是雨再下大，我們就趕不成路了。」大郎焦急的說。他很累了，但也知道不能停下來。

「嗯，再堅持一下啊。」謝公子說著，也把胡大哥直接拴在自己腰上，怕把他給顛下去了。

路過那段平時就愛被水淹沒的小路時，水面好像又漲了些，馬蹄跑過，濺起高高的泥水，大郎死命拉著馬繩，伏在馬背上，跟著前面的謝公子一路狂奔。

兩人強撐著跑到湖邊小屋，正好遇上謝五、辛湖和劉大娘三人，他們正在收拾東西，準備回家。

聽到馬蹄聲，謝五興奮的跑出來，一眼就看到跑在前面的謝公子，他急急迎上去說：「回來啦！」

「快來搭把手。」謝公子累得都快斷氣，連解開胡大哥的力氣都沒了。

謝五幫他解開繩子，扶住胡大哥，把他弄下來。謝公子這才跳下馬，卻一個踉蹌，差點就摔倒。

謝五剛把胡大哥放倒在蘆葦堆上，回頭就見到謝公子狼狽的樣子，嚇一跳，連忙衝過來扶住他，擔心的問：「怎麼啦，受傷了嗎？」

「沒，就是太累了，一天沒休息。」謝公子說著，被他扶進屋裡也放倒在蘆葦堆上，謝五開始幫他搓揉手腳，活動四肢血脈。

這邊，大郎連馬都下不來，還是劉大娘把他弄下來的。

「我快累死了。」大郎勉強說了一句話，就眼睛一黑昏過去了。

「大郎、大郎！」劉大娘和辛湖驚恐的大叫起來。

謝公子和謝五也嚇一跳，連忙說：「快把他弄進來，先幫他搓四肢，他累脫力了，可能也氣血不通。」

劉大娘將大郎帶進屋，連忙開始大力搓起大郎的雙腿，辛湖則搓大郎的雙手。

「哎，還是先點起火堆讓他們烤著吧。」謝五提醒大家。

「外面還有一個，快點弄進來。」謝公子提醒大家。胡大嫂還被綁在馬上呢。

劉大娘出去把胡大嫂弄進來，也直接扔在蘆葦堆上。一陣忙亂之後，胡氏夫妻被放進裡間的蘆葦鋪上，謝公子和大郎則躺在外間的蘆葦鋪上了。

「小五，你趕快帶上所有的馬去接應謝三他們。」謝公子顧不上歇息，就吩咐謝五出發。

謝五轉身就走，謝公子又大叫道：「這邊有沒有吃的？帶上一些你自己吃，今天晚上你遇不上他們，還離得遠呢。」

正好屋子裡還曬著辛湖他們弄的鹹魚，辛湖連忙先幫他烤兩條，謝五接過魚就走。

這時大郎稍微緩了過來，閉著眼叫道：「要喝水。」

「阿湖，快點燒水。」劉大娘看他倆的樣子，很是心疼。她順手又扒掉他倆已經打濕的外衣。

大郎張了張嘴，卻沒有說出話。他實在太累了，神志都好像不大清楚。

辛湖急忙打水。這邊本來就鍋灶齊全，還有兩個用來裝東西的大碗。她先燒一點開水，和劉大娘裝好兩碗開水，餵給謝公子和大郎喝，然後再去餵胡氏夫妻。

一碗熱水下肚，四個人都清醒一些。大郎勉強睜眼看了看辛湖，實在無力說什麼，又昏睡了過去。

劉大娘又打半盆熱水，幫謝公子和大郎洗一遍手臉和腳，再去照顧胡氏夫妻。

辛湖拿他們帶回來的粗麵，直接煮一鍋麵糊，和劉大娘兩人先餵大郎和謝公子吃飯。兩人迷迷糊糊，幾乎是閉著眼睛喝下去，喝完就直接睡死過去，不過喝了熱麵糊，兩人身體明顯暖和起來。

「我先回去給他們拿東西過來蓋，怕晚上冷，睡草堆會冷壞人。」辛湖對還在忙碌的劉大娘說。

「好，順道叫上謝家的人。我先照顧下那兩人。」劉大娘提醒她。

辛湖戴上大郎買的新斗笠，披上蓑衣，快速往家裡跑去。還沒進門就大叫道：「平兒、平兒！阿土他們在我們家嗎？」

「在呢，什麼事？」聽到問話，平兒沒答，反倒是謝姝兒出來大聲問。

「那妳快點回去給謝大哥拿點厚衣服過來，他在湖邊的屋子裡，已經累得睡著了。」辛湖嘴裡說著，飛快跑進江大山房裡，翻出一件江大山的厚袍子，捂進蓑衣裡，又跑到廚房去拿兩個碗、兩雙筷子，還裝半碗鹽，順手又拿兩個餅。

「哦！我哥沒事吧？」謝姝兒跟著她，像無頭蒼蠅焦急的問。

「沒受傷，就是太累了。妳快回去拿東西，我先過去了，大郎和他一起。」辛湖說著，提起東西就跑。

湖邊屋子裡，劉大娘幫胡氏夫妻脫下淋濕的外衣，順帶解開他倆的包袱，拿厚大衣服給他倆捂上，才開始餵麵糊給兩人吃。這裡連雙筷子也沒有，先前謝公子和大郎就直接喝，他倆也一樣。兩個人都半暈著，一人喝了一碗稀麵糊，他倆比大郎和謝公子更慘，連睜眼的力氣也沒有，更別提說什麼話了。

一路顛簸，兩人原本就沒長好的斷骨好像又裂開似的，再加上他倆又沒騎過馬，這會兒不僅傷口疼，可以說全身都在疼，再加上疲憊，兩人這會兒已經是半昏迷。

劉大娘見他倆還會吞嚥，心裡鬆口氣，如果不知道吃就麻煩大了。怕大家冷著，劉大娘在兩個鋪位附近都生起火堆，又怕火燒著他們睡的草鋪，一時跑到這邊，一時跑到那邊，忙得團團轉。

很快的，辛湖就帶著東西回來了。

「都睡著了。」劉大娘輕聲說。

「哦，我看看他。」

辛湖點頭，輕手輕腳的走過去。

她伸手摸了摸大郎的額頭，又試了試自己的。她怕大郎發燒，但她手有點冷，根本試不出來。她只得把手伸在火上烤了烤，再搓了搓自己的額頭，然後低下頭，額頭與大郎的額頭相抵，這麼一試，她安下心來。兩人的額溫差不多，只要不發燒，問題就不大，在這個缺醫無藥的地方，如果大郎發燒生病，麻煩可就大了。

接著，謝大嫂和謝姝兒也焦急的跑過來，也帶上厚袍子和吃的。謝大嫂跌跌撞撞，一副失魂落魄的樣子。

謝大嫂帶來一床被子，她徑直撲上來把謝公子包得嚴嚴實實。但她的手觸到謝公子，才發現他還是熱呼呼的，而且呼吸也很有力，這才冷靜下來問：「怎、怎麼回事？」

謝大嫂這一路跑得臉都白了，說話的聲音都在抖。

第三十七章

「沒事，他們就是累壞了，人都沒事，謝五已經去接大山他們了。」劉大娘解釋道。先前謝公子已經簡單告訴她倆，為何會弄成這副模樣。

「這就好，嚇死我了！方才還沒敢讓娘知道呢，姝兒妳先回去，和娘說一聲，今晚我留下來照顧妳哥哥。」謝大嫂這才真正回過神來，安下心來。

謝姝兒也看出她哥真沒什麼事，拍著胸脯說：「好，妳好好照顧著哥。」

看著謝大嫂仔細描繪著謝公子的眼神，又不敢驚醒他的樣子。劉大娘壓低聲音，苦惱的對辛湖說：「裡面的兩人怎麼辦？又是傷、又是累的，也沒正經被子，要是生病怎麼辦？」

「把這件拿去給他們先蓋著，將他們的濕衣服先拿來烘乾。」辛湖說著，扯下先前包著大郎他們的那件厚衣服，這是謝五的破衣服。

「哎，他們還帶了兩條新被子回來。」劉大娘忙碌了一會兒，這才有空看地上的東西。剛才急忙將東西拿進來，也沒注意這兩個鼓鼓的大包是什麼？而且這兩條被子，外面都縫上粗布，整整齊齊的，可以直接用。

「正好，快拿來。」辛湖大喜，三人合力把謝公子扶起來，在草堆上墊好新被子，再把他和大郎兩人移到被子上，又將另一條新被子給他倆蓋好。

謝大嫂把自己家的小被子給劉大娘拿過去，讓裡間的兩人蓋。

看著蓋得嚴嚴實實的兩人，辛湖終於放心了點，說：「這下不怕他們夜裡凍著了。」大郎還是個孩子，一路奔波，淋了雨又受了累，要是生起病來就麻煩。這裡無醫無藥的，小孩子可比不上大人的身體壯實。

沒一會兒，謝姝兒扶著謝老夫人也過來了。她聽到兒子回來卻又不回家，哪裡能相信謝姝兒說兒子沒事的話，一定要過來看看才放心。

「娘，他真沒事，就是累壞了，正睡得香呢。」謝大嫂連忙把自己坐的小板凳讓出來，扶謝老夫人坐下。

謝老夫人又急又擔心，趕路趕得急了些，呼吸很是急促，可她一坐下來就伸手去揭被子。辛湖嚇了一跳，急忙用衣服蓋住大郎，以免他著涼。

謝老夫人仔細的把兒子從頭到腳都看一遍，見他真的一點傷也沒有，真的只是太累睡著，這才放下心來。

謝老夫人撫著亂跳的心，喘息幾口，又是心疼又是氣惱的罵道：「可把我嚇壞了！他們也真是的，這麼著急做什麼？把自己累成這樣。」

「還不是因為雨大了，怕在外面不能安身。」劉大娘說。

謝老夫人點點頭，也認可劉大娘的話，但仍十分心疼兒子遭這個罪。

「哎，要是以後還慣常要走這條路，還是該在路上搭些可以容身的小屋，就是有座茅草棚，也好過直接淋雨啊！方便自己也能方便別人，天氣好時，也能歇個腳。」

「嗯，您說的是，等大家回來了，再說吧。」謝大嫂婉言提醒婆婆。這種事並不容易達成，總不能他們每走一路，都要先去搭棚子，就是為了要有個歇腳的地方。

辛湖卻聽得直點頭，她覺得這個主意好。既然他們以後要在這裡長期生活，總得要出去採買，就算不像現在連吃的口糧都必須得出去買，但偶爾總要出去買點油鹽吧？甚至以後條件好了，閒時也可以出去玩玩啊。

古代出行本就不方便，出去一趟想要一天就有個來回還真不太容易。為避免像今天這樣的情況出現，還真的要在必經的路上搭些房子，供自己人晚上過夜也好、白天歇腳也罷，碰上下大雨時也有個地方容身。

她決定過幾天跟大郎提提這件事，聽聽他的想法，畢竟就算是搭個草棚，憑她一人的力量也做不成，還是得男人們出動。

幾個人靜靜的看睡著的兩人，各自想著心事，好半天沒再說話，最後還是劉大娘說：「老太太，您還是快回家吧，阿土還得靠您照顧呢。」

謝老夫人點點頭，也歇過氣來了，看了看謝姝兒，又看看辛湖，說：「阿湖也回去吧？姝兒在這裡陪妳嫂子，也幫忙照顧大郎。」

「謝姑娘和阿湖都陪您回去，我在這裡照顧就好，屋裡還有兩個外人呢！」劉大娘說。

謝姝兒是個大姑娘家，謝大嫂又是個年輕的媳婦兒，都不適合照顧裡面受傷的胡大哥。

說。

謝老夫人還沒來得及知道這些事，聽了這話驚訝的說：「他倆還帶了兩個人回來？」

「是的，就是因為救了幾個人才會耽誤時間。謝五還冒雨出去接其他人呢。」劉大娘說。

「哦，原來是這樣。那謝五這個時候出去有用嗎？都快天黑了，又下著雨。」謝老夫人擔心的說。外面天色已經快黑下來，又下著雨，讓謝五一個人在外面跑，她也擔心。

「謝公子說，江大山他們還在很遠處，趁著雨小讓謝五快點去，怕遇上大風雨，那些人包袱多，就更難回來了。」劉大娘解釋道。

謝老夫人點點頭，進去裡間看了胡氏夫妻，知道這兩人沒什麼傷人的能力後，也沒在意他們，依舊讓謝姝兒留下來。劉大娘見說不通，也沒再多說。

最後，阿湖陪謝老夫人回去，她得回去照顧家裡的三個小孩。回屋後，謝老夫人帶上阿土，說：「阿湖，我們回家了，大郎那邊妳就不用操心，她們幾個會照顧好的。」

「嗯，我知道，您和阿土先回去歇息吧。」辛湖點頭，送他們出門，又順道繞去跟張嬸嬸說了聲情況。「劉大娘要留在湖邊屋裡照顧傷患，夜裡就不回來了。」

「好。大郎他們回來了嗎？」張嬸嬸問。

「大郎和謝公子先回來，兩人都累壞了，他們還帶兩個斷胳膊斷腿的人回來，安置在湖邊的小屋裡，劉大娘正幫忙照看著。」

張嬸嬸點頭，也沒多問什麼。見小初八又吵鬧起來，辛湖就先回家了。

「大哥回來了？」平兒一見辛湖進門，就跟在她身後小心的問。

「嗯，阿土爹也回來了，他們都太累，在湖邊的屋子裡歇著呢。」辛湖說。

「沒受傷？」平兒問。

「嗯，他很好，就是跑太遠的路，又淋點雨，先在那邊安置下來。」辛湖答。

平兒這才放下心來，很自覺的帶著大寶和阿毛去灶房燒水洗漱。

辛湖自從大郎回來後，看似平靜，內心卻十分焦慮，七上八下的，也說不清是為了什麼？這一刻她看著平兒，才知道自己的心情也和平兒一樣，滿是害怕與擔心，就怕大郎真有什麼事。

原來大郎在她心中地位這麼重要，她早就把他當成自己的親人了，她怕他受傷、怕他生病，所以這個晚上，她一直翻來覆去的，難能睡安穩。

隔日天剛剛亮，辛湖就跳起來，什麼也顧不上做，就先往湖邊小屋跑。

「這麼早啊？他們一夜安穩，都睡得極好。」謝大嫂說。這時她已經放下心，說話的語氣都輕鬆很多。這四人都睡得很安穩，沒有一個發燒，可見都只是累壞，並沒有生病。

「妳們先回去歇會兒吧。我讓平兒過來看顧他們，我先回去弄些吃的，把兩個小的安置好，就過來換平兒。」辛湖說。

劉大娘自然是要回去，謝大嫂不肯走，謝姝兒搓了兩把臉，就跟劉大娘和辛湖先回去了。

謝五冒著雨出發，跑過小山坡沒多遠，天就黑下，他只得在附近湊和著貓了一夜。好在夜裡雨停了，要不然，他這個晚上就更難過。

第二天天一亮，他就往前趕。他一路不敢停歇，一直冒雨趕路，快天黑時才遇上江大山他們。

「哎喲，謝五來了。」江大山驚喜的叫道。

「累死我了。」謝五下馬，一個踉蹌差點摔倒。

「快來歇歇。」謝三扶住他，讓他坐在竹椅上。

「有沒有吃的？我快餓死了。」謝五抖著身子，膝蓋以下的部位全打濕，又冷又餓又累的問。他這樣子，只比大郎和謝公子的狀態好一些。

謝三忙著生火弄吃的，謝五連忙湊到火堆邊，脫下已經全濕透的鞋襪放在火邊烤。

「大郎他們回去還好吧？」江大山問。

「累壞了，差點累死了。他們一進門，就讓我過來，也不知道這會兒他們是好是歹？我昨晚在外面貓了一夜，差點凍死，還一整天沒吃飯。」謝五沒好氣的說。

謝三和江大山面對他的話都啞口無言。他們也知道大郎和謝公子必定會快馬狂奔回家，但還是沒想到會把他們累成那樣。

阿志和阿信擠在一起，連話都不敢說。他們也明白，如果不是他們四人拖慢大家的行程，江大山他們四人都不用吃這麼多苦。阿志看著謝五想說些什麼，卻被謝五瞪了一眼。

謝五又累又餓又冷，能有什麼好心情和好態度啊。

「對不起了。」阿志連忙說，阿信也跟在一邊道歉。

「行了，喝麵糊吧。」江大山打斷他們，先遞一碗給謝五。

謝五也不是什麼壞人，這會兒心情不好，發個脾氣也正常。

連喝兩大碗加了肉的麵糊，謝五才像活過來似的，又拿個烤得香香的饅頭慢慢啃起來。他懶洋洋的攤在竹椅上烤火、吃東西，一動也不想動。

謝三給謝五搓揉肩頸，阿信和阿志幫他烘烤濕透的外衣和鞋襪。

眾人侍候得謝五極舒坦，他打個飽嗝，才問：「你們又買了很多滷肉和饅頭嗎？」這傢伙就是個吃貨，注意力全在吃上面，所以肚子餓才脾氣特別差。

「嗯，花了半兩銀子呢。」江大山打趣道。

「喲，才半兩銀子能買多少啊？是不是已經吃完了？」謝五驚訝的問。半兩銀子對他來說是很小的數，他不明白這裡的行情，完全不敢相信半兩銀子能買多少東西。

「還有，還沒吃完。那小集市上，饅頭和滷肉都便宜。」謝三說。

「那怎麼不多買些？才花半兩銀子，也太小氣了嘛。」謝五說。

「半兩銀子還嫌少啊？你喝的這個麵糊裡的粗麵，我們花一兩銀子買了二石。」謝三說。他其實也覺得一兩銀子能弄到這麼多糧食是很划算的事，不過才一頭野豬，以後他們多弄幾頭，想怎麼換就怎麼換。

他們幾個說的輕描淡寫，卻讓阿志和阿信兩人聽得目瞪口呆。他們是正宗窮人家出生，這兩、三天可謂過上以前想都不敢想的奢侈生活，現在還聽大家輕飄飄的說弄了二石糧食，這麼大的數目，都快把他們激動壞了。

不要說阿志和阿信感觸大，謝五也驚訝的叫道：「一兩銀子就搞了二石粗麵？太便宜了！」

「可不是。不過這麵較陳，價格自然也賤一些，這一兩銀子是拿一頭野豬換來的。」江大山笑著告訴他。

「那好啊，改天我們去弄幾頭野豬，換多些饅頭和滷肉回來吃。」謝五大手一揮，好像那野豬都等著他逮似的。

「你不要吃野豬肉餡的餃子啦？」江大山打趣道。

「吃，怎麼不吃，這野豬不是好弄到嗎，多獵幾頭不就成了？」謝五不以為然的說。

「行，我們以後就把打野豬的活分給你了，你只管天天去打，看你能不能換回饅頭和滷肉？」聽他那語氣，謝三簡直要氣笑了。

「去就去，就算賣不出去，我們自己天天燉著吃也行啊。」謝五撇撇嘴。說到肉，好似肚子又有點餓了，轉頭又大搖大擺吩咐大家。「給我再烤一個饅頭。」

「你還能吃啊？真是個飯桶。」謝三覺得好氣又好笑，但還是又拿個饅頭出來，慢慢烤著。

說著話，外面雨漸漸停歇，但寒氣降下，人越發覺得冷起來。謝五坐在椅子上，烤著火又吃飽，還被捏了背搓著腳，竟然很快就睡著了。

「這孩子也是累慌了，饅頭烤好都沒來得及吃就睡著了。」謝三沒了方才的怒氣，心疼的說。

「把乾衣服拿來給他蓋好。」江大山說著，把謝五的腿抬起來放在自己腿上，好讓謝五能睡得舒服一點。這麼大個子就坐著張椅子睡覺，也不會多舒適。

阿志與阿信擠在一起，攏著厚衣服，烤著火也很快就睡著了。半夜裡，只有謝三醒來往火堆加一些柴禾，其他人都睡得死死的。他還把搭在江大山腿上的謝五雙腿移到自己腿上來，讓江大山輕鬆一些。

歇過一夜後，五個人精神體力都恢復得不錯，吃過早飯一行人才往家趕。

五個人有五匹馬，大大減輕了負擔。江大山帶著阿志，謝五帶上阿信；謝三獨自騎一馬，馬上馱了不少東西，還牽著兩匹馱滿東西的馬。五人五馬快速在山野裡飛奔起來。

因為一直在下小雨，他們中途也不多停歇，希望今天能一口氣跑到家。所以大家一直趕路，連口水都沒停下來喝過。就算這樣，也是快天黑才到小山坡附近，穿過已經被雨水淹沒的小路，天色就完全黑下來了。

謝五建議直接摸黑趕路，因為這幾天都是白天下雨，晚上反而沒下。再在外面過一夜，又得搭過夜的窩篷，明日白天又得淋雨，還不如直接走夜路趕回家。回到家裡，熱水、熱茶、熱飯都有，睡覺也不用發愁冷和沒地方了，大家也能早點休息。

「那可要小心了，天黑，可千萬不能摔倒。」謝三擔心的說。

「哎，不要緊，大郎不是弄了幾只小竹燈籠嗎？點上蠟燭就能用。快拿出來，想個辦法籠著，不讓它被風吹滅。」江大山說。他們在下雨前撿好的乾柴草已經用完，濕柴草也無法紮火把，只得出動蠟燭和燈籠。

五只小燈籠，是大郎在村子裡轉悠時孩子們送他的。燈籠都很小巧，就是平常孩子們玩的小東西，看來是大人順手編來，並非拿出去賣的，編得雖然沒那麼好，但哄孩子們玩也足夠。翠竹村的孩子人人都有，大郎拿點心給孩子們吃，跟孩子們瞎混時，看到這小燈籠可愛，就順嘴要了幾個回來，本來打算給阿毛、大寶幾個小孩玩的。

他們撕幾塊布，包上燈籠，再點亮燈籠，果然就不怕風吹了。

「哎喲，這個好，怎不多弄幾個？」謝五看著點起的燈籠，遺憾的說。

雖然蠟燭不太好，燈籠也很小，甚至有的是舊貨，但五只小燈籠點起來還是能提供他們光源，讓他們在暗夜裡趕路。

「就是，這和氣死風燈差不多。」謝三也沒想到這看似小孩的玩意，居然還能起不小作用，點著蠟燭之後，提在手中在外面行走很方便。

當時大郎拿回來的竹燈籠大家都沒放在眼裡，只當是給孩子們的玩具，反正又輕又小，帶上也不占位置。其實翠竹村裡還有不少竹製的小孩玩具，但他們都是粗枝大葉的男人，當時大家都沒想到要給孩子們弄些回來玩。

現在想想，還是大郎有眼光，隨便撿回來的小燈籠居然能起這麼大作用。

江大山也非常後悔的說：「要是知道這麼好用，我們幹麼不多弄些回來？而且這些都是小玩意，我還在村長家看到過很漂亮的大燈籠呢。」

「就是，我也見過，我們真不如大郎有眼光。」謝三也跟著說。

「哎，這燈籠拿回去可不好分啊，這麼多孩子，可燈籠只有五個。」謝五的想法果然與大家不同。

「就是，有些不夠分。」江大山也苦惱了，生怕孩子們會吵起來。

謝三說：「讓大郎分就好了。我看他弄來五個，只怕早就想好了，阿毛、阿土、大寶、平兒、小石頭，正好五人，一人一個燈籠。」

「這樣分也行。」江大山和謝五都不在意的說。

他倆倒是不約而同把大郎和辛湖兩個人給忘了。在大家眼裡，大郎和辛湖可不能與其他小屁孩們相提並論，許多時候，大家已經把他倆當大人來看了。

第三十八章

謝五帶著人回來了，現在大夥兒正在歇息。此時湖邊屋子裡的辛湖和劉大娘正在收拾大郎他們帶回來的東西。

劉大娘說：「東西是不少，就不知道大家要的東西他們都帶回來沒有？」

辛湖看著大量的竹器，心裡也很懷疑，她覺得清單上好多東西都沒帶回來。

劉大娘看看竹床又摸摸竹椅，笑道：「哎，他們這回怎麼想到弄這些東西回來的？」

「很好啊，我喜歡。」辛湖笑道。

有了椅子，至少大家不用連個坐的地方都沒有。雖然才十把椅子，三家平分一家也只能分三把，還湊不到一桌呢。剩下的一把，估計就給胡家四口人了。竹床、簸箕估計也會採一樣的分法。

「這竹簸箕編得真細密。阿湖，往後我們不用編這玩意了，人家這個可比我們折騰的要好用許多，又輕又密還漂亮，拿來曬糧米頗好用呢！」劉大娘拿著簸箕誇道。她們用蘆葦稈只編出曬席，曬席只能曬大點的東西，米糧之類可曬不了。

「嗯，是很好。」辛湖笑著。這東西跟她小時候見過的一模一樣，很有親切感呢。以前奶奶都拿簸箕曬小米，很好用，沒想到過去那麼多年，還能再見到這東西。

「哎喲，還有兩棵小樹苗。」劉大娘驚訝的叫起來，剛才幫忙卸東西時沒在意，現在她才發現地上還躺著兩棵帶泥巴的樹苗。

「我看看，是什麼？」辛湖興奮起來，她能想到，這肯定是果樹苗。蘆葦村裡沒發現果樹，想吃個果子都沒機會，她曾無意間在大郎面前抱怨過。

「好像是柿子樹。」劉大娘仔細看了幾眼。

因為是連根帶泥帶回來，這一路上又一直在下雨，樹苗保存得很好，小嫩葉都還綠綠的。

「嗯，是柿子樹。我喜歡！」辛湖看了看，開心的說。

柿子是種很甜的水果，而且可以做成柿餅保存下來。小時候，他們家也栽了兩棵柿子樹，吃不完的柿子還分給親朋好友。後來整村都栽了柿子樹，吃不完的柿子就開始製作柿餅，現在回想，她的口水都快流出來。自己家做的柿餅，可比市場上買回來的好吃得多。

「哎，就是只有兩棵，怎不多弄幾棵回來？」劉大娘有些遺憾的說。總共才兩棵，一看就是大郎的手筆。她把樹苗給辛湖，說：「明天帶回去栽在你們家後面。」

「好。」辛湖快樂的想像，以後家裡就有吃不完的柿子和柿餅了。

「終於有石磨了！」劉大娘在一只筐子找到石磨，高興的叫出來。這是她最關心的東西，小初八要開始吃米麩了，他娘的奶水太少，孩子完全不夠吃。

「還有副大的呢。」辛湖指著另一只筐子說。

「嗯，以後我們可以自己磨些東西了，收了豆子還可以做豆腐。」劉大娘很高興。每回辛湖弄魚，就說想煮魚頭豆腐，已經說過好幾次，卻還是沒吃上。

「妳會做豆腐嗎？我們有點豆腐的滷水嗎？」辛湖反問。

雖然在現代做豆腐不算什麼技術活，但點豆腐的滷水，大部分人都還是得去買。不過她記得小時候，家家戶戶臘月都會自己做豆腐，用的是石膏點的豆腐，石膏很便宜也常見。老家臘月有曬乾豆腐的習慣，家家戶戶都會做很多老豆腐，醃製後曬乾，存起來慢慢吃，還可以做成豆腐乳等等。

「喲，這可把我難倒了。」劉大娘拍拍自己的腦袋，不好意思的說。她只知道豆腐好吃，真要讓她做，可就難了。

辛湖暗嘆，沒有滷水也沒有石膏，該怎麼做？其實就算有這兩樣東西，她也得經過試驗才能做出豆腐，畢竟她以前的做法，是不能用到現在這個環境中。她決定以後試試醋，這個法子是她在網路上看到的，也不知道效果如何？

「不急，我明天問問謝家人，說不定他們會呢。」劉大娘倒是想得開，覺得做豆腐不算什麼大事情。辛湖也不急，因為現在沒豆子。

兩人繼續清理東西，希望能在筐子裡再發現什麼實用又新奇的東西。

「喲，這次給妳買了兩塊好看的衣料。妳瞧瞧，好看不？」劉大娘翻出那兩塊一紫一粉的布料，笑道。這粉嫩的顏色只能給小姑娘做衣服，其他人可用不上，一看就是專程給辛湖帶的。

辛湖接過來，笑道：「好看。」這兩塊布確實不錯，顏色還算正，但其實料子比不了身上的這件花衣服。

「改天我和她們幾個商量一下，幫妳做幾件夏衫。」劉大娘很滿意，這次江大山他們終於沒有只帶一個色的布了。

「這一捆粗布買回來做什麼的？」辛湖指著筐子裡面的整捆老粗布問。

「先放在一邊，明天問他們。」劉大娘對粗布不感興趣，又開始翻其他的東西。

七零八碎的東西，五花八門的，她倆清理好久，才分門別類的整理出來。留給胡家人的東西，她們倆也都清理出來。

粗麵拿罈子裝了兩罈約三十斤，是給胡家人的口糧。鹹肉也拿幾小塊裝在小罈子，鹽當然少不了，還有些必須的日用品，都一一給胡家人準備好。剩下的東西，就要帶回去三家分。

搞好這些，兩人也累了，辛湖連打幾個呵欠，想睡覺了。昨晚因為擔心大郎，根本就沒睡熟過，今天又累一天，有些熬不住。

「哎，他們家四口這日子也難過啊。兩個大人想要養好得兩、三個月，那兩個小子不知道又會幹些什麼？」劉大娘感嘆道。完全靠大家接濟他們也不是長遠之事。

「過兩天就知道了。」辛湖打了個長長的呵欠，躺下了。

現在胡家四人都要休養，她們暫且能照顧一下，但時間長了，肯定不能指望其他人，總要他們四口自己過日子，不會的東西，總得學啊。

「也是，我們也不能天天照顧他們。」劉大娘說。

她倆就在阿志和阿信的鋪邊，同樣鋪好草鋪，兩人擠在一起，很快就睡著了。

第二天，大郎和謝姝兒早早就過來，換辛湖和劉大娘回去。辛湖拿著兩棵樹苗，劉大娘提著小雞、小鴨，兩人一同回家。

江大山和兩個小的還在呼呼大睡，平兒已經起來，見到辛湖拿的東西，興奮的跑過來，說：「我們可以養雞鴨了！」

「是啊，以後家裡的雞鴨就交給你了。」辛湖笑道。

「好啊、好啊，我以前在家也養的。」平兒說著，準備把雞鴨放出來。

「先不要放出來，還得分些給他們兩家啊。」辛湖說。

「哦。」平兒點點頭，眼睛又盯上樹苗，問：「這是什麼？」

「柿子樹。栽在我們家後面，以後就有柿子吃了。」辛湖說著，找出鏟子，就要去後面栽樹。

「我也去。」平兒連忙跟上。

兩人在後面空地上栽樹。因為下著雨，泥土很濕潤，挖起來容易，沒花多少時間，兩人就把兩棵樹栽好。

吃過早餐後，張嬸嬸帶著小石頭和初八，謝老夫人帶阿土都過來了。三家人商量一下，把雞鴨算一算，小雞二十六隻，小鴨二十隻。陳家分得雞六隻、鴨十隻；劉大娘和謝家各要了五隻鴨、十隻雞。

孩子們自然喜歡這些嫩黃色的小雞、小鴨，個個像見到寶貝一樣，把自家的雞鴨保護起來。這些孩子除了平兒真正養過小雞、小鴨外，其他的孩子可是第一次見到這麼小的雞鴨，圍在雞鴨旁的興奮勁，簡直讓大人們不忍直視。

「行了、行了，別玩了，你們這樣搞，這些小雞、小鴨都要被你們玩死了。」謝公子過來，笑著阻止他們。他這個夫子回來，孩子們又要上課了。

一直下著小雨，大家也不能出去幹活。江大山和謝三回來後，連躺三天還沒完全恢復過來，多半時候都在睡覺；謝公子倒是每天按時給孩子們授課，孩子們練的功夫就換成謝五來指導。

這天上午上完課，天氣轉好起來，久違的太陽露出頭了。這下大郎閒不住了，扛著把鐘子想去田裡看看莊稼。

「得了吧，待在家裡歇著。」辛湖攔住他。

「幹麼呢？我去看看，天天下雨也不知道莊稼會不會被淹死？」大郎說。

「淹不了，又沒下大暴雨。」辛湖其實也沒去過，只是猜測。她就是不肯讓大郎出去幹活，他雖然好像恢復過來，但辛湖認為一個孩子的身體是禁不起這樣折騰，該再多休息一段時間才好。

果然，大郎反問：「妳去看過嗎？我們冬天可就指望這些糧食呢。」

「我說不能去就不能去，你在家乖乖歇著，養好身體再說。」辛湖板起臉，嚴肅的說。

「我這不是好好的嗎？」大郎不以為然的說，繼續往前走。

「如果你想以後是個矮冬瓜、長不高，就去吧，累死你算了。」辛湖簡直要被他氣笑了，不客氣的罵道。

「矮冬瓜是什麼？」大郎停下腳步，好奇的問道。長不高還能理解，但矮冬瓜他真不知道是什麼東西？

「你看就這樣，像武大郎似的。」辛湖用手比劃幾下，還身體力行的表演一下小矮子的動作。

大郎看著她的比劃，一想到自己如果真像她所說的長不高，像武大郎那樣就黑了臉。武大郎這形象在男人眼中，就是個恥辱，不僅因為矮，還因為他老婆紅杏出牆，害死了他。

「妳、妳就沒個好比喻，偏偏說到武大郎。」大郎有些生氣。

「怕了吧，武大郎因為矮，潘……」辛湖說到這裡，看到大郎臉都變黑，立即覺得自己下面的話不該說出來，連忙硬生生的轉個彎，說：「小孩子如果累得太過，骨頭會變形，以後都長不高。你還是老實的去歇個午覺，規規矩矩在家多休養一段日子。」

她剛才差點脫口說出，潘金蓮私通並且害死武大郎的話來。

「是這樣嗎？妳從哪裡知道的？」大郎半信半疑的問。

「聽我爹說的，他不是打鐵的嗎？個子就很矮，說是因為從小幹重活，就沒長高。」辛湖隨口扯個謊話，蒙混過去。

果然大郎聽了這話當了真。反正他以前又沒見過辛湖的爹，辛湖扯這個理由看似也很有道理，於是又問：「歇個午覺，對長身體有什麼好處？」

「小孩子睡覺就長個子啊！」辛湖只好繼續找理由。

大郎終於被她說服。他也不想自己長成辛湖口中的矮冬瓜，更不想被比成武大郎。不過睡之前他仍吩咐——「那妳去地裡看看唄。」

「好，我馬上去。」辛湖這回也黑了臉，直接取斗笠拿上鐮子，提起籃子就走。反正她也要出門摘野菜，就順道去一趟地裡吧。她也知道，自己若是不跑一趟，大郎是不會安心的。

獨自一人走在路上，辛湖卻在想剛才自己無意間拿武大郎作比，大郎居然也知道？難道我還在歷史上真正的朝代嗎？這既有唐詩，又有宋代的故事。辛湖暗暗思索。

憑她有限的歷史知識，她完全看不出自己現處在哪個朝代。把唐宋都經歷了，再往下數不就是元朝嗎？起碼到目前為止，她還沒發現一點元朝的痕跡，那元朝是少數民族當皇族，但她見到的所有人，都能確定是漢族人。難道是明朝嗎？又或者與明朝平行的某個不知名朝代？她這樣邊想邊走，居然連跟劉大娘她們擦身而過都沒發現人家。

她不知道的是，大郎在她走後，才忽然想起剛才她說的武大郎，心裡也在暗暗猜測。

「難不成，這小丫頭還真有什麼出身？居然知道水滸的故事。」

這個故事雖然不是本朝發生的，但能輕易知道的人也並不多，因為這是本禁書，只有傳世的讀書人家才有可能接觸到這本書，又或者在學堂聽同窗們私底下講過。但辛湖一個窮人家的小姑娘，又是如何得知這本書呢？

這故事他也是在軍中時才知道。那時候，是聽同袍們中有個會說書的人講給他們聽，他甚至沒看過這本書，只聽了幾個段子，但恰恰好，武大郎的故事他聽過。

躺在床上想著想著，睡意上來了，大郎翻個身，打算改天再問問辛湖。只是等他睡醒後，事情太多，就忘記了這件事。

出門去摘野菜的謝大嫂和劉大娘，見辛湖扛著把鐽子，低著頭，看都沒看到她們，還以為她受了什麼委屈，連忙喊住她。「阿湖，妳去哪兒？」

「去地裡看看，大郎怕莊稼被淹死了。」辛湖被打斷思緒，抬起頭，又好氣又好笑的說。

聽到這個答案，謝大嫂和劉大娘臉紅了。她們兩個大人居然都沒想過這個問題，還得靠個孩子來提醒，兩人不約而同的說：「我們和妳一起去。」

辛湖點點頭，三人一路走一路摘著野菜，往地裡去了。

果然地裡積了些水，但並不嚴重。三人忙碌著開了溝，把地裡的積水往小河邊引。挨著溝邊的莊稼都被水沖歪了，有的甚至倒下去，三人把它們扶起來，重新種好。沒一會兒，三個人搞得滿身都是泥水。

「我要脫鞋子，穿著還更麻煩。」辛湖摸一把汗，又挽了挽褲腿。

下了好幾天雨，地裡不僅有水且泥土輕軟，一腳踩下去還粘起一團團濕泥巴，穿鞋子反倒是個負擔。

謝大嫂和劉大娘不好意思光著腳，寧願穿著重重的濕鞋。只有辛湖無所謂，反正她還是個孩子，再說，鄉下農家下地幹活時，為了節省鞋子，不穿鞋的人多著呢。

三人幹的熱火朝天，不知不覺就過去兩個多時辰，直到謝姝兒和謝五尋過來。

「哎喲，妳們出來幹活也不叫我們一聲，光妳們幾人怎麼做得完？」謝姝兒抱怨道。

「得了，可別說了，快過來接手吧。」謝大嫂說。

辛湖說：「小五哥，你倆做完就回來，我們仨先回家去了。」

「好咧，妳們先回去。」謝五應了一聲，和謝姝兒埋頭幹活。

謝大嫂看了小姑和謝五幾眼，想說什麼，最終也沒能張嘴，倒是劉大娘很快就明白她的意思，是覺得兩人單獨待著不妥。

「咦，小河裡有條大魚跳起來了！」劉大娘故作驚訝的大叫。

「哪裡、哪裡？」辛湖果然上當，回頭往河裡瞧。

那謝五更是個玩心大、又最貪吃的一個人，立即扔下鏟子，跑過去撈魚。他也不怕水冷，拿著小簍子和籃子，在小河裡折騰起來。

「收穫不錯嘛！」辛湖看著撈起來的小半簍泥鰍，大笑起來。

「行了、行了，再多也吃不完，小魚小蝦也養不住，過幾天再來弄。」劉大娘見謝五玩得起勁，還要再去撈，連忙阻止他。撈上來的魚蝦和泥鰍，已經夠吃了。

幾個人提著野菜、拎著魚簍，興高采烈的往湖邊去。辛湖覺得泥鰍得先養在水裡，讓它吐吐體內的泥土，大家就把小魚、小蝦先挑揀出來。

「去把阿志和阿信叫過來。這兩孩子，也不知道天天煮什麼東西吃？」劉大娘對謝五說。

反正魚蝦多的是，先分點給胡家人吃。阿信和阿志只躺一天一夜就起來幹活了，這兩天大家也沒空管他們，反正分了糧食和一些日用品給他們，他們應該可以自己過日子。

謝五去把這哥倆叫過來，劉大娘立刻招呼。「來，我們弄了些小魚、小蝦，你們也來拿些回去吃。」

「多謝了。明天我們也去撈些來分給大家。」阿志連忙說。這活兒他倆自然也會幹，只是因為今天剛出太陽，兩人要收拾衣服，沒來得及去撈魚。

「你們也會撈魚嗎？」謝五感興趣的問。

「會啊，我們打小都在小河、小溝裡玩大的。家裡窮，時不時也就指望著能弄些魚蝦上來，添點吃的。」阿信說。

雖然他們家不可能像辛湖那樣拿油來煎小魚小蝦，但是水煮一下，放點鹽和蔥花、大醬，魚湯也一樣好吃，可比平時白水煮的菜要好吃許多。村裡的小孩子，平常全盯著附近的幾條小河、小溝了。

但可能是因為撈的人太多、太頻繁，他們平時也只能弄到一、兩碗小魚小蝦，大魚就更難得了。

阿信和阿志都是幹過活的孩子，現在又沒了父母，自然就更加懂事。兩人把大家分給他們的一堆魚蝦收拾乾淨後，還幫大家幹活。

劉大娘問：「你們天天是怎樣煮飯吃的？」雖然只給兩罈子粗麵，但當時大家也告訴過他們，這點糧讓他們先吃著，吃完了還會再給他們一些。

只不過，江大山當時是這樣告訴他們的——「你們先安心在這裡住下，這些糧食先借你們吃。你們也別省著，先把身體養好了，往後再慢慢還給我們。」

他們也沒想養著一群吃白食的人，大家都有自己的日子要過，胡家四口人比起其他家來說，勞動力算很強了，如果他們好好種田，溫飽應是能解決。

「可是我們什麼也沒有，拿什麼還你們？」阿信和阿志當時嚇得臉都白了。

「你們別怕，也沒說讓你們現在就還啊，過兩、三年後穩定了，再慢慢還唄。我們也不要多的，吃我們多少糧還多少就行。」江大山安慰道。

如果要加上利息，那胡家人就真還不起了。他們又不是想壓榨胡家人才帶他們回來的。大家也是希望蘆葦村能多些村民，大家互相幫助，慢慢把日子過好。

「多謝大家。我們會做很多活，打柴、下地都行，如果出去打獵我們也能出點力氣。」阿志連忙說。

「就是、就是。我們倆力氣也不小，能幹很多活，你們有事就叫上我們。」阿信也跟著說。

「好，知道你們是勤勞本分人就行了。你們先養好身體，照顧好胡家兩口子，等天氣好了，就跟著大家幹活。」謝公子笑著安撫。

一聽說會要他們幹活，阿志和阿信這才鬆一口氣。他們就怕被別人當成包袱，如果能有活幹，也就安心許多。

第三十九章

「我們天天煮菜麵糊吃，一天兩頓，一人一碗。」阿志想了下當初的狀況，這才回過神答了劉大娘的話。

「能吃飽嗎？」謝五問。這個飯量很顯然他們並沒有吃飽。他可是見過兩小子吃飯，都是一大碗麵糊再加一個饅頭的。

「呃……吃了個半飽。」阿志不好意思的說。他們不敢吃多，那些糧都是人家借給他們的，而且連住的地方也是人家的，可以說一切都是借來的，他們不過是帶些衣服與破舊的鍋碗搬來住下。

「只怕半飽都沒有吧？」謝五追問。這才沒幾天，兩小子居然還沒有他最開始見到時臉色好看，這幾天下雨又不用幹活，很顯然他們是在挨餓。

兩人囁嚅的不敢再說。以前他們在家也是這樣過，而且現在野菜大把的有，多加些野菜，少放點麵，也勉強能把肚子混個半飽。他們很明白，自己在這裡什麼恆產都沒有，連菜園子都沒有一塊，若是過了野菜季，只怕連現在這樣的生活都過不上。今天兩兄弟都在討論，等天氣好轉，要多曬些野菜留著往後吃。

「你們也別太省，該吃飽還是要吃飽，都在長個子的時候，不吃飽怎麼行？屋裡兩人還躺在床上，更要吃好，快點好起來才能幹活啊。」劉大娘說。

「過兩天我們會出去打獵，弄些肉回來，也分些給你們吃，光喝野菜稀麵糊是不行的，你們不要把糧食省著，沒力氣連活都幹不好。」謝五說。

「好。」兩兄弟嘴上答應了。

小魚、小蝦全收拾乾淨，辛湖說：「你們拿肥肉在鍋裡炸點油出來，再把這些小魚、小蝦用油煎一煎再加水煮，再摻一點野芹菜提味，光用白水煮不好吃。」

她敢說，之前分給胡家人的那小罈子鹹肉，這家人肯定還沒拿出來吃過。既然謝五要再出去打獵，有肉幹麼這麼省著吃啊？沒油水吃再多也不飽，況且他們還不敢放開來吃，再這樣熬下去，就別指望胡氏夫妻能好起來下地幹活了。

她很明白，等天氣好了，江大山和謝公子他們肯定就要離開，地裡的活，全指望女人孩子，太不現實了，她可不想小小年紀就天天累死累活的，搞不好，以後長不高的是她自己呢。而且胡氏夫妻是會種地的人，也比她這個半吊子更有經驗，以後地裡的活還得指望胡家四口人呢，所以現在一定要讓他們快點好起來。

阿志和阿信眼裡露出驚訝的表情。他們不知道，煮魚居然還得用上肉？以前家裡偶爾也能吃上一頓肉，那都還是加一堆菜一起煮，不過是讓菜裡有點油水，哪裡算是吃肉呢？

前幾天，他倆跟著江大山他們，狠狠吃了幾頓滷肉，那可是實打實的肉，一大片一大片的，這幾天他們都覺得肚子裡還積著油水，所以那罈鹹肉他們還沒打算動。況且沒有油的小魚、小蝦煮成的湯，他們也是吃慣的。

謝五看著他倆的表情就明白了，那小罈子鹹肉他們根本一片也沒有吃，他又是好笑又是好氣的說：「你們存著那肉幹麼啊？天天野菜煮麵糊，還不敢吃飽，難怪臉色不好看呢。」

「呃，我們想日子還長著呢，慢慢吃啊。」阿志結結巴巴的解釋。

「行了、行了，別省著了，今天晚上我會來你們家看，麵糊收乾點，再像阿湖說的那樣煮這些小魚、小蝦。」謝五懶得跟他們多說，覺得只有自己過來看著才行。

晚上吃飯時，辛湖把胡家的事講給大郎和江大山聽。

大郎聽得直皺眉頭，覺得他們太省並不是好事，現在大家都等著他們養好身體呢。

江大山果然也說：「叫他們別省了。別說吃多好，最起碼要吃飽，吃飽才有力氣幹活。我已經和謝公子商量過，最多半個月，我和他再加上謝五就要離開蘆葦村，家裡的事情，你們就要讓他們幫忙做。」

他還需要再休養幾天，以最佳狀態出門，並且他也要再觀察下胡家四口人的品性，還有做些準備工作，至少還有半個多月的時間待在蘆葦村。

「嗯。」大郎點頭，沒有反對，這也是他早就猜料的事情。

辛湖沒吭聲，專心吃自己的小魚。她面前已經放著一溜整整齊齊的魚刺了，都是整條的，她吃魚可厲害了，極會吐刺，連細小的肉都能吃光，剩下一整條魚刺。

江大山期期艾艾的看了眼辛湖，本來想說，要讓她幫自己照看阿毛，見她吃得這麼乾淨的魚刺，瞪大眼睛說：「阿湖，這麼小的魚，妳還能吐出整條刺來，怎麼做到的？」

大郎跟著看去，果然見辛湖面前擺著好多整齊的魚刺，他感到額頭的筋抽了抽。這丫頭可真會吃，也難為她，這麼小的魚還能吐出整條的刺來。

「大姊，妳好厲害啊！」平兒驚呼起來。他和江大山一樣，小魚都是直接嚼碎，連刺帶骨的一併吞下去。

大寶和阿毛根本不敢吃這樣的小魚，光挾幾隻小蝦在碗裡，再不就是喝點湯，兩人正吃得帶勁呢。

「那是。我就愛吃魚，也會吃魚。」辛湖笑道。

這麼一打岔，江大山頓時忘記要跟辛湖說阿毛的事。其實辛湖和大郎，包括平兒和大寶，甚至阿毛自己，都已經當彼此是一家人，江大山走，大家並不太在意，日子也照樣過。

「哦，對了，過兩天我們去砍些樹回來，先放著曬乾，等我們回來，再蓋房子。胡家人暫且住在湖邊，反正現在天氣暖和，不會冷。」江大山又說。

他要是把房子蓋好再走，就又得推遲日子，況且沒有乾的木料，也不能蓋出多好的房子。他是打算之後給自己蓋間大屋，往後在這裡住的時間應當不短，而且他和阿毛兩人住，一間房肯定不夠。再說屋子要大，材料也用得多，自己要住的房子，起碼也得穩固個五年吧，品質可要打好。

「嗯，多砍點，以後要用，也不必再去現砍了。」大郎說。砍樹這活還是交給大老爺們去做才行，他和辛湖兩人身板小，幹不來。

「對了，那胡家兩口子，我們走後先不要讓他們下地幹活，讓他們全養好再說。至於胡家兩小子，你們也得多注意點，帶著幹活就行。」江大山想起一件事又交代起來，好似自己明天就要離開一樣。

「好，知道了。」大郎答。他早就想好，讓這家人過來幫忙種田，等天氣轉好，也得讓他們自己開幾塊田出來，以後他們也得自己種田，光靠現在的十畝田，養不活這麼多人。他打算這幾天四下轉轉，找幾塊適合開荒的空地出來。別的不說，起碼得讓胡家有一塊菜園吧？

想到菜園，他轉頭問辛湖。「阿湖，我們家菜園裡的菜苗有多的嗎？」

「應當有吧。」辛湖不太確定的說。反正她把自己認為該種的種子都種下去，如果全長出來，自然是有多的，就怕長得不好啊。

「明天去看看，得挑些回來給胡家人去種。他們以後也得吃菜啊，總不可能天天吃野菜。」大郎說。

「嗯，我曉得了。」辛湖答。每樣弄兩、三棵出來，應當是沒多大問題。

「胡家人沒有菜園子，他們要種在哪裡？」江大山苦惱的問。

「明天我去轉轉，看哪裡適合，就讓他們自己去開荒。」大郎答。這個問題他早就想好了。

「那就好。要不然多四口人，光是吃就不得了了。」江大山訕訕的笑道。

「明天我和你一起去看。」辛湖說。她覺得自己眼光還算不錯，這邊荒地雖然多，但開出來不適合種莊稼也是白搭。

「好。」大郎已經習慣什麼事都要和辛湖商量一下。

一頓飯，大家乘機談了好些事情。

隔天，辛湖和謝大嫂幾個女人提著大堆的髒衣服到湖邊洗衣。堆積了好多天的衣服，趁著天氣好都拿出來洗。屋子前面也牽好繩子，辛湖出門時還吩咐大郎。「把家裡的厚衣服和被子都拿出來曬曬，去去霉味。」

洗完的衣服在湖邊曬了幾長排，迎著風曬著太陽，花花綠綠的，給蘆葦村平添了幾分色彩。

「天氣總算好了。」謝大嫂笑道。

「嗯，這場雨下得可真久，再下下去我都要發霉了。」謝姝兒說。

「就是，天氣好，心情都格外敞亮。」劉大娘也笑道。

「天氣好了，有的是活兒幹呢，你們可以去割蘆葦芽啊。」江大山拿著家裡的所有鐮刀過來。

「割蘆葦芽，我們來。」阿志和阿信連忙去搶鐮刀。
「割下來的蘆葦芽，要曬乾。」辛湖提醒他們。
「哦，好的，就擺在這邊曬吧？」阿志指著湖邊的一塊空地問。這邊地勢高，沒有積水，昨兒已經出太陽，這會兒地面已經快乾了。
「那邊有曬席，先晾在曬席上吧，地上還有點濕。」劉大娘說。
「好，我們知道了。」阿信答。
兩人賣力去割蘆葦芽，江大山看一會兒，覺得他們哥倆幹活還不錯，就不管他們了。直接進了屋，隔著門問：「胡大哥、胡大嫂，好些了嗎？」
胡大嫂連忙掙扎著起身，答：「我好多了，他怕是還要多歇幾天。」
「不急，慢慢養著，傷筋動骨一百天，你們這斷骨也沒那麼快就好。對了，前天聽說胡大哥突然發熱，現在還燒嗎？」江大山又問。
「退了，昨兒就退了，還喝了兩碗湯呢。」胡大嫂答。
「那就好。」江大山鬆口氣，知道他是闖過難關了，只需慢慢將養些日子就行。
下午，謝五就叫嚷著要去打獵，弄肉回來吃。他騎著馬，活動著筋骨，生龍活虎的模樣，可把江大山和大郎羨慕壞了，因為兩人都還不算完全恢復。大郎是因為年齡太小，江大山卻是因為年前的那場重傷，沒得到好的調養，落下了毛病。
「我看到馬都覺得累，他怎麼精神這麼好？」謝公子也羨慕的說。這回累得太慘，搞得他對馬都有些陰影。

「他啥事都不操心，只管吃了就睡、睡了就吃，又年輕，能精神不好嗎？」謝三在一邊笑道。

「我明天就去找野豬，先弄一頭回來，好好吃幾頓再說。」謝五樂呵的說。

「行啊，明天你自己出去，看你能弄到多少東西回來？」謝公子說。反正他明天還不想騎馬。

江大山和大郎也點頭，不想出去，只有謝三勉強同意和謝五一起出去。

謝五反倒不樂意了。「我不要你陪，我就獨自去，你們都等著啊！」

「好，不獵到東西，不准回來。」謝公子又好笑又好氣的說完，拉上大郎考校他的功課去。

第二天，謝五果然大清早就來找江大山借弓箭，真的一個人早早就出了門。看到弓箭，大郎想起謝公子的承諾，急急忙忙去找他討要小弓箭。

「謝大哥，你答應幫我做的弓箭呢？」

「做好了，不過也就只能射野兔而已，沒多大的張力，材料太簡陋，而且我製作的水準也有限。」謝公子說著，進屋去拿一副小弓箭出來。弓很普通，箭更普通，居然是用竹子削成，共有十支。

「太好了！多謝。」

大郎接來試了試，表示滿意。他現在年紀還小，力氣就那麼大，有副弓箭使就不錯了。哪還能講究好不好？只等現在先把技巧練熟，長大後自然就能拉大弓。

大郎急急的拿了弓箭就要走，他得先去找個靶子練習射箭。

「要我教你嗎？」謝公子問。

「好啊、好啊！」大郎欣喜的說。

這一副小弓箭，引發了孩子們練箭的極大興趣，小石頭和平兒都過來試了試，連辛湖按捺不住也要試。

大郎卻笑道：「舅舅，你拿副大的出來讓阿湖試試吧，我們這副小的，她不適合。」

「她有這麼大力氣嗎？」江大山和謝公子、謝三都持懷疑態度。雖然他們都知道辛湖力氣大，但並不認為辛湖的力氣大到這個地步。

不過，江大山還是去拿大人用的弓箭出來給辛湖。

「喲，你家還有啊，我還以為就那一張弓呢。」謝公子驚訝的問道。

「呵呵，這種違禁品能隨便拿出來嗎？」江大山說。

「那是。不過你既然有兩張弓，謝五拿走的那弓能不能讓給我們？或者暫時借我們用？」謝公子悄悄的拉著江大山問。

「借你們用是可以的，但事情辦完後，你要還給我；或者你能搞到一張不是違禁品的好弓給大郎用，那張就給你了。我總共只有兩張弓，自己平時要用一張，總得留一張給大郎和阿湖。」江大山說。

不是他不肯給，而是大郎喜歡，將來要留給他，最起碼以後打獵不用發愁沒好弓。雖是違禁品，但在蘆葦村這個偏僻的地方，平時只是去打個獵，也不會被官府發現。

謝公子並沒有強求，很開心的說：「那先借我們用一段時間吧。如果我搞到好的，那張弓可就歸我了啊。」

江大山點點頭，表示同意。他和謝公子頗有惺惺相惜之意，兩人雖然沒有說破自己的身分，但大家都明白對方不是普通人，都是有故事的人，要不然，誰偏偏要拿著違禁的利器呢？還不是怕一不小心就在路上丟了小命啊。

弓箭雖是違禁品，但高門大戶不僅需要弓箭保家護院，還會時不時出去打個獵，年輕兒郎們之間比比箭術，所以官府也按其等級，規定其能擁有的數量。普通百姓用來打獵的弓箭是不算違禁品，這種弓箭也比不上軍中用品，都是普通貨色。但普通鄉民一戶人家最多也只能擁有一張，高門大戶倒是按等級，等級越高能用的數量自然也多，品質一樣比不上軍中用品。

其實好的弓箭所需的材料也到不了普通人手中，自然也屬於違禁品，實際上能給大郎他們弄到一張好的普通弓，還更好呢。畢竟拿著違禁品，多少有些不方便，時時刻刻必須藏起來。

見兩人談完話，大郎喊道：「阿湖，去試試！」

結果辛湖在大家的指導下，居然真的拉開弓，還射出一支箭，那箭飛的距離還不短。

「哇，好厲害啊！」大家全部歡呼起來。

見眾男人們目瞪口呆，大郎笑道：「我就說阿湖能拉開吧！」只有他最知道辛湖的力氣有多大。

江大山和謝公子樂了，沒想到她瘦瘦小小的個子，居然有這麼大的力氣，兩人開始手把手的教辛湖練箭術。她有這麼大力氣，能學會了，不僅以後打獵有接班人，也能保護大家。

大郎和平兒、小石頭也拿著小弓箭練習，大家你來我往的，叫好聲不停，大寶、阿毛、阿土三個小的在旁邊，把巴掌都拍紅了，動靜大得謝大嫂她們都忍不住過來看熱鬧。

「喲，阿湖居然能射箭？」謝姝兒大呼小叫起來。她以前也學過，但會的是像大郎這樣特製的小弓箭，成年男人用的弓，她可拉不開。

「哇，真是神力！」謝老夫人簡直不敢相信自己的眼睛。

辛湖一連射了十箭，雖然都沒有命中目標，但架式倒是越練越純熟。

「今天就練到這裡，明天再繼續。先把眼頭練準了，再騎馬練習，以後就可以讓阿湖去打獵了。」謝公子說。今天不過是站著練固定靶子，改天人動著練習，學會了就可以出去找活物試成果了。

「那是，我可想打獵了。」辛湖開心笑道。這感覺真不錯，她還真沒想過自己有一天能騎著馬拉弓射箭呢！一時豪氣沖天，好似自己真的成了俠女一般，興奮的很。

這句話把大家全逗得哈哈大笑起來。「那敢情好，我們都等著妳弄野味回來吃啊。」劉大娘幾人異口同聲的說。

「哎，說到打獵，今天謝五真的一個人出去啦？」謝老夫人問。

「是啊，他說不打到東西，不回來呢。」謝公子笑道。

「胡鬧，你怎麼讓他一個人去？要是出什麼事，連個幫手都沒有。」謝老夫人指著兒子罵道。謝五也是她看著長大，雖然比不上自家孩子，她也非常喜歡謝五。

「我去找他。」謝三也覺得謝老夫人言之有理，連忙牽馬去找謝五了。

第四十章

眾人歇手，都回家去喝水休息，謝公子開始給小孩們上課。今天上午本該上課的時間，變成練習射箭，只好改到現在上課。

辛湖手臂有點痠，就偷懶沒去練字。她悄悄進屋把布拿出來，往張嬸嬸家去。

她現在的毛筆字已經寫得比剛開始好很多，但寫大字仍一點風骨也無，軟趴趴的，比小石頭還不如，只寫得較整齊一些，練毛筆字也是件辛苦事。再說她並沒想留下才女的名號，只想學會寫這個時代的字就行。

學得再好，又不能參加科舉做官，還不如在家裡寫寫算算。就算是紅袖添香這種香豔事，也不是她能幹好的，人家那都是嬌滴滴的大美女，能寫會畫、能吟詩作對的美人兒才能玩的手腕呢。上輩子她就沒學會過，這輩子她也不想湊這個熱鬧。

謝公子對她一向寬容，根本沒叫她回來。一來是因為她要幹很多活，沒多少時間學習；二來也是因為她很聰明，一學就會；三來，她完全可以跟著青兒學習。她們女人在一起，時不時也會講點詩詞經文，又或者對個對子，辛湖不知不覺就能學會，還不需要他特意教。

她到張嬸嬸家，小初八正在睡覺，大家坐在門口做針線活。

「阿湖來了。妳那鞋底納完沒？」張嬸嬸問。

辛湖馬上苦了臉。好討厭的鞋底，她就沒納完過，天天都得納幾針，因為要納的鞋底實在太多了。

她總共只有兩雙鞋在換，總得給自己多做兩雙吧？而且大家都在長個子，腳肯定也會長啊。大郎的鞋子能穿的沒兩雙，也要給他做兩雙，平兒也好、大寶和阿毛也好，都需要新鞋子。還好江大山有先見之明，給自己買了好幾雙鞋，不需要她做，要不然，她只有哭了。

「好啦，別著急，我們幫妳納一點。」謝大嫂笑道。

他們家人人都帶了鞋，也沒有人腳還在長，除了阿土之外。但阿土的鞋子，謝姝兒都能做，做一雙也花不了兩天，所以她很有時間幫辛湖納鞋底。其實辛湖也只會納鞋底，這個步驟不需要技術，純靠手勁和熟練程度；至於做鞋面、上鞋子這些複雜活，全是張嬸嬸、劉大娘又或者謝大嫂幫她。

「這兩塊布還不錯，比上次那花布好看多了。」謝姝兒拿過辛湖手中的布料，笑道。

「就是，做夏衫很不錯啊。」張嬸嬸說。

幾個女人嘀咕幾句，決定給辛湖做兩身夏天的衣服，現在她還沒有夏衫。

「兩套不夠，要做三套才行，要是逢上雨天，不是連件換洗的都沒有嗎？」謝姝兒說。

「也對，把那花布拿來，我們弄個插色，再換個花樣給她多做一套。姝兒，妳也別想偷懶，這回妳也得縫辛湖的衣服，要不然就給她納鞋底。」謝大嫂給小姑子派任務。

「那我還是縫衣服好了。」謝姝兒連忙說。

她才不樂意納鞋底呢，納一隻鞋底，手都抽得發痛，不過做阿土穿的這種小鞋，她是沒問題的。小孩子的鞋，鞋底薄些，而且也小，沒幾針就納完，完全不需要費勁。

幾人說說笑笑的做著女紅，謝大嫂還時不時給辛湖講點課，她想到哪說到哪，也沒什麼課間要求，有時順道考校一下謝姝兒。她這樣做，反而讓辛湖和謝姝兒不知不覺就學不少知識，就連張嬸嬸都跟著學習起來。

「汪妹妹真是博學多才啊。」張嬸嬸感嘆道。

她不禁想起小石頭的爹。那個男人最喜歡有才氣的女子，可惜的是，她雖然打小就讀書，卻也只學了些最基本的東西，再加上她家並不重視這些，所以她詩詞歌賦、琴棋書畫，樣樣不通。

那男人每每看她，都隱隱有些輕視的意味。她後來也曾經刻苦過，可是沒有名師指點，哪能學會什麼？反而落個東施效顰的反效果，白白惹人笑話。等她後來明白時，他們夫妻倆也就真正開始相敬如賓了。

「張大嫂，妳現在學也來得及啊。我嫂子可是出名的才女呢，比我哥都厲害，要是她去考，指不定能考個狀元回來當當。」謝姝兒自豪的誇獎道。

「妳少胡說，以後這話可不能在外面亂說。我不過是涉獵廣泛些，也只是大家閨閣女兒家在一起談論時，有個話題。」謝大嫂嚴肅的對謝姝兒說。

現在這個地方，隨便說說是沒什麼，如果回到京城，謝姝兒還這樣口無遮攔，不論對她自己或對謝家，都沒有好處，說不定禍從口出，惹來大麻煩。

謝姝兒訕訕笑著，不敢再亂說。一時間大家靜下來，直到遠處傳來一陣喧鬧聲。

「怎麼回事？」謝姝兒站起來，扔下手中的針線活，拉上辛湖就跑。

謝大嫂看著小姑如此行為，直搖頭，把手上的活放好後，才說：「我們過去看看。難不成還真給謝五弄回野豬了？」

等她倆抱著小初八過來時，謝姝兒已經在那裡上竄下跳，哪還有一點大家閨秀的樣子？地上扔兩頭綁著的野豬，還沒有斷氣，但已經快不行，只能發出低低的哼叫聲。這時謝五正在給阿志、阿信兩兄弟吹噓自己如何勇猛，是怎樣獨自一人打到野豬的英雄事蹟。

阿信和阿志連聲驚嘆，看向謝五的目光充滿狂熱的崇拜。除了崇拜，他們還極度羨慕，想像著要是他們自己能打獵就好了。別說打野豬，能打隻野兔都行，如此非但不愁沒肉吃，而且野兔的毛皮還可以拿來做衣服被褥。

沒一會兒，謝公子和江大山也過來了。兩人看著地上的兩頭野豬，再看看意氣風發的謝五，都不約而同露出驚訝的神情。

謝公子問：「你在哪裡打到野豬的？」

謝五也算運氣好，根本沒跑多遠就發現一窩野兔子。他毫不手軟的唰唰幾箭，立刻倒下四隻肥兔子，也不知道這些兔子是嚇呆，還是太笨了，其他兔子居然不知道四下分散逃開，等他把四隻死掉的兔子撿起來，剩下的兔子竟然一窩蜂似的全擠成一堆，活生生給他端了窩。

他數了數，竟有九隻兔子。樂得他也懶得再去遠處找野豬，畢竟想打到野豬，得要下些本錢，要跑到遠處的小山頭去尋，一天來回根本就不行。

結果他回程時，看到一群白色的大鳥往蘆葦林中飛去，那片蘆葦林是他們平時沒去過的地方，所以鳥兒特別多，他就想跟著去撿些蛋。哪裡料到，他還沒到，蘆葦林裡突然混亂起來，成群的各種鳥類驚叫著從蘆葦林中飛起來，有的潛入水中，有的飛上半空。緊接著，他看到那成片的枯蘆葦林像被什麼大型野獸碾過似的，東倒西歪一大片。

他嚇一大跳，只見兩頭一大一小的野豬往外衝出來，其中那頭大的，跑著跑著突然停下，大力嚎叫掙扎起來，也不知腳下踩著什麼，被纏住跑不動了。他立刻連射幾箭，先解決小的，再解決大的。頓時野豬的嚎叫響徹天空，連遠處蘆葦林中的野鳥和小動物都被驚動，一瞬間，鳥鳴豬叫，亂成一片。

這邊如此大的動靜，自然也驚動了一路尋來的謝三。謝三生怕謝五有危險，打馬狂奔過來，卻見到謝五已經把那頭小野豬弄上來，正在頭疼該如何把那頭大的弄上來呢？憑他一個人，想弄上百多斤又還在動的野豬有些難。

「這裡怎麼會有野豬？」謝三驚訝的大叫。

「我也不知道啊。」謝五答。

「平時我們也沒發現蘆葦林中有野豬，這要是真有野豬群，還得讓大家注意些。」謝三有些擔心的說。野豬的殺傷力很大，如果蘆葦林裡真藏著野豬群，對蘆葦村是有威脅的。

可是兩人在附近查看過，也沒發現還有其他野豬的痕跡。

「可能是因為前些天，天天下雨，牠們誤打誤撞的跑到這邊來了吧。」謝五說。

謝三點點頭。現在也只有這個解釋，如果蘆葦林裡真窩著野豬群，絕不可能只有兩頭。

於是兩人合力把野豬弄上來，扔到馬上，開開心心的回來了。

謝公子和江大山簡直不敢相信，謝五這般狗屎運，不到山那邊去，也能弄到兩頭野豬。

「這兩天，我們分頭到附近的蘆葦林查探一下，看還有沒有大型的野獸？」江大山說。

「嗯，是該去查看看，要是野豬跑到我們田裡或村裡來就糟了。」謝公子點頭認同。村子周遭是一望無際的蘆葦林，這邊一大片、那邊一大片，要是真有大型野獸出沒，大家還是要小心才行。

「這兩頭野豬是留下來自己吃，還是拿出去換東西？」謝三問。

「直接殺了分肉吃吧。」謝公子說。

「好咧。」說到吃，謝五興奮的跑去拿刀。

所有人圍在湖邊，開始收拾野豬。兩頭野豬收拾乾淨後，每家都分了不少野豬肉。謝五最愛吃肉，謝家人口也最多，謝家就分的最多。其餘兩家也分得不少，剩下還有約二十斤肉就分給胡家。還有那九隻野兔，謝家分了三隻，剩下的六隻，三家平分，每家兩隻。

阿信和阿志第一次見到家裡有這麼多肉，樂得簡直眼睛都睜不開了。

「哎，現在肉夠多了吧？今天好好燉一鍋吃吃，別再省著了啊，往後會有吃不完的肉。」謝五得意至極，回家前還特別叮囑阿志，好像他天天都能一出門就有收獲。

「好，今天晚上咱們也燉一鍋肉吃。」阿信和阿志流著口水，直點頭。

「要是我們也會打獵就好了。」阿信盯著謝五揹著的弓箭，喃喃自語道。

江大山和謝公子一聽，不由得打量阿信和阿志幾眼。兩個人都身形端正，雖然還小，但隱隱能看出他們長大後也是個壯漢。

反正一個也是教，一群也是教，江大山乾脆說：「明天開始，你倆也來跟我們學習射箭，有空也教你們認幾個字。」

雖說辛湖力氣夠大，大郎也能像個大人似的做事，但等他們走了，阿志和阿信就成很重要的勞動力，他倆比大郎大幾歲，明顯不像大郎還長得一團孩子氣，已經是少年人的樣子。

如果能把他倆教起來，無論是下地幹活，還是出門打獵，又或是保護村子和家園，都能減輕大郎和辛湖的負擔。況且他們帶胡家人回來，也是希望村子裡人口多些，勞動力增多，也該讓他們快速成長。

他們相信憑大郎和辛湖的能力，定能管得住阿志和阿信。再說，村子裡還有其他成年人，雖然剩下的女眷多，但也是個個有功夫傍身，對付兩個鄉下小子綽綽有餘。再讓辛湖和大郎在他們面前露幾手功夫，也能讓阿信和阿志更加明白，這裡的人無論男女老少，大家都很厲害，讓他們除了崇拜，還會明白自己的弱小，也算是恩威並施吧。

「真的嗎？也能教我們？還可以讀書認字？」阿信和阿志驚訝萬分，聲音都在發抖。他們萬萬沒想到，還會有這種好事。

以前他們村，舉全村之力也不過供一個秀才出來。本來他們家不該這麼窮，畢竟幹活的人多，但所有錢都省下來讓那個族兄進學。雖然自家窮，但在族兄中秀才之後，全村人都很開心，覺得多年的付出是值得的。沒想到有一天，他們自己居然也能讀書認字。

「當然是真的。我們蘆葦村所有人，都會功夫也能識字，你們既然到我們蘆葦村，自然也要跟著學啦！可不能丟我們蘆葦村的臉啊。」謝公子說。

「太好了！我們一定好好學，不會讓你們失望的！」阿信和阿志激動的快哭出來。

大家離開後，阿信用力捏了阿志一把，阿志疼得跳起來罵。「你揪我幹麼？」

「我不是在作夢吧？我們既能學射箭又能讀書？」阿信像個白癡似的問。

阿志回捏他一把，見他疼得直叫才說：「現在明白不是在作夢了吧？」

兩人喜極而泣，很快衝進屋裡，叫道：「表哥、表嫂，江大哥他們要教我們射箭和讀書了呢！」

胡大哥和胡大嫂不敢置信的看著他們，兩人連忙又說：「謝大哥說，整個蘆葦村的人都會射箭也識字，我們進了蘆葦村，也一樣要跟著學。」

胡大哥勉強撐起身子，驚喜道：「太好了，他們這是把咱們當他們村的人呢！這可好，我們終於能安定下來了。」

他一直在擔心，等他們傷好之後的生活。如果不能待在這裡，他們就只能繼續逃難，過著過了今天不知道明天的日子。現在不同了，蘆葦村的人真正接納他們，以後蘆葦村就是他們的根了。

「你們可得好好學啊。」胡大嫂興奮得臉都紅了。如果兩個小表弟能武又識字，以後他們的日子就會好過起來。

「嗯，今天他們還分了肉給我們。」阿信說著，把肉和野兔拿進來讓胡氏夫妻看。

「這麼多肉，就是今天那小五哥打到的野物？」胡大嫂驚喜的問。剛才大家在外面殺豬，動靜不小，雖然離他們住的屋子遠，但她也隱約聽到一些。

「是，小五哥還讓我們今天晚上好好煮一頓肉吃，說以後會有吃不完的肉。」

「好，今天我們也開開葷過個癮，煮一鍋肉湯吃。」胡大哥笑道。吃得好，他的身體就能更快好起來。這兩天被謝五盯著，喝的麵糊稠了些，裡面只加一點點肉，就格外不同了，今天他就有力氣自己撐起身來。

「哎，阿志啊，這麼多肉，切成小塊拿點鹽醃起來裝在罈子，可千萬別讓肉變壞了。」胡大嫂又交代道。阿信和阿志早就把家裡所有的東西都拿給他們夫妻看過了，這些東西，都是蘆葦村的人分給他們的，當然也不缺鹽。

「好咧。」阿信和阿志切了一塊約兩斤的肉，其他的肉也處理好，存放在罈子裡醃了。

兩斤肉被切成大塊，燒一鍋水，直接把肉塊丟進去煮，快熟時又加一碗調好的麵漿進去，用肉湯煮麵糊，等麵糊熟了，又加一大把早上採來的野菜。這一鍋有大塊肉的麵糊，雖然只放了點鹽入味，但味道卻不錯，每人都分到約十塊足足有指頭大的肉塊。

「啊，真是太好吃了。」阿志咬一口肉，嘆一聲。

胡大哥和阿信只顧著大口吃肉，哪像他有這麼多感嘆，只知道好吃要快點吃。胡大嫂笑了笑，拿調羹舀一塊肉，放進嘴裡細細嚼著。她有生之年，還是第一次見到自己碗裡有這麼多肉。

「我吃了十二塊呢。」胡大哥像孩子似的數著。

「你說，我們是不是在作夢？天天不幹活，還有吃有喝的，現在還有大塊肉吃。」胡大嫂又說。她坐月子都沒過過這麼美的日子，這段時間是她過得最好的日子。

「這是蘆葦村給我們的恩賜，能讓我們過上吃得飽、穿得暖的好日子。我們要惜福，以後多幫大家幹些活，別的我們也幫不上什麼。」胡大哥說。

胡大嫂點點頭，兩夫妻都對整個蘆葦村非常感激。

接下來幾天，江大山他們幾個大男人忙著在蘆葦林四處巡查，果真沒有再發現野豬，那兩頭野豬還真如謝五猜測的那樣，應該是從遠處跑來的。沒有野豬群，他們也沒發現其他大型野獸，倒是野兔、野鴨捉了不少，他們順帶還砍了些樹回來，準備留著蓋房子用。

「把這些兔子皮毛都留好，冬天也可以做張小褥子。」張嬸嬸看著又分到她家的野兔子，高興的說。兔毛雖然不算多好，也比普通棉被保暖許多。她們帶來的被褥並沒有多的，小初八一天一天長大，需要的東西也多了起來。

這三天，蘆葦村的四戶人家，每家都有十多隻野兔子，還有幾隻野鴨子，肉多得吃不完。

「嗯，讓大家把皮毛都留好，湊一起是能縫張小褥子。」劉大娘也說。

辛湖是不懂如何處理皮毛，每次都是江大山和大郎弄，但說到縫褥子，她卻很興奮。其實不只可以縫褥子，也能縫一件冬天穿的大襖子啊，或者做幾雙冬靴也好。冬天那麼冷，誰不樂意冬衣和被褥多一些啊？

「大郎，你會弄嗎？」辛湖眨巴著眼瞧大郎。

「勉強會吧。」大郎說。處理野兔皮毛其實不難，但他們這水準當然也比不上專門硝皮子的人。

「那就好。」辛湖頓時滿意了。

第四十一章

天氣變熱些，田裡的活也多起來，大家每天還得抽時間上課和練習射箭，人人都忙得很，日子過得很充實，就連辛湖也忙得忘記折騰吃食了。

阿志和阿信也在與大家共同的勞作中學習，漸漸融入蘆葦村裡。雖然他們年紀比大郎大，但大郎向來沈穩，像個小大人，阿志和阿信對他既感激也很信服，不知不覺兩人就跟大郎處得極好，就好比謝姝兒和辛湖一樣，雖然有年齡差，卻相處很好。

儘管阿信和阿志與大郎的感情，遠不如辛湖與謝姝兒的隨意和親近，但明顯他們很合得來，大郎吩咐他們做的事，兩人都能做得很好。慢慢的，他倆也會主動向大郎討教，自然大郎也能很清楚的為他們解答。看到大郎比自己小，懂的東西卻比自己多，兩人對大郎越發佩服。

江大山和謝公子天天觀察兩人，見到這樣自然很滿意了。

「這兩個孩子還不錯，為人老實又勤快，無論是幹活還是練功夫，都不錯，大郎也完全拿得住他們。」謝公子說。

「嗯，這樣我們離開就更加放心了。」江大山也很滿意。

不說大家在考察著阿信和阿志，這兩兄弟回家時也和胡氏夫妻說村子裡的一些事情。胡氏夫妻還沒養好傷，自然不能到處跑，只能躺在家裡。

阿信嘖嘖稱奇的說：「他們好厲害啊！全部的人都武藝高強，就連阿湖一個小姑娘都比我們厲害多了。」

「哦？一個小姑娘如何厲害了？」胡氏夫妻好奇的問。

「她天生神力，可以拉得開大弓，我們都不行，連大郎也不行，只能練習小弓箭。江大哥他們說，以後得讓阿湖去打獵呢。」阿志解釋道。

「大家都了不起，這蘆葦村裡個個都是奇人，那劉大娘也會功夫呢！」阿信又說。

胡氏夫妻都很熟劉大娘，特別是胡大嫂，人家還照顧過她兩天，兩個女人自然能說上幾句，她不由得感嘆道：「難怪她能輕易挪動我們。」

「就連小石頭和平兒都會射箭，阿毛他們三個小娃兒都會讀書呢；女人們也都會讀書、會功夫。」

「太好了！這蘆葦村可真是個好地方啊！」胡氏夫妻連連感嘆，簡直恨不得把這一生的驚嘆用完。

雖然只是匆匆訓練幾天，但大家的進步神速。大郎的眼頭極準，只差在力道上；辛湖眼頭雖然沒那麼準，但大靶子還是打得中。

阿志和阿信更是卯足勁在學，隱隱竟有後來居上的勢頭，拉弓射箭都嫻熟不已，就是那小弓讓他倆用有些太小；可識字方面倒是差很多，畢竟他們一點基礎也沒有。好在兩人極刻苦認真，在一起做事時都不忘問大郎，甚至還會向辛湖討教。

兩人卯足全力拚命吸收各種他們不懂的、以前也沒人教的東西，因為他倆都知道，這可是千載難逢的機遇。

「這兩個傢伙也太刻苦了。」辛湖暗嘆道。

在現代她見多了像這般大的小少年蹺課、打遊戲、找各種藉口不學習。實在是難得見到如此愛學習的人，搞得她都有點危機意識，最近無論練功還是練大字，都比往常努力幾分。別說辛湖，大郎亦有同感，他也是更加努力了。

江大山和謝公子看在眼裡，都覺得當初決定教阿信和阿志兩人的主意實在是太對了。別的不說，大郎和辛湖這麼努力，各方面都大有長進，這對他們以後的人生絕對是有益無害。

「沒想到倒激起他倆的上進心。」江大山感嘆道。

「咱們這也算是歪打正著。窮人家的孩子，有點機會可不得死死抓住，因為他們懂得機會轉瞬即逝。」謝公子笑道。

「那是。難怪人家說窮人家的孩子早當家，他倆也不過是小少年郎，就懂得這麼用功，如果有機會能讓他們一直學習，估計也會有不小的成就呢。」江大山稱讚。

謝公子點點頭，說：「看來，我們可以安心出發了。」

兩人又商議一下，決定兩天後就出發。

見他們訂好出發的日子，謝大嫂不捨的說：「好吧，我去找阿湖給你們準備些乾糧。」

第二天，辛湖和幾個女人放下手中的活，全部在炒乾糧——將米麵炒熟，把粗的再磨更細一些。這些炒米、炒麵，保存的時間較長，也能填飽肚子，帶上也方便，只要燒點開水，就可以沖成麵糊吃了。

「另外我們再弄些肉乾給他們帶上。」辛湖提議。總不能讓幾個大男人頓頓吃麵糊吧？吃久也會煩，還容易營養不良。

「嗯，現在家裡肉也夠，但是我們不會弄肉乾。」謝大嫂說。

「我們也不會。」劉大娘說。她以前吃過別人弄的肉乾，並沒有多好吃，乾乾硬硬的咬都咬不動，不過再煮一煮或烤一烤，就好吃多了，聽說外出的人都會帶點肉乾。

辛湖想了想，說：「我會。那就做兔肉吧，野豬肉不太好弄，家裡的鹹肉也拿兩塊出來，我把它們一起燻熟，給他們帶走。」

沒那麼多時間，也沒多少調料，她也不用弄得很麻煩，只有燻製這個法子最簡單。

「好。除了鹹肉、兔肉，還要不要弄點魚？」謝大嫂問。她巴不得給謝公子他們帶上一堆吃的，就怕他們在外面餓肚子。

「行，家裡還有醃魚的都拿來吧，新鮮魚可不成。」辛湖家裡已經沒有現存的魚了。

「哎喲，早知道該留些大魚塊。」謝大嫂嘆息。家裡就剩兩條魚，還都不大。

「我們家還有些魚塊，我回去拿。」張嬸嬸說。她們家吃飯的人口少一些，春天弄的鹹魚塊還有剩。

「怎麼燻的？」謝姝兒問。

「要是有穀殼就好，或木屑也行。」辛湖苦惱的說。這兩樣她曾見過別人燻製，她會弄，但這裡都沒有啊。

果然，她的話讓謝家姑嫂不吭聲了。

「要不，我們就用蘆葦稈吧？把蘆葦剁碎，可以嗎？」劉大娘問。這裡只有蘆葦稈最多，隨手可撿，其他東西上哪兒去弄？

「好吧，我試試，也不知道好不好吃？」辛湖說。

「肯定好吃，妳弄的就沒有不好吃的。」大家不約而同說，這一點大家都相信。

選了些粗壯的蘆葦稈，剁成小碎塊，辛湖才發現家裡也沒有鐵絲網。燻製東西，都是把魚和肉放在鐵絲網上，下面放置那種燃燒不出大火的燃料，比如穀殼、木屑類，用產生的煙與熱量把食物烤成大半熟。因為沒有明火就不會烤糊，而且煙燻得多，食物表面會有一層黑色煙灰，還會染上一些柴火的味道。

這樣燻製出來的魚塊或肉條，會比烤熟的水分要多一點，不會那麼硬，而且也沒有完全熟，大概有六、七分熟吧，既不怕因為生的會變壞，也不怕因為烤全熟，放著會變柴、變硬、不好吃。

要吃的時候，拿出來蒸煮烤都行。在夏天，她就見過有人採用這種辦法處理魚或肉，有人就愛吃那個煙燻味，覺得香。當然燻製品吃多不好，大家也都知道，但這個時代可沒人管這些，況且燻製過後，不管是魚塊或肉塊真的都很香，別有一番滋味呢。

拿蘆葦稈來燻製還是第一次，辛湖不敢弄多，先試幾塊兔肉。醃過的兔肉洗淨瀝乾水滴，再拿乾布仔細擦，儘量讓它們乾爽，然後放在蘆葦稈編織的小曬席上，上面再蓋一層曬席捂好。

因為怕蘆葦稈的曬席會被燒到，就架得有點高，她也不知道最後效果如何？辛湖先點燃下面的蘆葦稈碎末，因為太碎了像渣一樣，很難燃起來。她搞了好半天，最後還是加些草才引燃，等這些碎渣子燃起來，慢慢變紅了，就在周圍再堆上一層石塊與土塊，不讓大量的空氣灌入，燃燒也就不充分。等一陣子慢慢的騰起一股煙，還好不濃，味道也還行。

過了約兩刻鐘，下面的碎渣才燃完。煙散了還不能打開，要靠餘溫燜烤，得等到完全冷卻才可以拿出來。

雖然是試做，但最終的成品味道與賣相都不差。辛湖切一小塊分給眾人嚐味道，謝五毫不客氣的搶過一塊，直接開吃。

「嗯，還不錯啊。」謝公子滿意的說。

謝五更是早啃完自己的一塊，又去拿。結果，一隻兔子很快就被大家瓜分完畢，還有人覺得沒吃過癮。

大郎說：「這樣燻製的，可比烤的好吃，每次烤，總會有外面烤焦，裡面卻還沒熟的情況發生。」

「就是，這個受熱更均勻，塊塊都一樣，裡面的肉還很嫩，比起烤的要好吃得多，更不會有外面焦了裡面沒熟的情況。」謝公子點點頭，回味著方才吃的燻兔肉。

「那就這樣做嘍。」辛湖還在想，如果燻製不成功，就乾脆烤了讓他們帶著，不過烤熟的肉就不能帶太多，不然時間長了也一樣不能吃或不好吃了。而燻好的肉類，存放的時間較長，只要不是大夏天，一、兩個月肯定沒問題。

最後，她燻了六隻兔子、幾塊鹹肉與四、五斤的魚塊。炒米、炒麵，再加上燻製的肉與魚塊，足足給每個人備了十多斤乾糧，一半糧一半肉。

「這也太多了吧！我們可以一路打獵一路走啊。」江大山說。

家裡肉暫時是有多，但放開肚子來吃，也不可能存下多少。糧食就更不好說了，誰知道今年收成好不好？誰知道下回再出去，買不買得到糧？而且他連自己什麼時候能回來，甚至能不能回來都不敢保證呢。

「就是，太多了。糧食我們拿一大半就行，肉乾留一點給你們，魚塊我們全帶走。」謝公子說。

「那怎麼行！肯定要多帶點啊，這附近吃的東西多，到城裡去，還上哪兒打獵啊？」謝大嫂反對。

「進了城，還不會拿銀子買啊？」謝公子笑了。

「這世道，城裡還能買得到嗎？」謝大嫂又說。

最後這些東西他們還是全部帶上，除了吃的，還有衣服和一個鍋三個碗。

這回江大山以謝四的身分跟隨著謝公子。謝四其實在路上就死了，但他的路引等身分文書還在謝公子手裡。謝公子讓他冒充謝四，完全不怕有人會認出來。

反正古代的這些文書上，也不會像現代的證件上有相片。況且他是謝公子的下人，所有的一切都由謝公子說了算，別人就算要找事，也得找謝公子這個做主子的。至此，江大山有了一個全新且完全無破綻的身分。

「好，別送了，我們要走了，以後的日子就靠大家互相幫助了。」謝公子說。這一送就是幾里地，大家再往前走，都不知何時是個頭。

「路上一切小心。」謝大嫂又叮囑了一句。

「知道的，妳就放心吧，家裡的老小就交給妳了。」謝公子勉強笑了笑，安慰妻子。

謝大嫂心情沈重的點點頭。其他人的感觸倒沒有謝大嫂來得深，表情都很正常。辛湖和大郎老早就知道他們會離開一段時間，甚至他倆對謝家人、江大山，都沒抱十分的希望，認為他們會在蘆葦村定居。最初這裡才他們一家四口，不也一樣過日子嗎？只不過人相處的時間長了，感情深了，他們也一樣捨不得大家離開。

只有阿信和阿志十分驚訝，他們還以為江大山、謝公子也和大家一樣，是待在村裡當農夫呢，打獵不過是為了改善生活，哪裡想到，他們居然並不常住在村子裡。而且看樣子，這一去可不是短時間內能回來的。

「阿志、阿信，我們走後，你們倆該練的功夫可不能落下，該念的書、該寫的字也不可丟下。」江大山叮囑道。

阿志、阿信點點頭。別說江大山有交代，就是沒交代他們也不可能落下。

「你們倆年紀大些，功夫練得好，才能保護蘆葦村。」謝公子半是玩笑，半是認真的說。

「就是，以後地裡的活，你們也要幫忙分擔一些，村裡多是婦孺。」江大山又說。

「會的，我們一定會的。蘆葦村是我們的家，我們一定會拚命保護它。」阿志和阿信鄭重的說。幹活對他們來說不算什麼，都是打小就幹習慣的。況且這裡有吃有住，還能學東西，大家又對他們這麼好，他們怎可能不用心幹活？

「好啦、好啦，大家自己多小心。我們走啦！」江大山笑笑，率先打馬離開。

謝公子再看幾眼妻子，轉身跟上江大山，謝五見狀連忙也跟上去。

一直到他們的身影消失在茫茫原野裡，謝大嫂還不肯轉身回村。謝姝兒和辛湖只得一人一邊挽起謝大嫂的胳膊，半強行帶她回村。

接著大家還要去給胡家人找塊菜園。胡家到現在連塊菜園子也沒有，就直接在屋子後面挖方寸之地，栽下幾棵辛湖從菜園裡挖過來的菜苗。

實際上，湖邊並不適合做田地，一來土地硬，二來還長滿野草，甚至蘆葦根鬚都深入其中。再說那邊大家平時活動也多，多些空地才好，也不好占了當菜園，或者種莊稼。

「哎，這裡可以吧？」辛湖說著，指著前面一塊長滿野草、野菜的綠洲。這地方他們平時很少來，實在是因為蘆葦村的範圍相當廣，一小片地方，就夠他們生活了。

這塊地約有百來平方，雖然不算大，但這裡的野草長得格外茂盛，綠油油的也格外嫩，顯然很肥沃，就是太小了點，且三面還被蘆葦林包圍著。

其他人都順著她指的方向看過來，大郎皺了皺眉，說：「也太小了點吧！」

「就當塊菜園，小什麼小？」辛湖嘀咕。

「看上去不錯，我們過去瞧瞧，再挖幾鏟子試試吧？」阿信說。他也覺得這塊地還不錯，蘆葦村範圍雖廣，但說實話，能開出來當田的地方可不多，這也是辛湖想發展畜牧業的原因之一。

既然阿信說了，其他人也半信半疑的過來。走近看一看，謝三隨便挖幾鏟子，見泥巴是黑色的，一看就很肥沃。

「這可是上好的良田！」阿志、阿信歡快的叫道。他們家世世代代種田，很多知識打小就耳濡目染，一眼就看出這塊地非常好。

「那就挖吧！」大郎心裡一喜，要是這裡可以開墾的良田多，以後就能多種些莊稼，這樣村子才能發展壯大。沒有田，就種不了多少糧，也養不起多的人口，如果蘆葦村就這麼

三、四戶人家，怎麼也不可能弄出什麼名堂來。

就這麼大一塊地方，人多手快，可開出田還是花了兩個多時辰。因為長太多野草，草根深扎泥土中，有的蘆葦根甚至都伸展過來，又深又長，牽牽絆絆的像布著地網。他們一寸一寸的挖，而且挖得很深，希望一次就把草根掘出來，全部撿乾淨，以後種東西就不怕有鋤不完的草。

挖完後，阿信和阿志感嘆道：「這塊地很好，拿來當菜園就太糟蹋了。這塊適合種水稻，當水田用。」

這裡泥土很濕潤，周邊的蘆葦林雖然像天然籬笆一樣擋路，但離水也非常近，隨便開條溝就能把水引過來了。

一句話像驚醒夢中人似的，辛湖驚喜的問：「能種水稻？」

「在我們老家，有旱田和水田之分。旱田種小麥、高粱，水田就種水稻，種的莊稼種類多，收成就好一些。」阿志解釋道。

「那我們再找找看，看能不能多找幾塊？」大郎興奮的說。他與辛湖一樣，更喜歡吃大米一些。比如喝粥，他就愛大米粥，而不是用麵粉煮的麵糊。

果然，大家又在附近找到幾塊類似的荒草地。

「哎，明年得想辦法弄點水稻種子回來。」大郎說。

「你們會種水稻嗎？會育種嗎？」辛湖問阿信和阿志。

「我表哥會呀！他可是種地的好手，小麥、高粱、大豆、水稻，啥他都會種。」阿信答。他倆還小，當然不會育種，這可得有經驗的積年好手才能擔任呢。

「太好了！」辛湖高興的說。

「這下可好了。」劉大娘和謝三也覺得開心。

第四十二章

這蘆葦村就沒個真正會種田的人，雖然莊稼都種下去，地裡禾苗也長得不錯，但那可都是在大郎和辛湖的指揮下完成。兩個小孩子當家作主，大家心裡多少有些打鼓，誰也不敢保證收成。雖然大家目前也不是靠這幾塊田養活，但勞心勞力總希望有收穫啊。

「反正現在也弄不到水稻種，先把這塊田當菜園吧，等下我給你們拿些菜苗過來。」大郎指著已經開好的那小塊田，讓阿信和阿志自己折騰。反正現在菜苗可以到大家的菜園裡去拔幾株過來，三家每樣菜苗各分幾棵給他們，應該也夠他們一家四口吃。

「好。多謝大家了。」阿志和阿信連忙道謝。

回家後，阿志和阿信把這件事講給胡大哥聽。

「我們可以隨便開荒嗎？那裡土地都很肥？」胡大哥激動得恨不得立刻自己親自過去查看。

「蘆葦村總共就三戶人家，加上我們也就四戶人。江大哥說過，我們可以隨便找地方開荒。」阿志說。

他們也沒想到，蘆葦村居然人這麼少，不過這個地方確實偏僻，比不得他們的老家。但這裡沒有災荒、流民，大家又都有功夫傍身，在他們看來，就好似那說書先生口中的世外桃源一樣美好。

當初阿志聽到這句話時，也和胡大哥一樣興奮。但這段時間他和阿信天天在附近查看過，卻沒發現有什麼好土地，再加上也沒有種子，就沒把這句話放在心裡，直到今天真的開出肥地來，他才把這件事說出來。

阿信來潑冷水了，說：「地再多也沒用，沒種子啊！我們連菜苗都是靠大家從自家的菜園裡分出來的。」

幸好大家願意分些菜苗給他們，要不然，他們真的只能一年四季吃野菜了。說實話，現在有些野菜吃著還不錯，但過段時間長老了，就真的只能當野草，怎麼吃得下去？而且冬天是不可能有野菜，甚至在秋末就難找到野菜，那時，他們又去哪裡找菜來吃？沒有菜，光靠大家借給他們的糧食又能維持多久？

雖然蘆葦村的人借糧給他們，也分肉給他們，但那並不是取之不盡、吃不完的。他看得出來，蘆葦村的人並不是一味的接濟他們，也是希望他們能夠自立自強，早點養活自己。

這一點他很認同，畢竟只有自己養得活自己，才有說話的權利，他們一家人也才能在蘆葦村站住腳，變成真正的蘆葦村村民，而不是像現在這樣，完全靠人家的好心和恩賜。雖然大家對他們很好，但他們會忍不住心虛，過得非常小心，時刻想要討好人家。

這樣的日子終究不能長遠。他希望自己能堂堂正正的做人，遲早有一天要讓大家都知道，他們不再是可憐蟲，能幫助大家，也能回饋蘆葦村，報答大家的救命與收留之恩。

阿信的話打破大家的夢想，不過阿志卻說：「你也別想太多了，剛才大郎他們不是說了，明年會想辦法去弄水稻種回來嗎？到時候我們幫他們種，有了收成，再找他們借一點種子，下一年我們不就可以自己種了？」

「就是，以後我們自己有了收成，再還給他們。」胡大嫂說。

「可不是，我們慢慢還，先還糧食和種子，再慢慢還人情，然後我們就能堂堂正正的做人，不用永遠積欠人家的恩情。」胡大哥說。

「嗯，這樣也行，就是時間拉長點。現在江大哥、謝大哥他們三個男人離開村子，我們往後要更加勤快些，多幫他們幹些活。只要我們拿真心待他們，就能做到問心無愧，也不枉他們帶我們回來。」阿信也有了興致，開始計畫往後的生活。

「對，我們就要有這種心態。不管以後如何，也一定不能忘記他們。」阿志說。

「就是，咱們都不做忘恩負義的人。」胡大哥、胡大嫂異口同聲的說。

謝公子走後，謝大嫂一連幾天情緒都不高，做什麼事都無精打采。一開始大家覺得她這樣正常，畢竟人家小夫妻又情投意和，自從成親就沒分開過，多少有些不習慣。哪想到都過好幾天了，她不僅仍一副快快的樣子，還添了些吃不下、睡不好的毛病，人眼看著瘦下來。

張嬸嬸勸道：「妳放寬心，謝公子為人細心，身邊還有小五和大山，他們也慣常在外面行走，一定會很快就回來。」

「妳說，我這怎就是覺得不得勁呢？也不知道究竟是哪裡不舒服，反正就是懶懶的，什麼也不想做，吃什麼也不香。」謝大嫂不好意思的說。

「再過幾天就好了，日子一長，自然而然就放下了。妳想再多，他也是在外面，妳看不到也管不著。」張嬸嬸說。

兩人在門口說著閒話，做著針線活兒，辛湖那件粉色的夏衣，她倆已經快縫好了。她倆是不用下地幹活，張家是劉大娘當主要勞動力，謝家是謝三當主要勞動力。

謝姝兒和辛湖嘰嘰喳喳的提著菜籃子過來，遠遠的就叫道：「今天我倆跑得遠，又摘了些野菜回來，還撿到一些野鳥蛋！」她們要分一些給張家，畢竟劉大娘忙，都沒時間摘野菜。附近的野菜都吃得差不多，剩下都老了，只有跑遠些才能找到嫩的。

「還有蛋？」謝大嫂驚訝的說。

「是啊，不知道是什麼野鳥的蛋，妳們看。」謝姝兒說著把籃子遞過去，果然菜裡躺著幾顆雞蛋大小的蛋，蛋殼顏色較深一些。

好久沒吃蛋，別說謝大嫂興奮，就是張嬸嬸也非常高興。

謝大嫂看著蛋，一瞬間突然很饑餓，簡直讓她恨不得搶過蛋來吃，好似連口水都快流下來。她不好意思至極，十分驚訝怎麼自己會這麼饞蛋？其實她平時並不太愛吃蛋。

「多謝妳們啦。」張嬸嬸接過辛湖和謝姝兒分給她家的菜，道了謝。

「今天可以弄野菜炒蛋了。」謝姝兒說。

難得找到幾個蛋，每家也就分到三個，除了炒一小碗外，也真不知道該如何分著吃？結果蛋炒熟了，謝大嫂卻沒了食慾，也不覺得肚子餓，這炒蛋她吃得很少，大半都進阿土嘴裡。

謝老夫人有些擔心了，親自勸她：「你們年輕夫妻，乍然分開是有些不習慣，但妳也要放寬心，好好保重自己的身子。」

「娘，我……」一句話沒來得及說完，謝大嫂居然兩眼一翻，暈過去了。

謝老夫人嚇得差點犯毛病。她怕驚到阿土和姝兒，沒敢弄出太大動靜，一邊直接按兒媳的人中，一邊小聲的叫喚。還好謝大嫂很快就醒來，只是人懶懶的不想動。

「怎麼回事？妳哪裡不舒服？」謝老夫人焦急的問。要是兒媳婦生病可就麻煩了。

謝大嫂剛想說話，卻突然覺得噁心，連忙翻身，發出一陣陣乾嘔。謝老夫人心思一動，伸手搭上她的腕，不由得驚喜起來。她雖然醫術不到位，卻知道婦人懷身子的脈象，當年她是特意學過。

謝老夫人按下興奮，問：「妳這個月換洗了嗎？」

謝大嫂一愣，突然驚喜的看著婆婆，不敢相信。「您說我這是有了？」

這時她才發覺自己小日子都快一個月沒來，雙頰緋紅、囁囁的說：「是有快一個月了。」

「那就好、那就好。這可是太好了！」謝老夫人高興得語無倫次。原來兒媳婦不是病而是害喜，這可是她一直盼著的大事啊！

「妳也真是，這麼大的事情怎麼就疏忽了呢？現在可不比以前身邊有人打理照顧，凡事自己要多注意啊。」謝老夫人又是抱怨，又是後怕的說。

「娘教訓的對，媳婦兒就是覺得身上發懶不想動，沒多大精神，再加上夫君剛走，心裡也不得勁。」謝大嫂連忙說。

「反正從現在開始，妳給我好好的待在屋裡，先養著胎，別到外面亂跑了。家裡的活兒就讓我和姝兒來做，等先過了三個月再說。」謝老夫人下了死命令，生怕有什麼閃失。這個地方無醫沒藥的，真出了事哭都來不及。

謝老夫人坐一會兒，才想起去找謝姝兒。這個女兒整天不在家，一下要和阿湖一起去挖野菜、去捕魚，沒事時就到張家來，大家湊在一起做點針線活，玩鬧玩鬧。

「您過來了，坐會兒不？」張嬸嬸問。

謝老夫人滿面笑容，一副有喜事的模樣，坐了一會兒，又不知道該如何開口？見謝姝兒手中拿的紫色夏衫正是辛湖的，她才縫沒幾針，謝老夫人說：「妳縫個衣服就正經點，快點縫好，東張西望的，要縫到什麼時候去？」

「阿湖又不馬上要穿，再說縫衣服我也不是主力，不過是幫忙縫幾針，大頭還不都是嫂子縫啊？」謝姝兒不以為然的說。

「不能指望妳大嫂了，她有喜了。妳快點幫著把這件衣服縫好，以後可沒時間做這些，家裡洗衣煮飯這些活都得妳來做。」謝老夫人順著她的話說。

「真的啊，太好了！」謝姝兒驚喜的說。

「這可是大喜事！難怪她這段日子沒精神呢。」張嬸嬸忙著道喜。她也沒往這方面想，只當是謝大嫂不忍夫妻分離。

「阿湖啊，最近地裡活多嗎？」謝老夫人問。

「有點多，劉大娘、謝三伯、大郎，還有阿信、阿志五個人天天都下地幹活。」辛湖答。

正說著，大郎騎馬過來，人還在遠處就大叫道：「阿湖，妳和姝姊姊、謝大嫂也去湖邊幫個忙，把那些曬乾的蘆葦收起來往家搬，我看他們那邊都快堆不下，要是下雨淋壞就不好了。」今天天氣又陰起來，一副快下雨的樣子。

「好。」辛湖放下手中的鞋底子，準備去幹活了。

謝姝兒自然而然準備跟著辛湖走，張嬸嬸說：「我也去吧。」說著把初八放進背簍裡，揹起就走。

大郎奇怪的看大家幾眼，辛湖解釋道：「謝大嫂有喜了，要多休養。」

「我看她身子不太舒服，就讓她在家裡歇著了。」謝老夫人忙說。

「沒事的，我們幾個人也夠了，張嬸嬸也別去了。」大郎忙又說道。

張嬸嬸有些著急，一定要跟著去。大郎既然指名道姓的來叫人，就證明活多，她要是不去幫忙，估計幾個孩子就要忙到很晚。這天氣說變就變，要是雨來，前頭豈不是白幹一場？

謝老夫人見狀，也要跟過來做事，還說：「妳帶著個小孩子，怎麼幹活？收個乾草，我去吧，這點活我還做得動。」

「行了，大家都不要爭了。老夫人和張嬸嬸都留在家裡，我們幾個人就夠了。」大郎又說。

好說歹說，搞到最後，還是所有人都過來，除了在家睡覺的謝大嫂不知情之外。沒多一會兒，果然起大風，落下幾滴豆大的雨點。

謝老夫人鬆了一口氣，說：「幸好搶得及時，要是打濕就白幹活了。」

「就是看天色不對，我就先從地裡趕回來。」大郎笑道。

「我們家就謝三一個人下地幹活，是不是太少了？」謝老夫人問。

「謝三伯一個人已經做很多事了，姝姊姊不做也沒什麼關係。現在不是有胡家兩兄弟嗎？他們很能幹，您就安心讓謝大嫂歇著吧。」大郎說。

「多謝大家了。活兒多的時候就叫姝兒去，她這麼大個人，多少也能幹些活，家裡的事我還做得來。」謝老夫人說。

「您也太客氣了，有什麼需要我們幫忙的就說一聲啊。這裡什麼也沒有，就是苦了汪妹子。」張嬸嬸說。她是過來人，這麼貧窮的生活，要啥沒啥的，有段時間她看到什麼都能想像成是好吃的，尤其是那段缺糧的日子，簡直不堪回首。

「張嬸嬸，我那衣服就先不做了。」辛湖說。

「也不差那麼點工夫，不過是做的慢些。」張嬸嬸說。

「先不要急著做，等下雨大家不能出門幹活的時候再慢慢做吧。」大郎說。

「那要真下雨了，我也過來幫忙，兩天就能做完。」謝姝兒連忙說。

現在嫂子懷著身子，肯定不能做針線活，就算能做，也得給肚子裡的小孩做，哪還有空給其他人做？她得快點幫阿湖做好衣服，往後可沒時間幫她再做什麼了。

「那就這樣說定，大家各自去忙吧。」大郎做個總結，大家就散了。

自從發現謝大嫂懷孕這天開始，謝老夫人就開始時刻盯著兒媳婦的肚子，什麼都不讓她做。而早在江大山他們走的第二天起，謝三就接替江大山的位置，教大家練功夫和箭術。

日子過得很快，天氣一下就熱起來了。

莊稼也該要施肥了，這可是個技術活呢，該什麼時候施、施多少都有講究。施多了不行，莊稼會死；施少了，莊稼又吃不上肥，影響開花結果。幸好有阿信和阿志兩個平時就做慣這些的人，要是光靠辛湖這半吊子，地裡的莊稼也不知會長成啥樣？

看到大簍子裝著的馬糞被馱到地裡來，阿信也不怕髒，拿著小鏟子扒拉幾下，說：「這肥真好。以往在老家，要是有這種肥，也不至於收成那麼少。」

「就是，這馬糞多好啊！可比其他的肥料好太多了。」阿志也說。

給地裡施完肥，回家的路上，辛湖揉著痠痛的脖子說：「好累，幸好有阿志和阿信兄弟倆，不然可得忙死了。」

大家除了要到地裡幹活之外，割蘆葦芽的活也一直沒停下來過，依舊每天抽空去割一趟，畢竟大冬天沒吃的，馬的日子就不好過。如果沒有馬，蘆葦村出去一趟就更加不容易，所以大家把馬看得很精貴。

大郎甩了甩痠痛的胳膊，用嘲諷的語氣說：「要不是他們倆，我們就不只是忙死，怕還要搞不少笑話呢。光聽妳的，也不知道能收幾斤糧食？」

「你這說的什麼話啊?!」辛湖不滿的叫道。沒有她，村子裡這群沒種過田的人，連種子都播不下去。現在倒好，有了更好的就瞧不起她了。

「得了，妳是不是想說，沒有妳種子都播不下去？」大郎立刻問道。

辛湖看他幾眼，翻了個白眼，沒好氣的說：「嗯，就你聰明。」不知怎麼，大郎一開啟冷嘲熱諷的模式，她就覺得恨得牙癢癢。

不過她也承認，阿信和阿志確實很能幹，並且十分勤快，平日就他倆幹的活最多，所以江大山、謝公子、謝五三個人的離開，對村子並沒有造成太大的影響。

因為謝大嫂懷孕需要補身子，要多吃些有營養的新鮮食物，但蘆葦村最新鮮的就只有魚。但是通常孕期胃口不好，好多平時她能吃的東西，這時就嚥不太下去了。

大家變著方法，也不過是些野菜，再不就是醃製過的肥鹹豬肉與野豬肉這兩種肉食。那些她都不愛吃，就想吃新鮮的東西。鮮魚是可以滿足這個需求，一開始她多吃了幾頓，現在卻連聞都聞不得魚腥味，搞得謝老夫人頭髮都要愁白了，其他人也無計可施。

正好忙過一段時間，地裡該幹的活都幹完，有了點空閒的時間。家裡的存肉差不多吃完，大家練箭也練得像模像樣了，謝三就和大郎商量。「我們出去打獵吧，別說野豬了，弄些野兔、野鴨也好。」

「嗯，家裡的存肉也不多，是該再去弄一些。」大郎同意了。

一聽他們要出門，辛湖這回說什麼也要跟著去。她到這裡來連蘆葦村都沒出過，連這是個什麼時代都沒搞清楚，她早就想出去看看了。

大郎自然不同意。「妳去了，家裡三個小的怎麼辦？」

「喲，以前我們沒把平兒和大寶扔在家裡過嗎？」辛湖反問。那時候，村子裡連個鄰居都沒有，兩個幾歲大的小娃兒，就是被野豬吃了都沒人知道呢。他們不也是一樣就扔下他們，讓他們自己過了幾天嗎？

「現在不是多個阿毛嗎？三個小的在家裡，我們這一出去就是好幾天，能放心嗎？」大郎頭疼的說。

他是不想讓辛湖出去，照顧三個小的只是一個拖住她的藉口，最重要的是，他覺得女孩子家家，武力值再高又怎樣？也不該和男人們出去打獵，那多少是有些危險。何況她現在已經很厲害，再繼續發展下去，怎麼得了？

第四十三章

一提到阿毛，辛湖就滿臉黑線，不知該說什麼好？雖然她對阿毛跟對平兒、大寶一視同仁，可是阿毛完全是江大山甩的鍋啊。

「怕什麼？村子裡有這麼多人，叫劉大娘幫忙看一下他們就好了。」辛湖說。況且平兒其實是很會照顧弟弟的孩子，又會煮飯，另外兩個小的也是到點就上床睡了，把他們三個放在家裡幾天，她還是能放心的。

「不行，妳不能去。」大郎說不過她，直接拒絕。

「我可以打獵啊，而且我力氣大，不然你留在家裡照顧三個小的。」辛湖急了，連忙說。她本來是想說，外出打獵我比你用處還大呢，但顧及大郎的自尊心，沒敢這樣說。

不過這句話，倒說到大郎心上去了。出去打獵確實需要力氣大的人，阿湖的力氣也確實比他還大，要不然光靠謝三伯一個人，力量也太單薄了。這樣想著，他又說：「我去叫上劉大娘，我們三人出去。」

「那可不行，劉大娘一走，全村就剩下些婦孺，沒個主事的人了。」辛湖立刻反對。

「那我帶上阿信和阿志不就行了。」大郎又說。

「我不管！反正我要去。你要是不讓我去，我就自己去。」辛湖說不過他，只好耍無賴。

大郎這下沒招了，嘆了半天氣，只得勉強同意。「出去妳一切都要聽我的，不可以自己亂作主張。」

辛湖連忙點頭，表示自己一切行動聽指揮。接著兩人商量一下，決定還是帶上阿信和阿志。大郎只好去找劉大娘，讓她幫忙看顧一下家裡的三個娃兒。

「沒事、沒事，你們放心，孩子們也是天天在一起玩的。」劉大娘說。

謝姝兒簡直羨慕得都快要哭出來。難得有個機會出去一趟，連辛湖都可以去，她卻去不成。要不是大嫂懷孕，她都想鬧了。

「村子就交給你們了，我們會儘快趕回來，多則十來天，少則七、八天。」大郎勸道。

第二天傍晚，辛湖他們一行人就遇上一群野豬。雙方離得並不太遠，大家看到那幾頭野豬正在小河邊喝水，落日餘暉落在野豬身上，甚至能反射出光芒，可見這群野豬長得十分壯實。

謝三停下腳步，示意大家小心，所有人立即繃緊神經。他拉弓連射幾箭，那頭最肥大的野豬就中箭倒地，發出慘烈的嚎叫聲，驚得牠的同伴們四下奔逃，慌不擇路竄跑，搞得正在歸巢的群鳥亂叫亂飛，整片山野一片混亂。

大家居高臨下，興奮又緊張。得手一頭大野豬，謝三心情非常好，說：「阿湖，來試試吧！」

辛湖沒有遲疑的接過弓箭，選中目標，一箭射出卻從野豬身邊擦身而過，她失望的嘆氣，又繼續拉弓。與此同時，大郎也拉開自己的小弓，瞄準辛湖的目標，竹箭「嗖」的一聲飛出去，一箭命中。

太好了！大郎在心裡表揚自己一句。

只不過他的弓小，箭也只是竹箭，那野豬雖然受傷卻並不嚴重，只是短暫停頓一下，又繼續嚎叫著跑起來。辛湖瞅到這個機會，接連射出兩枝箭，都命中目標，身中三箭的野豬，終於支撐不住，轟然倒地。

「不錯、不錯。」謝三連連誇獎道。

大郎命中目標的準頭明顯比辛湖強，但辛湖力氣大，拉得開大弓，光靠大郎的小弓竹箭，想要制伏有著肥厚外皮的大野豬也很困難。

阿信和阿志興奮得滿臉通紅，同時又十分遺憾自己沒有稱手的弓箭，只能眼巴巴的看著。

路上，大郎已經射中過幾隻野兔，現在又幫著射中一頭大野豬，心情也非常好。他相信只要自己經常練習，總有一天能拉動大弓，那時就不需要辛湖這個小姑娘出馬。

兩頭野豬到手，謝三看著還活著的野豬說：「大郎，到翠竹村去嗎？還是直接到集市去賣掉？」

「先到翠竹村去看看吧。」大郎答。

結果等他們趕到翠竹村，才發現村子裡瀰漫著一種壓抑的氣氛，連平時撒歡的孩子們都小心翼翼的，好似出了什麼不好的事。不過在看到他們馱著兩頭野豬時，大家還是都露出笑容。

「怎麼回事啊？村長。」謝三問。

「唉，別提了。前幾天商隊帶來的人還不少，可是他們不僅給的價錢低，還挑三揀四的。我們勉強賣了點東西給他們，也就只換了兩升粗麵。」村長說著直嘆氣。

來收竹器的人越來越狠，人家直言：「如果沒有我們來收，你們村的竹器就等著爛吧！守著竹山又怎樣？還不是只能吃吃筍子。要是筍子能當飯吃飽肚子，你們再來討價還價吧！」

他們不僅強買強賣，拿著陳糧用極低賤的價格換走最好的竹器，還壟斷了集市上的生意，不允許翠竹村去賣竹器。

最可恨的是，集市上雜貨鋪的糧也跟著漲價，並且漲得極離譜，足足翻了一倍，問起來才知道，也是商隊搞的鬼。他們本來就壟斷這裡的生意，現在更實行封鎖，大家沒法出去，只能乖乖聽他們的話。

這些話簡直讓大郎和辛湖目瞪口呆。

「糧食價格翻了倍？」謝三驚呼道。

「是啊，聽他們那話，估計是外面的糧食緊俏呢，還說有的地方鬧災荒了。我們這小地方，還能有點糧買就不錯了，有些地方有錢都買不到糧，災民們連草根樹皮都吃完了呢。」村長頭疼的說。

這些事情讓整個翠竹村陷在一股惶惶不安的氣氛中，好似隨時有把大刀懸在頭頂上一樣。

「哪些地方受災了？有沒有災民逃到附近來？」謝三又問。

「不曉得，我們這裡又偏僻又小，誰能跑到這兒來啊？」村長搖頭。

「唉，受了災官府不管嗎？」大郎插了一句。

「不僅如此，還開始對外來人進行盤查呢，聽說外面查得很嚴了，你們怕是不能到集市上去。因為守集市的有本地人，你們一出現他們就認得出不是我們村的人。」村長這句話，讓大家完全不知該如何是好。不去集市，要怎麼買到糧食？

「他們查些什麼呢？」大郎又問。

「這就不知道了，反正查好幾天也沒見一個外鄉人。上頭只說不允許收留外鄉人，說是怕他們搞壞事。還說，有個村子就是因為收留一些逃難的災民，結果災民們居然把整個村子侵占，殺了全村子的人。」村長答。

「怎麼可能？災民有這麼厲害嗎？」謝三氣憤的說。

「那我們要怎麼辦？」辛湖悄悄問大郎。

最後，大郎請村長幫他們把一頭野豬馱到其他村去換東西，剩下這頭就在村子裡換掉。村長樂了，答應竹器任大家挑選。

「村長，我三伯帶著兩個哥哥跟你們村人去外村換東西，你陪我們去趟集市吧？叫你兒子也行。」大郎說。

「你們要去買糧食嗎？」村長心知肚明的問。

「是。你說他們只盤查外來人，你們可都是本地人，我帶著兩小孩子，應當沒人管吧？真問起來，你說他倆是你們村的，又或者是親戚。」謝三立刻明白大郎的意思。不親自去看看，怎麼確認村長說的話有沒有水分呢？況且來這一趟，總得搞點糧食回去啊。

村長考慮了一下，倒是很爽快就答應了。

於是謝三、阿信、阿志三人抬著一頭野豬，跟著村長派的兩個嘴皮子俐落，又熟練附近村子的村民出發。附近村子，自然還是能換到一些東西，即使糧食可能沒指望，但雞呀蛋啊，多少還是有些。

大郎只帶著三兩銀子，一兩是張嬸嬸給的，一兩是謝三給的，他自己帶了一兩。

村長還帶上一個叫阿青的壯年男人，說是去幫他們挑東西回來。

結果到了集市，不只辛湖傻眼，就連大郎也愣住。

他上次來這裡還是熙熙攘攘的人流，這次居然只見到零星的人在活動。入口處果如村長所說，立起崗哨一樣的草棚，幾個壯漢正無聊的打瞌睡，見到有人來了，立刻又精神起來。

「喲，是翠竹村的村長啊。」其中一個打招呼。

「嗯，我們來買點糧食，家裡快斷糧了。」村長笑道，順手遞給那人兩個錢。

他們一到雜貨鋪門口，就聽到老闆正與買東西的人吵架。

「你太黑心了吧！漲這麼多，前兩天來買才十五錢，現在變成二十錢？」客人罵道。

「什麼叫我黑心，我拿貨漲價了，能不漲價嗎？」老闆氣呼呼的說。

客人無法，拿著二十錢買一斤鹽，氣沖沖的走了。沒辦法，人還能不吃鹽嗎？只能省著點吃了。

那客人走後，村長湊近打個哈哈，問：「怎麼回事？鹽漲價啦？」

「是啊，什麼都漲了。你們也聽到了，不是我要漲，而是送來的貨漲了，還送的越來越少，不知道下個月還做不做得下去呢？」老闆直嘆氣。

「麵呢？」村長問。

「粗麵二十五錢兩升。沒有細麵，精細點的都沒有。」老闆指了指空蕩蕩的鋪子，說。

「上次買的粗麵還是十錢呢！」阿青大驚失色的說。

「你說是幾時的老價了？前些日子就漲到二十錢了，不過是又漲了五錢。」老闆苦笑著說。大郎氣得一口老血在嗓子眼裡，簡直恨不得罵人。但現今就剩下這一家還開著門做生意，不買都不行。

在路上大郎已經同村長說好，要買二石糧食的，因為買得多，還指望村長能幫著講點價。

於是在接收到大郎的暗示後，村長就說：「我們多買點，二石能不能少算點兒？」

「只能買一石。」老闆四下看了幾眼，才小聲的說。

「為啥呢？」村長問。

「如果買得太多就會被盤查，說是怕有人囤積糧食呢。」老闆湊到大家面前說。

「哎喲！這裡哪有人有閒錢囤積糧食，不都是買回去吃的啊。」阿青說。

「話可不能這麼說，要是真賣給你二石，你們只怕也走不出去。」老闆擠眉弄眼的看著外面一群壯漢。

「鹽能買多少？」村長又問。

「算你們四個人，一人兩斤。」

最終，村長和老闆講了好半天，才買到一石粗麵、十斤鹽，還特地分成四分，表明不是一戶人買的。

辛湖來一趟，總得買點東西回去，可是左看右看，也沒看到她想要的東西，最終在一個角落裡，她發現了一點紅豆和綠豆。她伸手拉了拉大郎，大郎又丟給村長一個眼神。

村長問：「這點兒豆，怎麼算？」總共不到一斤的紅豆，再加上約半斤重的綠豆，老闆這回倒很爽快，直接收他們二十錢。

大郎沒搞明白辛湖買這個要做什麼，只當她是拿回去折騰什麼吃食，反正也就二十錢。

辛湖拿到豆子，心裡喜得不行。紅豆、綠豆的播種期很長，這個她曾經專門瞭解過，現在拿回去種，今年還能有收成呢。反正有空地，種上也多了點收成。

大郎盤算著手中還剩下的二百多錢，想著帶大家到飯老大那邊去買點吃的。他估計這回細麵饅頭肯定買不到，只能買幾個粗麵饅頭讓大家填填肚子，順便帶在路上吃。可是一過來，那小飯館居然早就關門，飯老大也不知跑哪兒去了。

村長嘆著氣，帶大家回村。阿青和村長兩人各挑著半石糧食，外加兩斤鹽。其實這點東西阿青一個人完全挑得起，但怕被人說他一個人買這麼多東西，只得分開拿，大郎和辛湖也一人揹了兩斤鹽。

果然那些盤查的人看到他們四個人，也就買了這些東西，只是隨意問了幾句，知道他們是四家買的，就放他們過去了。

回到村裡，謝三他們也剛回來，看他們的收穫好像還多一些。他們總共換回兩頭小豬崽、兩隻老母雞，還搭上六棵柿子樹苗、一百個蛋，其中一部分雞蛋一部分鴨蛋。

留在翠竹村的那頭野豬和十隻野兔，村民們已經搬出一大堆竹器過來，就等著他們來挑選。大郎一回來，大家就都圍過來，還有好多人都瞄著他們從集市上買回來的東西。

謝三不肯要這麼多，說：「我們要能吃的東西，雞、鴨和蛋都行。光是自己家用，要這麼多竹器也用不完。」

大郎也說：「就是。我們只要十張竹席、十把竹椅、十張中几。」其實家家戶戶都缺櫃子、桌椅、板凳，但他們帶不了這麼多。只有兩匹馬，要帶回去的東西只能儘量減少，大件的更是不敢要，不然他和辛湖就得一路走回去了。

但翠竹村的人都只想推銷自己家的竹器，眾人嘰嘰喳喳的圍著他們，還有人指望著能和他們換些糧食呢。最後大郎、謝三跟村長討價還價了好半天，總算又弄到三十個雞蛋、三十個鴨蛋、三隻小雞、三隻小鴨，幾斤新鮮筍乾，剩下的還是要拿竹器來抵。

村長還十分為難的說：「實在是沒其他東西，雞鴨家家就指望著下蛋了能去換點油鹽呢。」

見大家僵持著，辛湖想了想，拉著大郎到村子裡逛一圈。最後又要了五只小燈籠、大小各十支竹篩子、大小蒸籠各四副、十張凳子、竹耙子十把、連枷十把、大小各十支撮箕、大小各十支筲箕、十條扁擔、一些竹碗竹杯，連筷子也拿了幾把。

他們拿的都是小用具，除了竹馬值點錢之外，其他都是很便宜的東西，村長又讓人給了他們一對大筐子，把這些零零碎碎的物品裝好。

村長甚至還問：「背簍、籃子、斗笠這些常用的東西，要不要再多拿些？」他也想和大郎他們搞好關係，以後多弄點肉吃。反正大郎他們要的也是些損耗品，都是便宜貨，這些日常又天天用得到的東西，不怕他們以後不用。

大郎又拿幾頂新斗笠，換下他們舊的，對阿信、阿志說：「你們要什麼就拿吧。」

阿信和阿志立即不客氣的又各拿一只背簍，還順手往裡面裝入幾頂斗笠、幾只小籃子、幾把小凳、兩張小几。他們家什麼都缺。

最後謝三還多拿幾根竹子，說拿回去曬衣服用，但其實是想給大郎他們多削幾枝箭，竹箭消耗很快，得多做些備用。

村長連忙讓人給他弄一捆中等粗細、已經曬乾的老竹子過來。前面商隊來，也要了很多竹子，竹器卻要的很少，看他們那架式，好像是要拿竹子自己去做竹器的模樣。所以村長心裡越發覺得，與商隊的生意只怕真做不下去了，光是賣竹子就更不值錢。

村長嘆息道：「以後我們不會再做這麼多竹器了，這門生意怕是要做不下去了。」

「村長，那商隊以前價格還公道，為何現在卻這樣行事？」謝三不解的問。一般來說，長期打交道的人，做熟了生意，價格是不會有這麼大的變化。

「唉，說來話長，還不是因為有村民自作主張拿著竹器去集市上賣，還想帶去縣城賣，把價搞亂了，人家不好做生意啊。」村長嘆氣。

其實還有件事，村長不好意思說出來。當初他們村會做的竹器其實很少，就是些大家日常用的粗製品。商隊找了幾個精細的竹器帶過來，並且讓人給他們解說，教他們學會了。這些才是大頭，大家這才有不少賺頭。

而且當初雙方也說好，這些高級貨是不能拿出去賣，只能賣給商隊。雖然他們出的價不高，但原先也是人家教會他們的，所以村裡當時是答應了的。

但等他們學會以後，也知道外面這些東西能賺大錢，就有人偷偷帶去縣城賣。商隊很生氣，一陣打壓下來讓村民們明白了——生意不是你想做就能做的。但大家的關係已經有裂痕，再加上商隊當年的頭兒，不知怎麼回事，很快就把生意交給新的接替者。

這些新人都是不好惹的，又對翠竹村心存不滿，每次來都是一副你們不賣就算的態度，也不准他們去縣城賣。不能出去賣，商隊又不要，村民怎麼辦？只好任他們壓價了。當然，大家心頭的怨恨也越來越大，關係也越來越差。

「就是，我們以後不做竹器了，看他們來拿什麼回去賺錢。反正我們是沒得賺，大不了我們也學人家去山裡打獵，別的不說，每家總可以分幾塊肉吃。」有年輕人憤怒的說。

「行了、行了，大家都散了吧。」村長罵道。這些事有些人並不知道，也許大多數人知道，但被壓榨得太過，心裡也早不記得自己的過錯了。

第四十四章

因為弄到的糧食太少，大郎心情不太好，他是擔心，怕以後越發不能弄到糧食。如今，災荒流民的傳言已到翠竹村這種偏僻的小地方來，只怕還真有小股流民四處為非作歹，往深處想就是從上到下都亂了。

朝廷已經失去對地方的管束力，大家各自為政，甚至互搶地盤，這種日子光想就覺得可怕。難怪上一世，現在坐在上頭的那位會被拉下來。

大郎一路想著這些事情，仔細回想著，當年這個時候是什麼狀態？可惜的是當年他還小，又是家裡極不待見的人，外面的事情他哪裡知道。

重活一世，很多事情還沒有發生，他本來是想放開對陳家的怨恨，以後就當陳家不存在，但現在這些事情又激起他對陳家的怨恨，心底的仇恨讓他無意中散發出一股低氣壓。

謝三見狀，勉強開導大家。「不要緊的，下一季我們自己收了糧食，就不用來買糧了。」

大郎回過神來，苦笑。「就那點田，我們一村子的人，哪裡夠吃？」

阿信和阿志也在心裡算了算，認同的點點頭。確實不夠。

「下回，我們不來這裡了。」辛湖說。

「妳要走另一條路啊？也不知道現在太不太平？」大郎說。江大山他們就是走這條路出去的，但他們三個是武藝高強的壯年男人，走得了，他們這群就不一定了啊！

「試試啦。」辛湖說。既然江大山他們選擇了那條路，起碼也是覺得那條路希望最大吧。

「行了，改天再說吧。」大郎轉移話題。

「哎，那商隊是什麼意思？拚命的壓價，不像想買竹器的樣子，那為何還要來啊？」辛湖伸手戳了戳大郎的肩膀，小聲的問。

那就是不想做生意的樣子嘛。雖然村民們不得不賣給他們，但長此以往，肯定是合作不下去。

他們究竟是真的做生意，還是打著做生意的幌子？又或者借著做生意的由頭，在外面四處活動什麼呢？所以買賣竹器不過是顯示自己是在行商的一個偽裝，搞不好，他們私底下另有做其他生意。辛湖一瞬間腦補現代的走私、販毒等等可怕事件，把這個商隊想像成一個黑社會犯罪集團。

幾個人左思右想不得其法，只能胡亂猜測。他們完全沒有想到，原因是村民們先背信棄義，這種事翠竹村民自然不會說出去，都揀對自己有利的說詞，不過商隊確實也不僅只是行商。

大家邊走邊閒話，反正都想不通商隊的做法，阿信也想到另一個話題，問：「災民還能占領村子，太可怕了！也不知道是不是真的？」

「誰知道真假呢。」謝三說。他心裡是不太相信，但沒親眼見過，也搞不清楚。

辛湖壓低聲音，開玩笑似的在大郎耳邊說：「我們就占了個村子。」

大郎沒好氣的低罵道：「胡說，我們殺了全村的人嗎？」

「我們是白撿了個村子。」辛湖笑道。

因這個話題，大家的心情越發沈重，生怕村子也會有麻煩，他們加快了腳步，直到累得氣喘吁吁，衣衫都濕透了。

「停，我們歇會兒。」大郎連忙拉住馬，說。

阿信和阿志一見大郎停下來，立即解開背上的東西，不顧形象的直接倒在地上；謝三緩過神來，才發現自己也累狠了，也解下背上的東西，坐下來歇息。

大郎和辛湖騎著馬倒是不太累，就去打水、撿柴來做飯。

「阿湖，妳在幹麼呢？」大郎撿了柴回來，已經生好火，還不見辛湖打水回來，急忙高聲叫道。他以為辛湖光顧著自己洗了。辛湖愛乾淨，就算出門在外也儘量會弄點水洗洗，這已經出來好幾天，今天太陽又好，天氣也熱乎，說不定她偷偷摸摸的乘機擦洗一下身子。

「馬上來，我弄了幾把野菜。」辛湖邊說邊朝他們這邊走過來。剛才看到那邊有一簇鮮嫩的野菜，就摘了幾把。現在糧食越來越不好買，還是省著點吃吧。

吃著只加了點鹽，卻加不少野菜的粗麵糊，大郎嘆道：「我們在路上還是要逮些兔子，一點肉也沒有，哪裡填得飽肚子？」

「就是。光喝野菜糊很快就餓了。」謝三也說。

「好啊，去弄吧。」辛湖勉強嚥下嘴裡的糊，恨不得現在就去獵幾隻野兔子來吃。雖然野菜很嫩，可是一點油水也沒有，一點也不好吃。

辛湖和大郎拎著弓箭，到附近東張西望的，希望能發現野兔子，好給自己加個餐。那邊阿信、阿志兩兄弟，在洗鍋碗的小河裡發現有魚，連忙跑回來拿簍子。

「我們去弄幾條魚回來吃。」他倆也看出來，剛才大郎他們三個人都沒吃飽。

沒一會兒，兩人果然撈到五條巴掌大的鯽魚和一些小魚。聽到他倆撈到魚，大家過去一起動手，很快就收拾好魚，順便挖了點野蔥。辛湖又煮一大鍋魚湯，大家這才搞飽肚子。魚湯只加鹽和野蔥，味道不算多好，卻比剛才的野菜糊好吃多了。辛湖喝下一大碗，還吃了兩條鯽魚。

吃飽喝足後，大家便起程往家趕了。

這天傍晚，大家終於獵到了三隻野兔，謝三當場就弄好一隻，說：「阿湖，這隻燉一鍋野菜湯吧，加點麵進去一起煮煮。」雖然還有兩隻，完全可以烤著吃，但他怕回去的路上沒獵到兔子，家裡人沒得吃，就留下了。

「好咧。」辛湖應一聲，和阿信、阿志去找野菜。這隻兔子夠肥，淨重也有兩斤多，燉湯油水還是比較足，得多加些野菜進去。這附近野菜真不少，吃完飯，辛湖又招呼大家挖點野菜帶回去。

「帶回去只怕也蔫了，還能吃嗎？」大郎問。

「我們挖一些野韭菜回去，醃起來慢慢吃。」辛湖答。

「怎麼醃？」阿志感興趣的問。

「那下面的小蒜頭醃了，很好吃呢。」大郎說，謝三也在一邊點頭。

最早大家跟著辛湖做的一罈野韭菜根已經吃得差不多，謝五他們還帶走一些。後來大家又各自醃製一些存放，準備留到冬天沒菜時吃。

阿信與阿志一聽大喜，連忙去挖。這山野裡，野韭菜多得很，五個人一直忙到天黑得完全看不見，挖了滿滿一大籃後才停手。

五個人一路走，一路也沒放鬆找野兔，最後回到家時，共弄到十幾隻野兔子。雖然不算多，但四家也可以各分三隻，夠吃幾天了。

聽說野韭菜的小蒜可以醃製起來慢慢吃，胡大嫂忙討問製作方法。其實她很會做鹹菜，大家稍稍一提，她就明白了，末了她還感激的說：「以前我們也挖來吃，但都是直接現炒，過了季節就沒得吃了。」

「我們以前也不知道，都是阿湖教我們的。妳別看阿湖年紀小，會的東西可不少，不管什麼東西，到她手上弄出來就是格外好吃。」劉大娘笑道。

「是啊，她教我們做會了好多菜，可厲害了。要不是她這麼聰明，我們的日子哪能過得這麼好。」張嬸嬸也說。

幾個女人七嘴八舌的講起辛湖的事蹟，胡大哥、胡大嫂兩人聽得目瞪口呆。

「喲，阿湖這麼厲害啊。」胡大嫂不由得多打量辛湖幾眼。

辛湖對大家的誇獎已經免疫，禮貌的笑了笑，又開始張羅著分東西。

帶回來的糧食，一般採取平分的方式，只是陳家全是孩子，吃得稍微少一些，就多分幾斤給人口多的謝家。兩隻母雞歸謝家，蛋是四家平分。

本來大家還想多分點蛋給謝大嫂吃，但謝老夫人不好意思要，說：「不用了，我們得了兩隻下蛋的母雞，以後天天都有蛋吃，哪能還佔便宜？」

幾隻小雞、小鴨直接分給胡家，因為其他人家裡都已經養了。喜得胡大嫂直說：「等以後我們家的雞鴨下蛋了，就分給大家吃。」她只打算留一些蛋，明年孵新的小雞、小鴨，蛋可沒想著獨享。反正以前在老家也一樣，蛋都是留下來換鹽的。

「家家都養了，你們自己吃吧。」大家笑道。

兩隻小豬崽歸辛湖家養。他們家孩子雖多，但平兒會幹活，可以去割豬菜。

六棵柿子樹苗正好分給大家，每家兩棵，陳家上次已經栽種兩棵，這回每家都有兩棵。其餘竹器也都一一分了，農用類的，四家平分；日用類的，胡家多得一點。現在，家家戶戶都有些像樣的桌椅板凳。

至於那五隻小竹馬，可把孩子們興奮壞了。沒一會兒，五個孩子就全騎著小竹馬，在門口玩樂起來。

「這個玩意兒好，又新奇又結實。」劉大娘誇道。

「是啊，孩子們騎著玩，雖然不能像真馬那樣跑，但搖著也很有趣，在這裡難得找到個可心的玩物給孩子們玩，這竹馬算是精貴物了。」謝老夫人說。

「果然還是阿湖知道小孩子的心事，這五隻竹馬就是她要的。」謝三說。他們眼裡只有吃和用的，就沒想過要給孩子們弄些玩意兒。

「我就說，這回怎麼還特地帶玩具回來？搞半天是阿湖的主意。」劉大娘大笑道，其他諸如張嬸嬸、謝老夫人、謝大嫂也都笑起來。

大家紛紛給辛湖道謝。「這可多虧阿湖，要不然孩子們就只能玩泥巴了。」

幾個孩子簡直玩瘋了，連小石頭與平兒兩個大孩子都興致極高，騎著竹馬，拿著木製的大刀，在一邊揮舞著玩打仗遊戲呢。

平兒正好歇下來，聽到大家的談話，還以為辛湖也想玩，很乖的說：「大姊，我不玩了，妳來玩吧。」

辛湖汗顏。她又不想玩這小竹馬，不過是想著孩子們沒得玩，就順手帶回來了。以前她見過各式各樣的玩具馬，木製也好、竹製也好，甚至是塑膠的，孩子們都喜歡玩，就算年代不同，孩子們的興趣愛好還是相同的。

「我不玩，就是為你們帶的。」辛湖連忙說。

眾人還以為她不好意思，紛紛勸道：「妳也是個孩子，想玩就去玩兩把吧。」

「那我還不如騎真馬出去轉兩圈呢。」辛湖笑了。雖然她現在頂著個孩子的身子，但是心早就老啦，哪還有心思玩小竹馬？

因為幾隻竹馬，整個蘆葦村洋溢著歡樂的氣氛，驅散連日來的擔憂與不安。

東西很快就分得差不多，就剩下那點紅豆和綠豆了。

辛湖記得它們的播種期長，小時候她奶奶很喜歡種，特別是紅豆。奶奶經常摘著剛成熟、還沒完全老的，拿回來煮紅豆粥吃，完全不加米直接煮成全豆粥，再加一點點糖就非常好吃。

當辛湖這點豆種一拿出來，就讓胡大哥、胡大嫂興奮起來。他們也知道村裡的田少，還都種上了，這個時候能種的東西並不多，就剩這兩個豆類還能種。先前阿信和阿志已經早早挖好一塊田備著，現在正好去播種。

「哎喲，這可是好東西啊！現在趕快去種，還能收呢。」胡大嫂說。

「這麼說，阿湖要回來的豆子是可以種的？」大郎驚喜的問。都這個季節，別的莊稼都長得老高，他沒想到還有東西可以種。

「是啊，這豆子很好種的，收成還不差，就是收的時候很麻煩，得天天去摘，很費功夫。」胡大哥答。

綠豆和紅豆不像大豆那樣，一成熟就整株都成熟，而是一個個豆莢的成熟，今天摘一些、明天再摘一些，所以農戶家不會大量種，因為沒工夫搞。大家寧願多種點大豆、小麥什麼的，成熟時就一起收割。

「太好了！反天我們人多，有工夫去摘豆。」眾人都開心的說。

現在誰都希望能多種點糧食，外頭買不到的情況下，就只能自己多種一些。可惜春播時，大家根本沒有多餘的種子，總共就十畝地，就算收成再好，也還不夠養一村子的人。

「哎喲，早知道這個時節還有東西可以種，我就該多看看的。」謝三後悔的說。

大郎卻又焦急起來，問：「可是沒地方種啊，早知道就該多挖塊田出來！」

「不怕，我們已經挖好一塊出來備用了。」阿信和阿志得意的說。

「太好了，那我們明天就去播種！」大郎大喜，滿意的說。他完全忘記自己剛出一趟遠門，還沒來得及休息呢。

辛湖不理他的興奮勁，開始打掃清理。出去十來天，她總覺得家裡很亂。

「妳去煮飯吧，我來收拾。」大郎說著，搶走她手中的掃帚。

平兒和大寶、阿毛三人在外面瘋玩一陣，很快就回家了。三個小的聞著灶房裡傳出來的香味，像小狗一樣，鼻子靈得很，全跑到灶房來圍著辛湖打轉。

「大姊，做了什麼好吃的？」平兒問。

辛湖剛燜一鍋米飯，炒了野韭菜鴨蛋，三個小的就湧進來了。

「別急，很快就可以吃了。」辛湖讓他們先去洗手，又拌了個野菜，掏了點鹹魚塊出來烤了烤，晚飯就備齊了。兔肉今天來不及燉，她本來打算弄個兔肉燉筍乾，但筍乾還沒有泡開，顯然來不及，只有留到明天再做。

三個小的，包括辛湖與大郎兩個大的，都吃得很帶勁。正經的米飯、一大碗韭菜炒鴨蛋，讓三個小的大叫好吃。五個人一邊吃飯，一邊閒聊著。

「等我們家養的雞鴨能下蛋了，我們就天天吃韭菜炒蛋。太好吃了！」平兒邊吃邊說。

「就是，好吃。」大寶也不甘落後的說。

「嗯，好吃，還要吃。」阿毛也來一句。

辛湖看著他們歡快的扒著飯菜，心情非常好。雖然去外頭走走不錯，但回到自己家，總覺得格外安心

見她笑咪咪光瞧著，自己不吃，大郎忍不住給她挾一大塊。「妳自己也吃啊，這麼多。」實際上他也只吃一塊。看著三個孩子撒歡似的搶食，他居然有種當爹的感覺，不好意思跟孩子們搶食。

辛湖看著自己碗裡突然多的一塊蛋，有些感動，笑道：「嗯，我知道，你也多吃點。我比較愛吃魚，我吃兩塊魚就夠了。」

魚塊是道吃不完的菜，只要家裡的存貨快吃完，大家就又去弄。也幸好她愛吃魚，要不然總吃魚可是會厭煩呢。說著，辛湖也給大郎挾一大塊炒蛋，畢竟這道菜，是桌上最好的菜

了。

辛湖和大郎互相挾了炒蛋，三個小的也很聰明，立刻學著給他們倆挾了一塊蛋。大郎和辛湖看著三個孩子紅撲撲的笑臉，心情極好。

「大寶，想大姊嗎？」辛湖揉一把大寶的頭髮，問。

「想，很想，還想大哥。」大寶一本正經的說。

「嗯。阿毛呢？阿毛想不想我們？」辛湖問。她看著阿毛眼巴巴的看著自己，就伸手把他也拉到自己身邊來。

「好想好想。」阿毛咧開嘴笑道。

平兒不好意思的看他倆一眼。他比較大，辛湖也不會像逗大寶和阿毛這樣逗弄他，但他心裡這會兒非常開心，先前兩人不在，他的心天天都提著，今天總算是落了地。

趁著辛湖與三個孩子親近時，大郎已燒了一大鍋熱水，說：「阿湖，妳不是要先泡個澡嗎？水燒好了。」

辛湖看了看三個小的，說：「還是先給他們洗吧，一個兩個像泥猴子似的。」剛才她摸了阿毛與大寶的頭髮，感覺都髒了，得好好洗一洗。

「也行。」大郎說著，打了水，去給大寶和阿毛拿乾淨衣服。

兩個孩子坐在大澡盆裡，被辛湖從頭到腳仔細的搓洗一遍，果真洗出一盆子黑水。

「不行，還得再換盆乾淨水再洗一下。」大郎看到這麼髒的水，直皺眉。

等把兩個小的洗刷乾淨，再等平兒自己洗過，辛湖才來洗澡。

洗完澡，人果然舒服許多，躺在自己熟悉的炕上，辛湖和大郎很快就睡著。他們累壞了，出門一趟，可真心是個累人的活，反而是平兒，居然還翻騰幾下才睡著。這幾天兩個大的不在家，一到晚上他得照顧兩個小的，其實他這幾天還真睡得不踏實，也特別擔心辛湖和大郎，害怕他們不回來了。

現在辛湖和大郎回來，他的心情頓時放輕鬆。不到一會兒，一屋子的小孩子就全進入夢鄉。

第四十五章

第二天，陳家一家人不可避免的睡到日上三竿，還是被人敲門才醒過來。

大郎看著窗外的陽光，不好意思的說：「真是睡過頭了。」

辛湖懶洋洋的伸了個懶腰，看著炕上還在熟睡的三個小孩，喊道：「平兒、大寶、阿毛快起床啦，太陽曬屁股了。」

辛湖早忘記今天要去種豆的事，結果門一開，阿信就叫道：「大郎，該去種豆了！」

大郎和辛湖一驚，大郎很不好意思，臉都紅了。「等等啊，今天早上睡過頭了。」

「沒事、沒事，不急這一會兒。」謝三連忙說。連他今天都比平時晚了半個時辰才醒。只是阿信和阿志是吃慣了苦的孩子，沒受在外頭奔波的影響，急得很。

昨天一家五口都洗個大澡，這會兒家裡居然連一點水也沒有了，大郎拎起水桶準備去打水，謝三連忙搶過桶說：「我去幫你挑水，你們先弄點早飯吃。」

大郎直接把豆子交給阿志和阿信，說：「你們先去吧，我等會兒再去。」既然他們會種，又有胡大哥在一邊指導，他這個外行就不用擔心了。

沒一會兒，謝三就給他們家打滿水，辛湖煮好最簡單的麵糊，一家人喝完了事。

大郎直接下地去，辛湖本來要去湖邊洗衣服，也跟著先去田裡看看。劉大娘、謝姝兒、張嬸嬸跟著阿信和阿志過來，果然看到一塊平整乾淨、方方正正的空田。

「哎喲，幸好你們先整出一塊。」劉大娘笑道。

依照胡大哥的交代將這塊地種完了，豆子居然還剩不少沒用完。

「怎麼辦？」大郎又著急了。別說他著急，其他人更著急。有種子沒地種，多浪費。

「就直接先種在這裡，種密一些，等苗子長大了，再挖一些出來栽啊。」辛湖說。

現在沒有空地可以馬上種，也不能等著現開地，這裡的地雖然好，但地底的草根盤雜極深，想開出來再整乾淨也不容易，得花好幾天呢。

「嗯，不錯。」大家都贊同辛湖的辦法。幾個人又下了地，重新在那些空間隙種下豆子。

種完後，大家就直接在旁邊挖地，等整好這塊田，再來移植豆苗。挖地的事情，辛湖、謝姝兒和張嬸嬸就不參與了，辛湖則要去洗衣服。

「我來幫妳洗吧。」謝姝兒說。

「不用了，妳快回家去。」辛湖說。

謝姝兒卻不走，硬是留下來和辛湖一起洗衣服。雖然都是孩子的衣服，但卻髒得很，兩人一邊大力搓揉著衣服，一邊說閒話。

「那裡集市大嗎？賣的東西多不多？」謝姝兒好奇的問。

「唉，一點點兒大，就一家雜貨鋪。」辛湖搖搖頭。就那麼點大的集市，有什麼逛頭啊？她本來是打算好好逛逛，結果一眼就看到底，啥也沒有，最終也只不過是弄了點豆子回來。

「那邊很窮嗎？」謝姝兒又問。她悶得慌，辛湖不在家的日子，她覺得無聊透頂，連個說閒話的人都沒有。謝老夫人只會管教她，劉大娘與張嬸嬸一得空就在做針線活，連帶著她自己這段日子，都做了不少活兒呢。

「窮得很，不能和我們比。」辛湖答。雖然她最初很抱怨現在的生活，但真正見識過窮人家的生活之後，她才知道目前的生活真的已算不錯了。

謝姝兒被她的回答，弄得失去追問的興致，低頭專心洗衣服。

「還是要再做多一套衣服才行。」辛湖一邊大力搓洗著手中的衣服，一邊想著如何讓張嬸嬸和謝姝兒幫她及大郎先做一套衣服出來？

這麼想著，辛湖就試探性的問：「妳這幾天有空嗎？」

「有空啊。妳不在家，我又幫妳納了一隻鞋底呢。」謝姝兒說。

「太感謝了！」辛湖笑道。這只鞋底，還是她出門時準備納的，扔在那邊也沒時間納，沒想到謝姝兒居然幫她納好了。

「不用謝我，劉大娘只怕都幫妳上好新鞋子呢。」謝姝兒說。

辛湖看看自己腳上這雙快穿爛的鞋，說：「太好了，我這雙馬上就快爛了。」她還以為自己得穿一段時間爛鞋呢。出門一趟，這雙鞋就快報銷了。

「唉，謝大嫂還那樣嗎？」辛湖又問。

「昨天炒了蛋，她多吃半碗飯，我娘可高興了。今天早上又給她煮兩個荷包蛋，她也吃光，還喝掉半碗粥。」謝姝兒笑道。多了點新鮮吃食，謝大嫂的胃口也好起來，這樣再養幾天，她就會慢慢好起來。

「那就好。」辛湖也為她高興。最終還是沒好意思，說讓謝姝兒幫忙做衣服的事情。大家都忙碌，怎麼也得等謝大嫂大好、謝姝兒的閒置時間多了，她才好開口。

開地是個累人的活，但大家都幹勁十足。等挖完地，還得再整整曬曬，做完那些，豆苗也都長出來，形勢喜人，綠油油一片小苗子，看得出來那些豆子長勢不錯。

最近田野裡有不少已經長老的艾葉，前段時間因為忙，連端午也沒時間過，辛湖居然忘記要摘些嫩艾葉來吃。不過家裡也沒糯米，艾葉如果單拿來做菜並不好吃，那個有名的青團都需要糯米才行。但看著已經快老的艾葉，再不採收，過段時間效果就更差，得快採收一些，好在夏天用來防蚊。

當辛湖一提到這個話題，所有人都立刻有所回應。

第二天，全村的人幾乎傾巢出去採收艾葉，將成捆成捆的艾葉拉回家，直接扔在門口和院子裡曬。艾葉除了能吃、能驅蚊蟲外，還具有藥用價值。

託現代養生中藥的福，辛湖有段時間曾經研究一些中藥材，都是最普通、田間地頭能找到的，例如：艾葉、魚腥草、蒲公英等等。前不久，她還採了一些魚腥草與蒲公英曬乾，以備不時之需。

魚腥草與蒲公英都可以做菜，曬乾還能做藥材。夏天拿開水泡來當茶水喝，既解渴也解暑。如果喉嚨疼、感冒咳嗽，用這兩樣泡水喝，都能減輕症狀。

夏天野菜最多的就是馬齒莧，酸酸的大家都愛吃，家家戶戶隔一天就會採一籃回來當菜吃。這時節，菜園裡的菜已經有不少能吃了，比如最早種的南瓜雖然還沒有結果，但藤蔓已可以吃；還有黃瓜已開花結果，只是還很小，大家捨不得吃。所以，野菜依舊時不時在大家的餐桌上當主角。

不管怎麼說，現在能吃的菜多起來，野菜也比春天多樣，家家戶戶的餐桌上也不用老吃一樣的東西。

多了胡家四口，大郎明顯覺得勞動壓力減輕；辛湖也不用下地去幹農活，只管專心在家裡收拾，並且開始大量曬製一些東西準備過冬。比如魚腥草、蒲公英、小蝦乾，現在又多一項艾葉，還不包括天天都沒斷過的蘆葦芽。再過一段時間，還可以曬一些荷葉。

蘆葦可以二次收割，原先最早割過的地方，又開始慢慢長出新的嫩芽，大家就放棄那些已經長老的新蘆葦，改割剛發出來沒多久的嫩芽。一天也沒落下，曬了不少存放起來。就算冬天馬吃不完，當柴草燒也可以。所以沒人閒著不幹活，有空閒的人，天天都會去割蘆葦。

看著這些像是割不完的蘆葦芽，辛湖越發覺得適合在這裡養馬。春天，嫩蘆葦完全可以牧馬，大家在春夏時節把嫩蘆葦割下來曬乾，留著冬天當馬飼料；夏天和秋天，就算蘆葦老不好吃了，馬還可以吃其他的野草，比如茅草，這一片也長得極茂盛。收了高粱，還可以把高粱嫩點的稈留給馬吃，更別說以後還能再多種點大豆。總之，給馬吃的東西真的很多。

這完全就是個放牧的好地方嘛。一望無際的蘆葦林，浩浩蕩蕩，養個幾百甚至上千匹馬完全沒問題。其實還可以養牛、養羊，這樣就有牛、羊奶能喝了。不過目前家裡只有馬，而且這個計畫暫時也不可能實現，辛湖也只敢在心裡想想。

天氣漸漸變熱起來，好似昨天都還要穿夾衣，今天就突然間變成穿單衣都嫌熱的地步。辛湖看著自己身上的棉布單衣，不得不感謝張嬸嬸她們及時幫她趕製的夏裝，不然她還得繼續穿厚衣服。

平兒、小石頭，再加上大寶、阿土、阿毛五個男孩，全換上夏天的短衣裳。但大郎身高長了一些，原先帶的衣服變得有些短小，手腕和腳踝都露在外面。幸好天氣熱，他也不在意，短就短吧，現在很忙，沒人有時間做新衣服。而阿毛根本沒衣服穿，一直與大寶混著穿，幸好早前大家已經幫他倆縫好兩套衣服，勉強也能換洗。

那一整捆的粗布一直放在家裡，也沒人有空拿去做什麼。辛湖正想找張嬸嬸幫忙裁些衣服，結果胡大嫂就找上門來了。「你們家一屋子孩子，有什麼針線活要做，就和我說一聲。」

「多謝啦。」辛湖連忙道謝，請她幫忙。

有了胡大嫂的幫助，辛湖也不用找其他人，天天和胡大嫂一起做針線。有時胡大嫂沒過來，她自己就撿最簡單的縫。

謝大嫂身體日漸好轉，謝姝兒明顯就有空閒，會時不時來找辛湖玩。

「阿湖，在做什麼呢？」謝姝兒輕手輕腳的走進來，看辛湖拿著針線，人卻在打瞌睡，故意大叫一聲，把她嚇醒。

辛湖搓了把臉，驅走瞌睡蟲，笑道：「還不就是做針線活。」

天氣漸漸熱起來，她得給自己做件內衣穿。這不，她費了九牛二虎之力，好不容易才裁剪出樣式，實際上，還是照劉大娘給她做的那條裁，就是縮小了而已。但她拿著針，才縫幾針就打起瞌睡。

「這是什麼啊？」謝姝兒拿過來看幾眼，懷疑的問道。她實在看不出來辛湖在縫什麼——雖然辛湖覺得自己裁剪得很好。

「褲衩。」辛湖扶額，黑著臉說。

「笑死我了！妳這是什麼褲衩？」謝姝兒笑出聲，開始幫她重新裁剪。

謝姝兒女紅雖然不算好，但做件小裡衣之類不成問題，在她的剪刀下，辛湖手中的那幾塊布，很快變成一條小褲衩，但真的很小，大概只有大寶、阿毛能穿，辛湖是穿不上。

「得了，妳再幫我裁一條吧。不要像這麼大的，小一些就好。」辛湖指自己的舊褲衩，說。

「這也不大啊。」謝姝兒皺著眉說。

「為什麼不能做小一點?還能省布料，穿起來也不會覺得內裡塞了一團布。」辛湖反問。

謝姝兒啞然，好半天才說：「還別說，妳這個說法有些新奇，但還真是的呢。」裡面穿的褲衩尺寸太大，尤其天氣變熱後，就更加覺得熱，因為外褲裡面還裹一件有半條褲子長的大褲衩。

於是在辛湖的描述下，謝姝兒幫她裁一條類似現代平口內褲的小褲衩，把原先那又粗又長的寬大內褲，改成短小俐落形狀。

而且辛湖也不想繫褲腰帶，直接在褲頭處穿一根細抽繩，兩頭一拉就繫緊，可比褲腰帶好用多了。按她的想法，以後外褲也要改做這種形式。對一個穿慣現代貼身彈性窄管褲的人來說，天天穿那粗大的直檔大長褲，比現代的闊腿褲都寬大，辛湖實在不習慣至極。

她就搞不懂，為什麼不把褲腿弄小一點，非要做這麼粗大，完全浪費布。照她看，現在這樣的褲腿一條用的布，在現代都可以做兩條長褲了。就算不能像現代那樣貼身，也可以稍微收幾吋。非要縫這麼寬鬆，難怪男人們出門會把褲腿綁紮起來才方便行動。

辛湖指定的平口內褲做好了，謝姝兒有些不好意思的問：「這怎麼穿啊?」

她認為太小了，穿出去會被人笑。雖然在蘆葦村穿著都很隨意，她們基本上不在褲子外面繫裙子，但裡衣還是穿得規規矩矩的。一般女子，哪敢穿辛湖做的這種內褲?

當然，小孩子穿就無所謂了。就比如小初八還是穿開襠褲，但腰肚部分卻是連在一起，用帶子在背後繫緊。當初辛湖和大郎撿到大寶時，大寶裡面還是穿這樣規矩的內褲與棉褲，只是外面罩著袍子遮住了。

「行了，是我要穿又不是妳們穿。」辛湖也不強求大家接受，反正她現在年紀還算小可以穿，等年紀大些時再說吧。

然後在她的要求下，謝姝兒又幫她裁了件背心式的上衣。這是辛湖打算夜裡穿著睡覺用的，平時出門還得穿上褂子。對於女人們穿的那種肚兜，她一點也不喜歡，幸好她這個年紀也還不用穿。

兩人在屋裡折騰好久，兩件小衣服總算完工了。辛湖迫不及待的穿上，讓謝姝兒看看效果。雖然沒有鏡子，但辛湖自我感覺良好，起碼晚上穿著睡覺很輕便。白天，這種比較貼身的裡衣，外面會穿上褂子和長褲，也看不出來。謝姝兒幫她做好了，雖然自己不敢穿出去，卻也覺得她這樣的衣服很有意思，就想拿去給張嬸嬸和她大嫂看看，看她們會怎麼說？

那頭，謝大嫂正好來張家串門子。

張嬸嬸看著她圓潤些的臉，笑道：「現在好多了吧？吃得多嗎？」

「還成，懷這個娃兒可折騰了，比懷阿土時還難受。」謝大嫂不好意思的說。

「有人懷相就是不好，這也沒辦法。有的人得一直躺著，有的人還天天嘔吐，直到生的那一天呢。」張嬸嬸安慰道。

「不過最近胃口好很多，飯量也大了些，我婆婆巴不得我多吃點，就怕孩子長得不壯實。」謝大嫂說。

張嬸嬸正在納一雙鞋底子，這是給大郎做的，一直沒多少時間，就拖到現在了。

謝大嫂在邊上看了看，說：「拿一隻給我吧？」

「那可不行，妳老實待著吧。」張嬸嬸直接拒絕。

謝大嫂只好放下來，無聊的說：「什麼活也不幹，我都覺得自己快成一頭豬了，天天就是吃了睡、睡了吃。」

「沒事幹，就多出來走動走動，大家一起說說話，時間就好過了。」張嬸嬸笑道。

「嗯。」謝大嫂應了一聲，去逗弄小初八玩。

小初八半歲多了，還坐不太穩，半躺在炕上，手裡拿著個小竹碗，啃來啃去磨著牙，玩得很帶勁。小孩子沒什麼玩具，張嬸嬸就拿他吃米麩的小竹碗給他玩。

謝大嫂故意搶過他的小竹碗，裝成往自己嘴裡送的模樣，小初八立刻扭動幾下，很快就爬到謝大嫂身邊來，伸手去搶她手裡的小碗，嘴裡還咿咿呀呀的不知道說些什麼，逗得謝大嫂直樂。

小初八不哭也不鬧，卻鍥而不捨的伸手欲搶自己的碗。

張嬸嬸只顧忙手中的活也不管他，謝大嫂笑呵呵地說：「小初八還滿有耐心的啊，搶了半天還不放棄。」

「那是，如果碗裡有吃的，他搶得更帶勁呢。每次都要把碗裡吃得乾乾淨淨，給他看過了，才能把碗拿走。」張嬸嬸頭也不抬的說，說著說著，心裡卻有些難受。

孩子如果吃食足夠，也不會如此。這小傢伙很護食，皆是因為他知道餓。因為奶水不足，小初八很小就開始喝米湯，稍大一點就開始吃米麩，有蛋的時候會給他加個蛋羹，有肉的時候，就給他喝點肉湯，大多數時，他只能光吃點米麩了。不過他長得還不算差，雖然比不上那營養好的孩子圓潤，但身體一向健康。

「哎，也不知道我肚子裡這個是男孩，還是女孩？」謝大嫂撫著肚子。

「管他男孩女孩，妳頭胎已經生了個男孩，怕什麼？況且妳婆婆也不像是那種嫌棄兒媳婦生女兒的人啊。」張嬸嬸抬起頭勸著。

「不怕妳說，婆婆雖然很好，但心裡也是盼望我多生幾個男孩，我自己也是這樣想的。妳看我夫君，就是沒個兄弟扶持，要不然謝家也不至於落到這個地步。」謝大嫂嘆道。在蘆葦村過的日子實在是太窮了，謝家人雖然能吃苦，還是希望謝家能重振家門。

「妳也別想這些有的沒的，好好養胎才是正事。」張嬸嬸勸道。

「那是，就算這一胎是女兒，我也喜歡。」謝大嫂說。

這時，謝姝兒和辛湖跑過來，打斷了她們說話。

第四十六章

張嬸嬸接過衣服，笑道：「其實也不錯，就是小了點。」

謝大嫂也跟著點頭。謝姝兒把辛湖的話又說一遍，弄得兩人都笑起來。

張嬸嬸說：「阿湖真是的，什麼東西都想著要節省。不過這種小衣服確實省布料。」

「這一點我也贊同。可是阿湖還小，穿這樣的小衣服是可以，但像我們就不行了，還是得規規矩矩的穿衣打扮，否則就被別人說風騷、不要臉。女人最重要的是名節，要是壞了名節，只有死路一條了。」謝大嫂嚴肅的說。

「那晚上睡覺穿也不行嗎？」辛湖苦著臉，問。

「偷偷在家裡穿沒多大問題，就怕被外人看到。等妳到十二、三歲，就真不能再穿了。」謝大嫂叮囑。別說女人貼身穿的裡衣，甚至一條手帕，都有可能被有心人弄出一團風雨來。

見辛湖一副被打擊到的樣子，張嬸嬸笑笑。「不過阿湖弄的背心，給孩子們穿還是滿不錯的啊。」

辛湖無力的看著她們，再一次對古代產生反感。本來這段時間，她已經很適應這裡的生活，而且對大郎、大寶、阿毛他們也產生親情，但現在謝大嫂這番話，卻讓她受到打擊了。

幸好大家生活在這個地方，人口不多，條條框框還沒來制約到辛湖多少。

張嬸嬸的話引起謝大嫂的共鳴，兩人很熱情的研究背心，說是要給小石頭、阿土他們都做兩件，在大夏天時候穿。小男孩子在鄉下，穿這種露肉的小衣服很常見。

「哎，張嬸嬸、謝大嫂，妳們也幫大郎、平兒、大寶、阿毛做兩件唄。」辛湖厚著臉皮說。四口人的衣服讓她來做，不知要做到什麼時候？

「那是當然，難道還能指望妳啊？」張嬸嬸笑著點她一下鼻頭。

做這種小衣服，需要的時間不多，也可以做粗糙些，不用講究細緻。再說用的是粗布，也不可能還繡花、滾邊什麼的，裁好後辛湖一樣也能縫。

最後在大家的共同努力下，孩子們都得到兩套與辛湖類似的小衣服，只不過無論是褲衩還是背心，都比辛湖設計的要寬大一些。但寬大也有寬大的好處，畢竟孩子們活動量大，太貼身就不舒服了。

雖然是粗布，但並沒有粗糙到會磨皮膚的地步，除了小初八這樣的小嬰兒不能穿，其他孩子都能穿，且因為做的寬大，穿起來很舒服。衣服一做好，辛湖就給幾個小的都換上，讓他們晚上穿著睡覺，等再熱一點，就可以直接整天都穿了。

至此，辛湖改造衣服的信心全面崩塌，從此再也不提設計新樣式的衣服。她覺得，自己還是老老實實的穿大家都穿的衣服吧。

六月中，太陽毒辣的烤著大地，知了不知疲倦的叫著，熱得大家心煩意亂。所有人都感覺到今年的夏天，出奇的熱。

「怎麼還不下雨？」辛湖擦了把汗，煩躁的問。

最近因為天熱，也做不了什麼活，她開始專心曬製蝦米乾。她的方法很簡單，就是直接醃了曬過的，反正天氣熱，蝦米又小，曝曬一、兩天就全乾了，最後裝在罈子裡密封保存。大家也全部在幫忙，家家戶戶都要曬一些。

多吃了幾頓小蝦米，平兒就開始換牙了，可見孩子們是該多補充鈣質。

「就是，都有大半個月沒下雨了呢。」大郎在心裡數了數，才發現真的好久沒下雨了。

「該不會今年是個乾旱年吧？」劉大娘擔心的說。這天確實有些熱得不正常，根本就不下雨。按理說，六月的天，小孩子的臉，說哭就哭，該時不時的下場雨才對啊。

「哎喲，要真是乾旱年就不得了。」胡大嫂也擔心起來。

「不能等老天下雨了。明天開始去擔水澆地，莊稼可等不得。」胡大哥說。

蘆葦村地理優勢非常明顯，可不比他的老家，要是不下雨，連小河、小溝很快就乾枯了。這裡是濕地，蘆葦林中藏有極豐富的水資源，就算不下雨，只要勤快的給莊稼澆水，地裡一樣會有好收成。

乾旱的恐慌籠罩著蘆葦村，第二天天剛濛濛亮，大家就全部起床了。他們要趁著清晨涼爽、沒太陽的時候，去擔水澆地。

謝三和劉大娘、胡大嫂、阿信、阿志都能挑水，自然是挑了大頭。從小河邊挑水過來，一擔一擔的水挑到田頭，再由大家用小盆、小桶舀出來往地裡潑。大夥兒一趟一趟的忙著，水一澆下去，立刻就被乾枯的地面吸收了。

忙活個把時辰，太陽就出來了。天太熱，早上為了能早點幹活，大家都沒吃早飯就出門，又幹著體力活，這會兒都又累又餓，但就算這樣，大家也不敢歇下來。

一直忙到約上午十點鐘，辛湖和大郎就快堅持不住，張嬸嬸和謝姝兒也一樣，速度都越來越慢。

謝三看了辛湖、大郎兩眼，又看看張嬸嬸和謝姝兒，說：「大郎和女人們先回家去吧，也要做飯了，我們再幹一會兒，正好回去就有飯吃。」

大郎看著才澆一小半的田，再看那邊還沒有澆到的莊稼已經蔫蔫的，哪敢回去休息，就對辛湖說：「妳們幾個女人先回去做飯吧，我再做一會兒。」

胡大嫂也說：「我也再多做一會兒吧。張姊姊和謝姑娘、阿湖先回去，我是做慣農活的人，可不能和她們比。」

辛湖看著大郎已經紅透的臉和完全汗濕的衣服，哪好意思先回去煮飯？實際上，這會兒平兒應該已經煮好早飯、燒好茶水。她只能堅持的說：「我再澆一桶。」

幾人又堅持澆完一擔水才回家。這次胡大哥和胡大嫂也被趕回來，怕兩人幹太累了，畢竟兩人身體才剛剛好。

果然，回到家平兒和小石頭已經煮好早餐，兩家都一樣，很簡單的稀麵糊，還拌一盤嫩黃瓜。孩子們已經吃過，正陪著小初八玩呢；平兒也把一家人的髒衣服都洗了。辛湖鬆一口氣，要是這會兒還真讓她去煮早飯、洗衣服，她真的會累死。

兩人肚子早就餓得發慌，各自抄起早就準備在桌上的飯碗，呼啦啦的喝了起來，一碗已經放涼的稀麵糊很快就下肚，接著，辛湖才開始伸筷子去挾拌黃瓜。大郎也一樣，甚至比她更累一些，連挾菜的力氣都快沒了，畢竟辛湖的力氣大一點。

吃完飯，辛湖打了個哈欠，說：「我們把竹床搬到後門口去，歇一下午覺。」

兩人抬著竹床，放到後門口。這裡有點穿堂風吹，算是最涼爽的地方了。大郎啥都沒說，直接躺上去睡，因為太累了。

「平兒，給大郎拿件乾淨的衣服過來。」辛湖連忙叫道。她怕大郎穿著濕透的衣服睡覺會生病。

平兒應聲而來，拿了件大郎睡覺穿的背心。大郎起身脫下早就濕透的褂子扔給平兒，胡亂穿上背心，很快就睡著了。

辛湖卻睡不著，全身都汗濕、黏黏呼呼的，哪睡得下？她勉強支撐著身子，去打水來胡亂擦一把全身，換上乾衣服才去睡覺。這時大郎已經睡熟了，因為太累，發出輕微的呼嚕聲。

前面玩鬧的孩子們乖巧的安靜下來，小初八和小石頭也回家去了。

這一覺直睡到大下午，兩人才醒過來。辛湖醒了也不想動彈，大郎伸展著痠痛的四肢，說：「等下天黑前，還得去田裡看看，半天肯定澆不完。」

「嗯，吃了飯再去吧。」辛湖答。就喝一碗多稀麵糊，睡一覺肚子又餓了，不吃飽飯，哪裡有力氣去幹活？

「平兒也跟我們去幹會兒活吧。」大郎抬抬自己還痠痛的胳膊，說。

等他們幾個到了田，胡大嫂他們早就在幹活了。

「你們也來啦。」胡大嫂打了招呼。

「是啊，你們來的真早。」大郎不好意思的說。

雖然已經傍晚，但太陽依舊堅強的掛在西邊，不留餘力的散發最後的熱量。他們匆匆走來都已經滿頭大汗，地裡幹活的幾個人，可比他們熱得多。

他們三人才一下地，張嬸嬸和謝姝兒也匆匆的結伴而來。多了五個人，幹活的速度明顯加快。當天一直忙到天黑得完全看不見，大家才摸黑回來，但就算這樣，也還有一塊地沒有澆到，因為實在澆不完。

回家的路上，胡大哥提議。「等下月亮出來後，我們乾脆把竹床搬到田頭來睡覺，明天早上就可以多幹會兒活。」

從家裡到地裡，怎麼也要走小半個時辰，這點工夫確實可以多澆一畝地，而且不用從家裡匆匆趕來，也節省一些體力。這個辦法立即得到大家的贊同。

「先搭草棚子吧，幹活時也可以有個地方歇腳。」辛湖說。

「怎麼搭？」大郎有些不解的問。

「只要把頂蓋起來就行。四面透風，更加涼快些。」謝三說。

「是啊，這樣我們天天歇在這裡，白天黑夜都能看著地。還能紮幾個草人，驅趕鳥雀。」胡大哥說。

大家說幹就幹，當天夜裡就動手做。弄了幾根木頭，再紮幾捆蘆葦，忙活了小半夜，還真的搭了間只有頂蓋的草棚。當天夜裡，胡家四口與謝三就搬到田頭來睡。反正天氣熱，睡在外面還更涼爽些，就是蚊子多，得點燃很多艾葉來燻。

所以第二天早上，辛湖他們過來時，胡家四口與謝三就已經把昨夜沒來得及澆的一塊田先澆完水。辛湖、張嬸嬸和謝姝兒把提來的茶水和碗放進棚子裡，直接擺在一張光光的竹床上。大郎提著個裝十多條黃瓜的小籃子，這是辛湖要求的，大家早上都來不及吃早飯，又要幹活，吃點東西，肯定更有力氣幹活。

東西才放好，五個已經忙了快一個時辰的人，立刻跑進來喝水、吃黃瓜。昨天忙到半夜，胡家肯定是沒時間燒茶水，當然也來不及去摘黃瓜。

吃了大郎帶來的黃瓜，胡大嫂說：「我們菜園子的黃瓜也多，晚上我也去摘點回來吃。」

這兩天忙，她也沒時間去菜園裡摘菜，因為她家的菜園離得遠，不像其他三家都在院子後面。

「我們家也有。」張嬸嬸和謝姝兒也說。

家家都種了十幾棵黃瓜，眼下又正是黃瓜結得多的時節，雖然乾旱，但大家把菜園子都照顧得很好，所以黃瓜都多到吃不完。前幾天，辛湖還弄一小罈酸黃瓜泡著，得過幾天才能吃。

沒做多久，謝老夫人居然讓平兒、小石頭，來送飯給大家吃了。她用兩只小筐子裝飯菜，用馬送過來。平兒和小石頭騎在馬上，戴著斗笠，樂哈哈的，完全不覺得自己在幹活，就像是出來玩似的。

「哎喲，這可太好了，肚子正餓呢！」大家笑道。

這頓飯是謝大嫂和謝老夫人合作的。兩個大砂鍋裡裝著半稠的粥，再加上三道菜——炒茄子、拌黃瓜和鹹肉炒青椒，其中鹹肉炒青椒就是跟辛湖學的。

連續在這塊地裡忙了五天，才總算把地裡全部澆了兩遍，胡大哥說：「可以休息兩天，這裡暫時不需要澆水了。」

這個夏天因為一直不下雨，大家確定今年又是一個災荒年，對地裡的莊稼就看得更重。全靠肩挑手提的勞作，大家每隔兩、三天就要給所有莊稼澆一遍水，如此才能保證莊稼能正常生長。這樣高強度的勞作，令辛湖心中叫苦不迭。現在她算真正體會到，臉朝黃土背朝天，累得腰都直不起的農夫生活。

這更加強辛湖養馬的決心。專靠種田太累了，而且收成還得不到保障。現在是乾旱，依靠這裡的地理環境，還有水澆，若是發水災呢？地裡只怕就真的顆粒無收。

幸好大家的付出還是有回報，地裡的莊稼都長得非常好，總算讓大家有了些安慰。

夏末，辛湖提醒大郎該去挖蓮藕做藕粉了。

「嗯，我去找阿志和阿信。大家一起動手，多曬製些，留到冬天吃。」大郎點點頭，立即去找人。

既然大家都知道今年又是個災荒年，當然要儘量多貯備一些糧食。一聽說可以製蓮藕粉保存起來，以後再吃，全村的人都興奮起來。

男人開始下湖裡去挖蓮藕，之後將洗乾淨的蓮藕曬一下，再磨成漿，這些漿汁就是曬蓮藕粉的原料。

「這全是汁水，要曬乾不太容易啊。」劉大娘有些困惑。

「肯定不能這樣曬。」大郎笑道，轉頭對辛湖說：「去拿個布袋，裝些灶裡的灰來。」

辛湖立刻明白他的意思。小時候家裡做湯圓，都是先把糯米浸泡後，再磨出糯米漿水，等沈澱一會兒之後，倒掉上面的清水，再把裝了灰的布袋放在漿汁上面。第二天，灰吸飽了水分，盆子裡的漿汁就結塊變成固體。

這樣做的湯圓可比直接磨的乾糯米粉，做出來的好吃一些。

果然，等辛湖裝一小包灰出來後，劉大娘與張嬸嬸、胡大嬸全明白了。這個年代，小嬰兒可沒有後世的尿布用，光用布做的尿布肯定會尿濕床。所以，大家就用裝了乾灰的布袋鋪在床單底下，讓孩子睡在上面，就不會把整個床鋪都尿濕了。這不但環保，而且被小孩尿濕的布袋還可以拿去地裡當肥料。

張嬸嬸家的小初八，在冬天就用過這樣的灰袋，大家都知道這事兒。

隔天，盆裡的蓮藕汁果然結塊，可以拿到外面去曬了。但也不是一整塊的曬，要捏散了，薄薄的鋪一層在簸箕裡曬。現在太陽大，很容易就曬乾了。

如果曬不乾，很快就會壞掉或發霉或變酸，所以曬製蓮藕粉，就是需要天氣好、太陽辣，曬好的就可裝在罈子，密封保存起來。別說到冬天再吃，保存的好，還可以吃到明年呢。

當第一次曬製好的蓮藕粉被辛湖沖出來時，大家看著碗裡晶瑩透亮的糊糊，全都笑了。加一點糖，味道好極，很適合小孩、老人吃，又好消化又有營養。

大家嚐過之後，都覺得好吃，就連謝老夫人也說：「很不錯，和我們以前吃過的那些高級貨沒什麼區別，要是加點桂花糖，就更好吃了。」

「那是，可惜咱們這地方沒有桂花。」大家笑道。

湖裡除了有蓮藕，還有不少蓮蓬，嫩的早就被大家吃掉不少，剩下變老的蓮子也有不少。辛湖覺得白白浪費了可惜，便提議。「我們把蓮子收回來，炒了吃，還可以曬乾，燉蓮子湯喝。」

「對的，以後少摘些蓮蓬回來吃，都留著長蓮子。」大郎說。

除了曬製蓮藕粉之外，大家還曬了些老南瓜。老南瓜甜甜的，煮湯、煮粥都不錯，吃不完的曬乾了，留到冬天吃也行，而且還能省點糧食。

其間，謝三帶著阿信、阿志、大郎又出去打一次獵。不過他們並沒有跑很遠，也不打算出去換糧，第四天就馱著一頭野豬、一大串野兔回來了。四戶人家各分了約三十斤的淨肉，家家戶戶像過節，天天黃瓜燉肉、包大肉餡的餃子吃，卻越發節省糧食了。

辛湖又帶著大家曬了一些乾豆角、乾茄子、乾南瓜、乾荷葉。就這樣熬過了乾旱炎熱的夏天，秋收也開始了。因為大家下了大力氣照顧莊稼，所以收穫喜人，樣樣都很不錯。

但就算如此，所有的糧食加一加，也不過約兩千斤，平均分到四戶人家，一家也就只能分約五百斤，想吃一整年有點困難，而且還要留隔年的種子。小麥、高粱這類主食肯定是要多留一些，因為明年有多的田可以種了。大家決定將小麥、高粱各留兩百斤當種子，其他的每樣看情況，有的留個三、五斤，有的留個十斤、八斤當種子。

此外還有約四百斤菜籽，現在也無法榨油，就只能全部當成種子先放起來。如此一來，分到每家的估計也就三百斤糧食。這點糧食要吃一整年，怎麼可能？就是陳家只有五個孩子也不夠吃啊。

所以，家家戶戶都貯存了一些蓮藕粉，看著最近天氣還好，這個活就沒停下來過。不想餓肚子，大家什麼東西都想儘量多存一些。

第四十七章

謝公子帶著江大山與謝五，一路風塵僕僕，遇上不少危險，歷時將近兩個月，終於到達綿城，在這裡，他們幸運的遇上了謝管家。此時的謝管家，正急得滿嘴冒泡、焦頭爛額，一見到主子，頓時喜出望外。

謝管家告訴他們，京裡已經亂起來，不只百姓想往外跑，就是些名門望族、宗室王爺們也各有打算。謝姝兒訂的那戶人家已經改娶謝府的表小姐，還說是全了這門親戚呢。

謝公子聽了反倒鬆一口氣。這門親事不結也罷。

天下亂狀已現，謝公子和謝管家商量一下。他們現在這個樣子，什麼也做不成，還不如找個偏僻地方，先保全性命再說。所以，謝公子準備帶著謝管家等人，以及在京裡弄到的財物先回蘆葦村。

江大山一直跟著謝公子，因為想要先陪謝家辦好事情，所以他沒來得及去找自己的同伴，現在見謝公子的事情算是辦完了，就說：「你們先走，我只怕還得四處轉轉，我要找的人還沒找到呢。」

「再不走，怕是來不及了。」謝公子擔心的說。

「這樣吧，你帶著他們先走，這一路又是人又是物的，怕走得慢。我自己一個人轉轉，要實在不行，我會儘快返回趕上你們。」江大山心想，出來一趟不容易，他總希望能找到點消息。

最後，謝公子讓謝五和王林跟著江大山去辦事，他自己帶著謝管家和其他人回蘆葦村。兩隊人分開後，謝公子帶著謝管家他們往回趕，江大山與謝五、王林則往京都去。

結果當天半夜，月色下，江大山三人看見一隊兵士正與一隊人馬廝殺，三人還沒來得及看清楚究竟是怎麼回事，一陣女人撕心裂肺的哭喊聲響起。

然後他們就見到一名嬰孩，被騎在馬上的將領的長槍刺起，那嬰孩發出微弱的哭喊聲，還在不停的掙扎扭動。女人哭喊著撲過去，卻被人一刀斬倒在地上。

雙方離得不太遠，他們甚至可以看到那嬰孩的血一滴一滴的往下落。謝五年輕氣盛，哪裡忍得住？抽出弓箭，一箭得手，射中那個將領。這一瞬間的變故，令被追殺的人有了反撲的餘力，而死了首領的兵士們也亂起來，有的跑了、有的被殺。反撲猛烈，接下來的戰鬥並沒有持續多久就結束了。

露了形跡的江大山三人，自然不好再袖手旁觀，他們救下的這隊人死傷慘重，最後只有四個活口，三名年輕姑娘與一位中年男子。可走近一瞧，江大山他們才發現，這哪是三個年輕姑娘，其中有一位根本就是男扮女裝的少年！

死掉的孩子與女人正是少年的母親與弟弟，而保護他們母子三人的人也僅剩下三人了，如果不是少年做女兒打扮，與婢女們混在一起，說不定也早就遭遇毒手。他年紀不大，卻十分冷靜，含淚把母親與弟弟的屍體收在一起。

江大山三人默默的幫他們清理現場，將死者全清理在一起，兵士們堆在一邊。江大山三人也乘機想查明這夥兵士的身分，卻只在首領身上找到一塊黑色小牌子。

另外兩人沒什麼頭緒，唯江大山瞪大眼睛，因為這與他在鄧強身上找到的一模一樣，看來他們是一夥人。沒想到這夥人的勢力這麼大，已經入侵到京都了，這都大半年過去，江大山沒想到自己還能再遇上他們。不過這樣一來，他對少年的處境就更加同情，也明白這少年的身分定不簡單。

另一邊，中年人帶著個婢女默默地把自己的人全部堆在一起，也不挖坑，而是直接砍一大堆柴草就把大家給燒了。

少年與中年人商量一下，便過來與江大山他們道謝，他自稱姓趙，又問：「不知恩人準備去哪裡？」

「我們本來要進京的，不知道現在還去不去的成？」江大山答。

「剛才追殺我們的是兵馬司的人，你們怕是進不了京了。這裡也不宜久留，如今我沒能力報答，這塊玉珮是我的信物，先留給你們了，我們得快點離開。」趙姓少年說完，居然就帶著母親與弟弟的屍體走了。他不過十四、五歲的年紀，處事卻十分果斷。

這下江大山和謝五、王林都知道事態的嚴重性，立即返回去找謝公子他們。

此時的蘆葦村，眾人正在搭建房子。天氣逐漸涼起來，地裡的活既然幹完，胡家人可不能住在湖邊過冬。所以，就在村子裡找了塊空地蓋新房子。

他們把房子選在張家旁邊，按照村裡房子的格局，也蓋了個三間正屋三間灶屋的小院子。木頭的框架結構，再加上蘆葦與黃泥壘成的厚厚牆壁，比湖邊的房子要保暖、牢固得多。

胡家的房子蓋好了，大家又繼續幫江大山蓋房子，好讓他一回來就有新房子住。屋子就蓋在大郎家隔壁，正好還有空地。

前前後後花了一個多月，眾人總算把兩座小院子蓋了起來。其間，謝三又帶著大郎幾個人出去打一趟獵，也同樣沒走遠，主要是為了給大家改善生活，畢竟在蓋房子，村裡也得有人手幹其他活。

等兩座新房子都蓋好後，阿信和阿志也有空可以出門打獵了。謝三這次就準備跑遠點，主要是還想再去買些糧食回來，順帶也要瞭解一下外面的消息，畢竟謝公子他們走後，一點消息也沒有，他心裡也很擔心。

決定好要出去後，大郎乖覺地主動問辛湖。「這次妳要不要跟著去？」

「我不去了，這次你還是帶他們往這邊走吧。」辛湖指了指當初他們救回小石頭一家的那條路。

她這回懶得去了，一來家裡的孩子確實需要人照顧；二來，上次出去一趟累死人，收穫還不大，如果能去個大城鎮隨便逛逛，她還會有興趣。現在一想到翠竹村那邊的小集市，她就沒興趣了，寧願待在家裡。

「嗯，是準備去看看，我還想把劉大娘也帶上。」大郎點頭。畢竟往這邊走，前面該是有州縣的，雖然不敢確定有多遠，但總要試試，要不然光靠翠竹村那邊，恐怕是換不回來什麼糧食。最重要的是，家家戶戶都沒剩多少鹽了，那條路，劉大娘說不定比他還熟一些。

「對，把劉大娘帶上。」辛湖也覺得那條路是當初劉大娘她們走過的路，劉大娘多多少少會瞭解那附近的情況。

「要給妳帶些什麼回來嗎？」大郎又問。

辛湖想了想，腦中一下閃過很多種東西，可最終只說：「多買點草紙吧。」

肚子問題解決後，別的她都能忍，上廁所沒草紙卻不能忍。上次買的一些都快用完了，這還是非常節省地用。有時候，她看著蘆葦就不住懊惱，要是自己會造紙多好啊！

謝三、劉大娘帶著大郎、阿信和阿志五人走後，剩下的人開始找地方挖地翻田，趁著現在天氣還好，先把田整出來，明年春播時，就不會太忙亂。

挖地的同時，大家也順手把附近蘆葦割好曬著，準備搬回去燒。

「今年冬天可得多準備些柴草，不然又要像去年一樣，大雪天還得出去砍柴。」謝姝兒說。

「就是，冬天我們就貓在屋子裡做針線活，多好。」張嬸嬸也說。家家要做的針線活都不少，這個冬天她們有得忙了。劉大娘一走，家裡的活就全靠她一人，她只得把小初八扔給小石頭與平兒照顧。

「等大郎他們回來，還得去多砍些粗樹枝回來，光靠燒蘆葦稈可不行。」辛湖說。

雖然蘆葦稈夠多，但還是粗樹枝經燒些。她決定今年要在下雪之前，把院子堆滿柴草，要是又得大冷天的出去砍柴，那實在是太遭罪了。

「那是。」大家都點頭。

大郎他們這一去就是半個月，而謝公子他們更是一點兒音訊也沒有。就在大家等得心急，恨不得出去找他們時，兩邊居然結伴回村了。

頓時，整個蘆葦村沸騰起來，特別是謝家人。因為謝公子不僅帶回謝管家等人，還帶回謝老夫人的兄弟一家子，更帶回了大量的物質，還有十幾匹馬。

「咦，舅舅呢？」辛湖在人群中看了一眼，沒看到江大山。

「妳舅舅與謝五他們跟我們分開走，不知道他們幾時回來呢？」謝公子說。

「哦。」辛湖點點頭。沒想到他們居然分開了。

「你們是怎麼碰在一起的？」辛湖又問大郎。

大郎笑道：「說來話長，我等會兒告訴妳。這次出門收穫不錯，劉大娘也找到了他們的同伴呢。」

辛湖早就看到劉大娘帶了位姑娘回來，這才知道不是路上救的，根本就是自己人。

安頓好大家，大郎才告訴辛湖他們這一路的事情。

原來，大郎他們五個人離家好幾天，卻沒找到大郎記憶中的城郭，而劉大娘也完全搞不清楚方向。山路七彎八折的，還有不少的岔道，當時又在逃命，她不記得也正常。就在他們準備無功而返時，正巧遇上張家村的人。

張家村的人就是張嬸嬸的幾家陪房，當時他們保護著小石頭的爹與爺爺、奶奶，才與張嬸嬸他們走散了。為了尋找張嬸嬸，這些人一直停留在附近，就跟大郎他們一樣，慢慢在附近就安頓下來。

張家村的人先認出劉大娘，然後由張家村的人帶他們去附近的小集市買回一些東西，並且還讓帶了個叫張禾，約十二、三歲的姑娘回來當幫手。

「張嬸嬸的陪房家人，比小石頭的爹更像親人。」辛湖嘆道。

「就是。所以劉大娘很生氣，不過這事我們就當成不知道，端看張嬸嬸自己怎麼做吧。」大郎說。提到這件事情，不僅辛湖生氣，大郎也很看不起朱家人。靠媳婦的陪房保住性命，居然不肯停下來多找找，就只顧自己逃命，真是沒良心。

「張家村和我們蘆葦村一樣嗎？」辛湖好奇的問。

「差不多吧。他們那地方是個谷地，三面環山，只有一個出入口，比咱們村還更安全些，這次謝公子還安排兩戶人家住進張家村。」大郎說。

張家村地理位置更加安全隱蔽，坐落在一片不起眼的山谷中，三面環山，只有一個狹小的出入口，如果沒有人帶路，很難找得到。山谷中土壤肥沃，樹木成林，還有大片的空地，張家那些人，也一樣開了幾塊荒地，種一些糧食，再時不時的獵些野兔等物，自己勉強夠吃，生活也算過得去。

但因為沒有弓箭，他們打獵的水準就差很多，於是大郎就把路上獵到的兩頭野豬留給他們。同時，謝公子留在張家村的人帶來很多物資，也分了一點給張家村的人，還送了一把弓與十支箭給張家村的村長。張家村的人得到這些，就樂呵呵的開始幫新鄰居搭建新房子。

正因為張家村地理位置不錯，而且還比蘆葦村去集市、去縣城更加方便，謝公子才會把謝管家的妻妹平氏一家人，以及他們在路上救的一戶人陶氏一家安置在張家村。

張家村和蘆葦村一樣，也是自立的，只不過張家村不像蘆葦村，本身就有房子和田地，完全是靠那三戶張家人自己開墾出來。那地方土壤肥沃、空地多，很適合種莊稼。張家村的人把小村子經營得不錯，也很樂意多增加兩戶人家，畢竟張家村大些，實力就會更強大，安全性當然也就更高了。

「那邊熱鬧嗎？」辛湖好奇的問。既然能買回來東西，肯定是有集市的。

「和翠竹村差不多，沒什麼熱鬧。我們只買了兩石粗麵、五十斤鹽和一些雜七雜八的東西。」大郎說著，開始和辛湖兩人清理東西。

「那你們怎麼遇上謝公子他們呢？」辛湖邊拿東西，邊隨意問道。

「這只能說謝公子他們運氣好，要不是我們出手，他們怕是有不少人受傷，甚至死人都有可能呢。」大郎說。

原來謝公子他們一行四輛大馬車，二十多號人，出了縣城就被一夥歹人盯上，一直到偏僻無人的地方才動手。謝公子他們一路本就很警醒，多加防範，所以對方一動手，他們立刻就下狠手殺了一些，誰想到對方當中也有幾個硬茬子，一路追著不肯放棄，要不是遇上大郎他們五人，只怕這夥人會一直跟到蘆葦村，又或者一定要得手才會走。

當時，謝三毫不猶豫的射殺好幾個人，然後大家全撲上去，把那夥人都幹掉了，因此他們還白撿回來十多匹馬。

而馬車行駛緩慢，並且越往蘆葦村路越小，到後頭根本就不可能走馬車，又考慮到蘆葦村暫時也安置不了太多人，於是大家商量一下，就把馬車和兩戶人家留置在張家村。

「謝家人帶回來的東西多，這些東西就由我們三家分了。」大郎說著，讓平兒去叫胡大嫂他們過來。

糧食、鹽、一捆粗布，都被分成三份，罈罈罐罐、農具等物，也都一樣分成三份。胡大嫂和胡大哥樂呵呵的過來，說：「哎喲，這會兒村子裡熱鬧了。」

村子小也有村子小的麻煩，所以大家都寧願村子大一些。人口多，力量自然就強大。況且這次來的還都是知根底的親戚，所以不只謝家人高興，大家都高興。

「那是，等舅舅他們回來，會更熱鬧呢。」大郎笑道。

胡大哥、胡大嫂興奮的揹著東西回家了，辛湖這才指著簍子角落裡的一個包袱問：「那是什麼？」

「哦，一包鞋底子。」大郎說著，取出包袱遞給辛湖。

辛湖接過鞋底子，隨意瞄一眼，十分好奇的問：「你買這做什麼？」

大郎臉微紅，說：「妳不是老抱怨有納不完的鞋底嗎？」

辛湖又仔細的看幾眼，這才發現這包鞋底的尺寸，是大郎與平兒和她三人能穿的。

「怎麼只買了鞋底子，不買鞋？」辛湖忍住笑，又問。

「妳還想怎麼省事啊？」大郎瞪她一眼。其實店家就只有鞋底子，價錢也便宜，就是為那些納不過鞋底子的人準備的。在劉大娘的幫忙下，他才選了這幾雙回來。

畢竟劉大娘也明白，光靠辛湖一個人納鞋底確實忙不過來，而且辛湖也就只能納鞋底，其他的針線活可都得她們幫忙呢。所以大郎要買鞋底，她當然同意，這樣她只要幫忙做鞋面就行。

辛湖這回沒和他頂嘴，她心情很好，笑咪咪的抱著鞋底走了。這傢伙其實還滿可愛的嘛！懂得疼她，知道她納鞋底納煩了，還曉得買一些現成的回來。

蘆葦村現在人多了，可熱鬧啦。

謝老夫人與這個娘家唯一剩下的弟弟，已經十多年沒見過了，一見面，兩人就抱頭痛哭起來。謝老夫人姓王，王家也是大家族，只可惜後來沒落了，這是當年謝老夫人帶著兒女回老家守孝的原因。因為少了強大的娘家，又死了丈夫，兒子還沒成年，只得灰溜溜的被謝家二房擠走。

「大姊，弟弟對不起妳。」王舅舅擦乾眼淚，說。

「哎，都過去了，不說這些。」謝老夫人說。她曾經恨弟弟不爭氣，但是最痛苦的日子已經過去，這年頭還能見到弟弟一家人，她心裡還是很開心。

人來得突然，王氏一家人就先在江大山的新家裡住下；至於謝管家帶回來的下人，就先擠到湖邊去住。

第二天，謝三和謝管家就在村子裡選地方，要為王家人和謝家的下人蓋房子。這樣勢必要多占些地方，所以謝公子事先徵求過大郎的意見。「大郎，我們家的人太多，恐怕要把新房子蓋遠一點才好，你覺得哪邊比較好？」

「往田那邊，又或者湖那邊蓋吧。」大郎想了想說。

他家旁邊已經蓋了江大山的房子，胡家又蓋在張家的旁邊，左右就這兩個選擇，反正村子裡是真沒地方蓋新房子了。不過蘆葦村的範圍很大，隨便找塊地方，蓋幾間新房子的地還夠，只是沒有村子這邊地勢好罷了。

謝家的人手充足，蓋房子的事情，完全不需要村子的另外三戶人家幫忙，所以大郎安心的在家裡休息兩天，啥事也沒幹。

出門一趟，確實是個累人活。現在村子裡馬多了，他們家又分得三匹馬，其中有一匹是謝公子騎過、本來就是他們家的，另外兩匹算是補償給他們的。

王家的四匹馬他們自己照顧，是他們家的私產。謝家的馬現在也多了，還分兩匹馬給胡家養著，他們還剩下八匹，張家依舊養著他們自己的兩匹馬。全部算起來，蘆葦村現在有十九匹馬，其中還有幾匹成年母馬，明年應該就能生小馬出來。

辛湖很滿意這一點，她巴不得多養些馬，等馬養大了，就可以拿出去賣掉。而且平時有馬，幹活也輕鬆很多。現在他們不用肩挑背扛的弄柴禾回家，都是用馬拉的，一次可以拉幾百斤回來，可省力了。

第四十八章

半個多月又過去，蘆葦村又蓋好兩座新院落。新房子一蓋好，王家人就從江大山的家裡搬走，住進靠近村子的這戶，謝家的下人住進另一戶。

這一次，蘆葦村總共增加十五口人。其中王家有七口，王氏夫妻加三個孩子，一對四十來歲的夫妻是他們家的下人；謝家的下人也來了七人，張家則是多一個張禾。

王家總共有四個孩子，最大的女兒已經嫁了，這次沒跟過來。剩下的三個孩子當中，大兒子王堅十二歲，小女兒王燕兒十三歲，與張禾年紀相當，又共行一段路，自然而然玩在一起。而九歲的王立與謝家下人中的一對丁姓夫妻的兒子，八歲大的丁濤，和大郎早就玩熟了，因此王堅自然就和阿信、阿志他們搞到一塊兒去了。

村子裡孩子一多就特別熱鬧，而且一群男孩子，那蹦上竄下的瘋勁兒，簡直像力氣多得沒地方使似的，整個村子都快被他們吵翻天了。

沒幾天，謝公子就把他們集中在一起，讓他們晨起練功夫，休息一會兒開始讀書寫字，下午還得去打柴草。有了約束，他們就不能瘋玩了。

當然這些皮猴不包括大郎。王氏一家人對大郎充滿好奇，雖然一路上有接觸，但瞭解得實在不多。

見謝公子對大郎關愛有加，又隱隱帶著尊重，王家舅舅私底下好奇的問謝公子。「陳家怎麼盡剩下一屋孩子？他們在村子裡地位好像很高啊？」

「那是，大郎就是村長，是他收留我們謝家的，他們的父母都死了。」謝公子輕描淡寫的兩句話，令王舅舅嚇一跳。

他這才明白，為何自己這個外甥對大郎這麼好，敢情大家還在人家的地盤上呢。他也早就看出來，大郎不像個孩子，小小年紀就極穩重，說話辦事很有分寸。再看自己的小兒子王立，跟大郎年紀相當，卻還是個真正的皮猴子。

王家舅舅這些年生活不易，早就磨平當初高門大族的驕傲，所以一安穩下來，王氏夫妻與大兒子也一樣跟大家出去打柴挖地。

另一頭，張嬸嬸在劉大娘帶回張禾之後，仔細問清楚大家分散之後的情況。

張禾雖然年紀不大，說話卻極有條理，她告訴張嬸嬸，當時太亂，大家也是驚慌逃命，等安全之後，才發現張嬸嬸、小石頭與劉大娘不見了。然後大家尋找了兩天，朱家怕還有壞人來，就先走了。

「所以你們也不知道朱家人到哪裡去了？」張嬸嬸平靜的問。

「是。朱家人走了，我們也沒地方可去，乾脆就在那地方安置下來了。」張禾答。

張嬸嬸的這幾戶陪嫁，雖說是下人，但因為多少與張老爺有些關係，張嬸嬸平時並不拿他們當下人待，對他們都極好。既然他們能自己謀得一片安全之地，張嬸嬸也沒有想過，讓他們到自己身邊來繼續侍候自己，這次張禾過來，只是張家那些人表達忠心的一種方式。

張嬸嬸說：「我這裡不缺人手，如果妳想回去，趕明兒讓劉嬤嬤送妳回去。」

張禾連忙說：「奴婢不會走的，奴婢的爹娘是讓奴婢來侍候主子的。大家說了，您這邊要是活兒多，他們就都過來。」

「哎，我現在還是什麼主子啊？妳也別一口一個奴婢了。妳是真願意在這裡和我們生活，以後就得和劉嬤嬤一起下地幹活了。」張嬸嬸又說。她不會真當那些人都願意過來侍候她，而且她現在也不可能養得活這麼多人。

「我什麼都能做，在張家村我也一樣挖地砍柴。」張禾從善如流的把自稱改掉，其實在外打拚許久，她也不樂意自稱奴婢了。從此，張家就多一個人。

第一場小雪之後，江大山和謝五、王林終於回來了。

他們也和謝公子一樣帶著好幾口人。

「哎喲，總算是回來了。找到你要找的人了嗎？」謝公子看著他身後的一群人，問。

「沒有，這些人都是我們在路上救的。」江大山搖頭，有些不甘，但也沒有辦法。

「回來就好，要是再遲十天半月，你們只怕就回不來了。」謝三寬慰道。已經下過一場小雪，天氣一日冷過一日，眼見就要下大雪，大雪一下，蘆葦村就會形成一個與世隔絕的小天地。那時候，就算江大山熟門熟路，想要平安回家，怕也不容易。

「就是怕遇上大雪，這一路可把我們趕死了。」謝五累得直接往他爹——謝管家身上倒。

謝管家連忙把兒子半扶半抱的帶回家去；江大山與王林也同樣累得慌，就把這些人全交給大郎和謝公子處理。這一群人男女老少皆有，費了好大的勁，兩人總算弄清楚他們的來歷，勉強把他們安頓下來。

三個大男人都累慘了，他們救回來的這些人當中，半大孩子就占了快一半，剩下的年輕人體力都很差，能揹點東西自己走路就不錯了。一路的安全都靠江大山他們三人，一路拚殺好幾場就不說，回家的後半程，為了提高整隊的行動速度，還得揹著重重的行李物品趕路，三人都快累掉半條命。

三個年輕力壯又武藝高強的人，原本應當能很快追上謝公子他們，但路上流民擠成一團，乘機作亂的不少，他們也不知道自己順手救了多少人，大部分有去路的人都走了，但也有些沒什麼能力，更無可投奔地去的人，就死死的跟上他們。到後來，他們的隊伍自然越來越大，這才帶回來十多號人。

因為帶回來這麼多人口，江大山的新房子自己差點都住不進去，先讓這些人安頓下來，連湖邊那間屋子都住滿人。好在這兩個地方原本就住過人，雖然沒有正式床鋪，但蘆葦和雜草鋪就的大地鋪綽綽有餘，不管是大人還是孩子，都是又累又餓又冷，現在有個地方睡覺，立刻就各自倒下安歇了。

「哎，早知道，我們前頭蓋房子時有多蓋兩座小院就好了。」謝三遺憾的說。

大家哪想得到江大山他們會帶這麼多人回來？現在這個天氣，地都凍住，蓋房子已經來不及了。

江大山他們帶回來的共有十一口人。有一戶也和胡家一樣，彼此是親戚關係，這對中年夫妻的男人姓吳，他們帶著自己的女兒與一個內姪、一個外甥。一家五口身體都不錯，還多少帶了些糧食與行李物品，大包小包的，自己能養活自己。三個孩子年歲相仿，都是十二、三歲，分別叫吳春妮、鄭豐、程進。這一家五口就住到湖邊的房子。

剩下的另外幾口人，有一對表兄弟原是進京趕考的舉子，京裡一亂，就只能往家裡趕。兩人都是文弱書生，家人也不知是死了還是跑了，就剩下兩人吃力的揹著書箱與行李，跑路都困難。

偏偏這兩人又心善，還有打抱不平的衝動，想要出頭去救那些更弱小的人，要不是遇上江大山他們，兩人早就被人打死。兩人都是二十歲上下，一個叫江昊，一個叫吳凡。他們的老家在千里之外，顯然也是回不去了。

江大山想著家裡一堆孩子需要教書先生，謝公子不一定有時間專心教大郎他們，就很爽快的帶上這兩人回來。

另外一對姊妹春梅、秋菊，一個九歲，一個十一歲，她倆就是兩位舉子老爺救下來的，要不是這兩位的壯舉，兩名小姑娘只怕就要落入魔掌。

兩舉子老爺住進江大山的新家，兩人住一間房，江大山住另一間，剩下兩名小姑娘就住到陳家去和辛湖做伴了。

最後還有一對爺孫也姓陳，陳老頭四十多歲，帶著的孫子只有七、八歲，叫陳小貓。這爺孫倆被安排到灶房後面的空房間去。

江大山與謝五、王林三人帶回這十一口人，一路上也不容易，尤其他們沒有馬車，雖然在路上弄到兩頭驢子，還是不夠用，所以就生生比謝公子他們晚回來一個多月。

不過，他們也帶回不少物資，畢竟多好幾口人要養，在路上只要遇上有糧食，他們都盡力弄一些到手。所以，人人都揹著大大小小的行李，三匹馬與兩頭驢子上更是滿滿當當，只有小孩子們能輪著坐坐，大人們都得揹東西，能不慢嗎？

不過，總算大家都平安歸來，整個蘆葦村都沈浸在快樂之中。大郎和辛湖心裡都鬆一口氣，雖然他們已經用實際行動告訴大家，沒有家長也一樣能活下來，但江大山是他們家唯一的長輩，能有個長輩在，心裡總是底氣足一些。

歇了一天，隔日，天氣陰沈沈的，到下午果真下起大雪，好在先前眾人準備的柴草極多。雖然多出十一口人，暫時並不缺柴禾；湖邊那屋裡原本就堆了大半屋的柴草，吳家人能直接使用。吳家人又有家當，日用品等還算齊備，只需分一些糧食給他們。其餘用品，辛湖只拿一個盆、一只桶、幾個罈子過來，他們就正式開始過日子了。

住在江大山家的四口人，雖然行李少，但江大山他們帶回來的糧食物品夠多，就分一些出來；春梅、秋菊也是窮人家出生，自然做慣這些家務活。拿了江大山的物資，便天天一大早就從陳家過來江家幹活，主要是做飯。洗衣服則是各人幹各人的，打掃清潔自然有陳老頭。

所有的新房都還沒有起炕，所以大家只能烤火取暖。大家有的睡竹床，有的睡蘆葦和乾草堆起來的草鋪，也有人動手能力強大，還能用木頭加蘆葦勉強給自己做一張床。總之，沒有火炕的日子，大家只能各自想辦法保暖了。幸好柴草能放開讓他們用，怕冷的就不停歇的烤火。

休息三天後，新來的人就開始有活做了。

兩個舉子老爺開始開館教學生，村裡的孩子全部要上學，而且還得分一半時間出來練功夫。不管是十二、三歲，還是七、八歲，一個也不能落下。但十二、三歲的女孩們自然不能讓男夫子來教，況且她們只需學些簡單的，認得字就好，就由謝老夫人、謝大嫂、謝姝兒三人隨便教教，就連成年人，如果想認幾個字，也可以過來討教，但紙筆自然不可能人人有份，大家要共用。

兩名新鮮出爐的夫子，一開始也跟謝公子一樣焦頭爛額，孩子們的程度實在參差不齊。沒辦法，謝公子只得接手最沒基礎的孩子，給大家啟蒙，把有點基礎的比如大郎，扔給舉子老爺去教。畢竟他倆能進京趕考，學業都相當不錯。

謝公子自問不敢與人家較量，還是老老實實的做啟蒙的工作。

成年人們也不是沒活幹，雖然下了雪，但來這麼多人，別的不說，光要燒的柴草就得多很多，還不提又多了三匹馬、兩頭驢子。現在蘆葦村總共有馬二十二匹、驢子兩頭，大半年來，大家準備下來的蘆葦嫩芽，根本不夠這麼多馬吃。

所以，大家還是得披風戴雪的出門割蘆葦，儘量多把馬帶出來活動、覓食。馬太多，幸好先前謝公子他們回來得及時，各家都搭了馬棚。不過陳家的馬棚就有點擠，因為已經入住三匹馬，這會兒實在擠不下，就把兩頭毛驢先送到胡大哥家裡去養。胡家只有兩匹馬，馬棚有足夠的空間，另外又送一匹馬到張家去。

「哎，早知道會有這麼多馬，我們還是該再多曬些蘆葦芽的。」謝三感嘆道。

「馬多也好啊，以後出去人人都有馬騎，又省事又省力，多好。」謝五說。他真是走怕了，揹一身重物，還得天天趕路，這滋味真不好受。

「雪融之前，我們都出不去了，大家老實待在村子裡吧，沒事就帶馬出來放放，讓牠們自己找吃的，省些草料。」謝管家說。

一群大男人們在外面割蘆葦、放馬，大郎和辛湖兩孩子就不用幹活了。

一閒下來，辛湖不太喜歡念書寫字，而最近謝姝兒因為來了個表妹，也不怎麼找她玩，她閒著無聊，就和大郎聊上。

「我們蘆葦村，現在也算是大村了吧？」

「不，我們現在只有四十多人，雖然年輕力壯、有武藝的人占一大半，但還真不能算是大村子。」大郎卻說。

現在他這個村長的名號，已經成為事實。無論是謝家人也好、王家人也好，甚至張家人和江大山，他們都會只是蘆葦村的過客，能長久留下來的，除了陳家人外，就剩下胡家人與吳家人，以及陳老頭爺孫倆。

所以大郎這個村長，真沒人能取代。況且，這個蘆葦村也確實是他最先佔領，他說得上話，也說得起話。因此，大家都很重視他這個村長的地位，甚至也努力培養他各方面的能力。

「哼，就憑我們有二十多匹馬，誰敢說我們蘆葦村不是大村子？還有我們個個能文善武，哪個村能比？」辛湖笑道。

「大村子起碼得有百來人口、良田幾百畝吧，光有馬也不行啊。」大郎說。

他心裡其實對這個大村子並不太抱有奢望，畢竟百來口人、良田幾百畝，太不容易達成。別的不說，光要達到百來口人，就是件很大的事情，就算能隨便撿人回來，也不能保證大家都是良民，更不能保證大家都願意齊心協力的建設蘆葦村。

況且，他還不知道該如何養活這麼多人？

現在蘆葦村這些外來者能養得活，是因為從外面來的人都帶著糧食，不然就靠他們收的那點糧，能養活自己就不錯，哪還能多養這麼多人？

而且蘆葦村雖然範圍大，但想要開出良田千百畝，勢力必定要向外擴張，絕對不能只在村子附近開地。畢竟這裡以蘆葦為主，總不能把蘆葦全挖了吧？而且很多地方還都是池塘，怎麼可能全變成良田？

其實，如果村子就這樣長久的經營下去，過個十年、八年，村子的人口自然會變多。現在十多歲的男孩不少，娶妻生子之後，人口就會變多了，但是他很明白，這個可能性不大，該走的人還是都會走。不過目前這樣，他已經很滿足了，畢竟有房、有田、有馬、有糧啊！

「你傻了吧？有馬怎麼不行啊？我們幹麼非得開出良田千百畝？還不如養馬呢，養個百八十匹，直接拿馬去換糧食啊！」辛湖乘機提出自己想了很多次，要以養馬為生的想法。

「養馬？」大郎眼睛一亮，心跳立即加快。

他光想著要有很多田，怎就沒想到，不是只有種田才能養活人口。馬算是精貴物品，一匹馬的價錢可不便宜，至少都是二、三十兩銀子。二、三十兩銀子的收入，在普通老百姓眼裡，可是想都不敢想的事情。

「是啊，你也看到了吧。馬吃蘆葦，我們這裡全是蘆葦，馬可以隨便吃，百八十匹馬根本就吃不完。」辛湖趁熱打鐵的說。

種田真心辛苦就不說，天天起早貪黑，尤其在大夏天，曬得半死也得下地幹活，還靠天吃飯。今年是乾旱，是靠大家拚命澆水，才總算保住了收成。

如果明年是起大水呢？那時人力再多也沒用。整個蘆葦村本來地勢就不高，還屬於湖區，四面都是濕地，水一起，怕是得全淹了，唯一的高地只有村子後面的小山坡，到時連人都得全部轉移到高處去安身。如果真遇到這個時候，田裡顆粒無收，一大村子人吃什麼？

但養馬就不同，四處是蘆葦林，野草也多，馬可以隨便吃，又不用太多人力照顧馬。馬不僅是戰略物資，更是居家旅行的必備交通運輸工具，就好比現代的車一樣，哪個男人不想有輛車？別說是男人，女人也一樣，辛湖就很愛車。

就拿蘆葦村的眾人來說，有誰不喜歡馬啊？男女老少都喜歡馬，馬可是大家生活的必備品呢。雖然這個時代大多數人沒有馬，但生活水準與舒適度，自然就低一些。現在有機會擁有馬，大家都樂得很，和現代人買車是同樣道理。

有錢的人多半都有一、兩輛車，出門才方便。蘆葦村的人，就算糧食能自產自足，也一樣得出門買一些生活用品，比如鹽油等等。有馬多方便啊！騎馬比步行快了不知多少，而且馬還能馱重物，不需要人自己揹。

所以，辛湖一直認為養馬比種田划算。此刻既然提到，更是不遺餘力的列舉養馬的各項優點，再對比種田的劣勢，以期說服大郎。

第四十九章

「妳這個想法很好。」大郎站起來，興奮的在屋子裡走來走去。

他很喜歡馬，馬可以幹很多活，而且出門在外，沒馬可是件難受的事情。不過，辛湖的這個想法雖然好，實施的難度卻不小。馬歷來受官府管控，不能隨便亂交易，什麼樣的人家能擁有多少匹馬都有規定，若是賣馬，就更加要被官府控制了。大型的馬場，幾乎都得有官家背景才能經營，但是官府也非常需要馬，尤其是戰亂時期，馬就越發珍貴。

這樣想著，大郎冷靜下來了，說：「這件事妳先不要和旁人說起，我們得慢慢謀劃。」

「為什麼？」辛湖追問。

「不是人人都能養馬的，妳不要命啦？」大郎壓低聲音說。

養馬得官方批准，在這個地方，又是這種時候，誰知道該去找哪個人負責啊？而且外頭正是大亂的時候，沒有足夠強的能力，哪有人敢觸及這樣的大生意？這不是舉著靶子讓人打嗎？還是先慢慢種田妥當些。不過養馬這件事，他放在心裡了。

「現在誰管啊？」辛湖沒好氣的反駁道。

「雖然沒人管，也得小心點啊。妳別以為我們待在蘆葦村，就能任性妄為了。」大郎正色的說，轉頭就見辛湖手中的鞋底已經被她納得亂七八糟，連忙指著她手中的鞋底轉移話題。「還是好好納妳的鞋底子吧，別亂想了。」

「我哪裡任性妄為，又哪裡亂想了？」辛湖生氣了，扔掉手中納的鞋底子，背過身去不理大郎了。

「妳生哪門子氣啊？」大郎撿起鞋底，不解的問。

「哼，懶得理你！」辛湖氣衝衝的扔下一句話，搶過鞋底子轉身走了。

說老半天，口水都說乾了，這傢伙居然還說她任性妄為，就會讓她好好納鞋底子，好似她就沒幹點正經事似的。好氣人啊！

看到這隻已經快被她搞廢的鞋底，辛湖不好意思的臉紅了。剛才光顧著怎麼說服大郎，把好好的鞋底納得不成樣子，辛湖捏著手中的鞋底，恨不得扔掉作數。但是一想到這也是自己一針一線弄出來的，再看看自己這雙還是孩子的手，卻已經粗糙得和大人的手有得比，頓時又傷心起來。

辛湖走出家門後，就不知道該去哪裡。她想找個人說說心裡的想法，卻不知道該和誰說比較妥當？春梅、秋菊雖然與她同睡，但其實和她並不親近，因為那是相依為命的姊妹，很難有人插足。此外不是她們不想親近辛湖，是辛湖不太能與她們玩到一起。

說實話，辛湖並不喜歡與小姑娘們一起玩，而且她的學識眼界都比這對姊妹高了不止一個層次，大家也確實無法有什麼共同話題。

且因為辛湖一般與謝姝兒走得近，還受過謝大嫂開小灶似的教導，與她倆就越發顯出差距。況且她倆的身分也很尷尬，在辛湖面前總會不自覺的自認低人一等，最後大家乾脆就少親近了。

實際上，辛湖也非常不習慣與兩個小姑娘睡覺。她習慣和大寶他們一起睡，換成生人睡在身旁，感到很彆扭，因此這陣子她非常有心理壓力。

辛湖在外面亂轉一遍，實在沒什麼去處。最近不僅謝姝兒沒什麼時間來找她，就連張家她也去的少了，畢竟張家多個張禾，多少有些變化。屋裡屋外的活都有人做，劉大娘與張嬸嬸居然也整天貓在屋裡，專注做些針線活了。

大家都想，反正在這裡還要待很長時間，孩子們一日大過一日，衣服鞋襪都必須做，趁現在農閒時，先把這些活都做起來，否則農忙時可沒時間做針線活。加上張嬸嬸因為聽到夫家的消息，心中多少有些不自在，就連小石頭這段時間都格外乖，生怕惹他娘生氣、傷心。

就連謝家人也一樣，不好意思去打擾她，大家心裡多少有些同情她。雖然沒有說破，但謝家人已經猜到一些，所以，連謝大嫂也不來找張嬸嬸，打算讓她自己想想，安靜安靜。再者謝大嫂身子重了，大雪天也不好在外面亂跑。

辛湖獨自走在風雪中，一時間覺得自己很可憐，她也不知道要去哪裡，心裡那麼多事，也不知該如何排遣？來到這個時代這麼久，雖然身體上已經習慣這裡的生活，但閒下來時，還是會想念現代的生活。不說她有多想回到現代去，畢竟現代生活的便利性跟目前是完全不能比的。

現在，她只希望大家的日子能好過一些。可是空有一些想法，卻連說都不敢說出來，還時不時得裝成小姑娘來說話行事，只有在大郎面前，她才會流露些許真性情，今天被他這麼一說，心情真的很不好。

辛湖走後，大郎也在深思。養馬的確是個非常好的提議，但這件事情太過重大，需要謹慎行事。他很明白，現在是因為蘆葦村地處偏僻，又是大亂時期才沒人管，要不然單憑他們擁有這麼多馬，就能被治個大罪。

心思千迴百轉，他沒想出什麼法子，只能急匆匆去找謝公子和江大山商量了。

結果，謝公子和江大山兩人都不太在意。

謝公子說：「不用擔心，現在沒人管到這裡來。再說，我還是可以養幾匹馬的。」

「就是，這些事我們早就想過了，不會給村子帶來禍事的。」江大山安慰道。

憑他的身分，當然也能擁有馬。況且村子裡還有兩名舉子，也一樣可以擁有馬，七七八八的一分配，二十多匹馬還不成問題。況且規矩是死的，人是活的，這種時候，誰還真來較真啊？再說了，他們這麼多武藝高強的成年男人，加起來武力值可不低，只要不是來成千上萬的兵，若是區區數十上百人就想來蘆葦村攪事，保管叫他們有來無回。

大郎不再多說，他心裡很清楚，謝公子和江大山身分必然都不差，有他們倆頂在前頭，他就不操心了。他放下心來，回屋裡轉了一圈，卻沒見到辛湖，一下又緊張起來，連忙出去找。

最後，他才在院子後面的空地裡找到她。

「妳幹麼呢？快進屋去，外面不冷啊！」大郎慌張地叫道，跑過來拉她。手一觸到辛湖的手，就被她冰冷的手給冰到，頓時心疼起來。

「好啦、好啦，不生氣了，妳看看妳都快凍成冰了。」大郎嘴裡哄著，把辛湖的手包進自己的手心，拿到嘴邊哈著熱氣。他心裡其實有些懊惱，辛湖平日再成熟能幹，也不過是個小丫頭，天真些也是正常的。況且她的想法不但可行，還是為大家好，被他那麼一說，還不覺得委屈嗎？

而這一刻的呵護，辛湖內心挺感動的。大郎雖然性子一板一眼，其實還滿會關心人，他這一哄，她對他的不滿立刻一掃而光。

「我以後不說妳了。鞋底子不喜歡納就不納，反正現在村子裡女人多了，我請她們幫我們做，真不行出去買也一樣。」大郎嘴裡嘮叨著，還不忘去捂熱辛湖另一隻手。

他這麼一說，辛湖反倒不好意思起來。其實她自己已經想明白了，不該朝大郎發脾氣。不說大郎的憂慮是對的，不管怎樣，她也算是一個成年人，朝一個孩子發什麼脾氣啊？

回到屋裡，大郎又忙忙的端來熱茶水，說：「妳先喝點熱水，暖和下身子。」接著又匆匆往炕洞裡加一把柴，把屋內燒得暖烘烘的。

原本被凍得冰涼的身體很快暖和過來，辛湖舒服的嘆一口氣，對上大郎那關心的眼神，不好意思的閉上眼睛。「我想睡會兒。」

大郎不放心的在屋裡轉了幾步，又說：「有什麼話妳就說，別放在心裡自己傷神，我以後不再那樣說妳了。」

辛湖在心裡自嘲了幾句，也不想讓個孩子擔心自己，只好點點頭，笑了笑。

大郎這才鬆口氣。辛湖平日性子好、又能幹，就是如此他才怕她真的生氣。

冬去春來，三年的時間很快就過去了。

蘆葦村在大家的齊心合力下，發展的非常好。一排排整齊的小院落，星羅棋佈般的良田，還有成群的馬兒，算得上是個正式村落了。

村子裡也又添兩個小孩子，謝大嫂生的女兒已經兩歲多；而胡嫂子年前終於生了個兒子，才半歲大小。

大郎已經由一個孩子長成半大的少年，因為天天習武，他長得比較高大，已經隱隱有男子漢的模樣。三年下來，他不僅僅長個子、增加了歲數，無論是武藝還是學業，又或是辦事能力，都進步極大。

謝公子、江大山、江旲、吳凡都不是普通人。他們不僅教他武藝、學識，無形中也傳授很多其他的知識予他。這四位既是他的良師，也是他的家長，大家齊心合力把他培養得十分出色。

但不管怎樣變化，在辛湖眼裡，大郎依舊是那個操著一堆瞎心的小屁孩。

實際上她自己也長大很多，眉眼長開後，她不再是雌雄莫辨的孩子。只是她膚色不白，又天天風裡來雨裡去，再加上平時行事就大咧咧，乍一看，她就是個英氣的男孩子。

總體來說，她不算是個美人，不過那雙烏溜溜的大眼睛，倒給她增加幾分色彩。相較於大郎的出色，辛湖的光芒也不差，兩人都在快速成長。

雖然村子裡美人不少，但辛湖在一眾女子當中仍然非常顯眼，她那獨特的氣質沒人比得上。如今的她雖不算是文武雙全，但起碼也是文能吟詩作對，武能騎馬射箭。

又因為天生一把神力，她越發顯得威武。村裡的年輕小夥子們都曾經和她比試過，都比不過她這把力氣。

面對這樣的辛湖，大郎偶爾會有種想依靠的錯覺，甚至忍不住想——阿湖如果是個男孩子就好了。

連江大山和謝公子看著辛湖一天一天成長，都會私下遺憾的感嘆。「阿湖要是個男孩就好，這女孩太過強大，也不知道什麼樣的男人才承受得住啊？」

他們說這句話時，也沒有背著大郎，大郎幾乎瞬間黑了臉，搞得兩位師長不解的關懷。

「大郎，你怎麼啦？」

大郎磨了磨牙，勉強穩住心神說：「沒什麼，突然想起一件活還沒幹好。」

吃晚飯時，辛湖看大郎心不在焉的模樣，指指鹽罐子，再次提醒他。「哎，家裡又快沒鹽，要出去買了。」

平兒一聽，立刻說：「大哥，這次我要去，我一次都還沒出過門呢。」現在的平兒都過了十歲。他長高長壯許多，甚至比辛湖還略高一點，想必他以後會是個大個子。

「你去做什麼？老實待在家裡吧，我又不是出去玩的。」大郎說。

「大哥，就帶我去吧！我現在也能打獵了。」平兒不死心的要求。

這都過四年了，他還一次都沒出過蘆葦村呢。他天天練功夫，騎馬、射箭都很不錯了，總得給個機會讓他表現一下啊，哪個男孩沒有做英雄的夢想啊？

平兒不死心，一個勁的求大郎，表明這次他一定要出去看看，還發下豪言，說也要獵頭野豬讓大家瞧瞧。

大寶和阿毛也跟著湊熱鬧。「我們也要去。大哥，你帶我們去吧！」

大郎被纏得無法，只能板起臉，拿出大哥的派頭，說：「你們這麼小，老實待在家裡，等你們再大一點，就帶你們出去。」

他板起臉來，立即從和氣可親的大哥形象，變身為威嚴的長輩。

「你比我還小時就經常出去，我現在都十歲多了。」平兒看了他幾眼，壓低聲音不滿的嘀咕。雖然音量小，但大郎現在武藝高，耳朵尖得很，聽得清清楚楚。

看著他比辛湖都高的身板，大郎忽然發現，平兒真的長大了呢。確實他自己在更小的時候就跟著大人們出去打獵、交換物品了。雖然他是個假孩子，但這樣一想，他覺得也是該帶平兒出去見識見識，不能老當他是個六歲娃。

心念一轉，大郎同意帶平兒出去了，平兒興奮的跳起來，在屋子裡團團轉。

「我想要去叫小石頭，可以嗎？」平兒又問。

「行，你去問一下張嬸嬸，看她讓不讓小石頭出去？」大郎說。

平兒這下連飯都顧不上吃，飛快的跑出去了。

大寶和阿毛眼巴巴的看著大郎，心裡像有貓在抓，但大郎面無表情的看他倆一眼，說：「快點吃，不吃就去練字。」

兩人礙於大哥的威嚴，又不想練字，便不敢再多說，都垂頭喪氣的快速扒完碗裡的飯，還齊齊說：「大哥，那你得給我們帶好吃、好玩的回來啊。」說完，兩個小的一溜煙的走了。

大郎黑著臉，看著兩個小弟弟的背影，衝辛湖說：「妳看看、妳看看，一個、兩個像什麼話。」

辛湖「噗哧」一聲大笑起來，說：「小孩子嘛，哪個不想跑出去玩玩啊？再過一、兩年，是可以帶他們出去走走了。」

「又不是出去玩。」大郎不滿的反駁。這村子裡的大人們，他說什麼都極少有人反對，他卻偏偏管不住家裡幾個小的，個個都敢對他提要求。

「哦，對了，舅媽快要生孩子了，你這次出去，看有沒有好點的小嬰孩能用的布，記得買一點帶回來。」辛湖想起謝姝兒快生了，又提醒他。

「知道了。」大郎邊說邊幫她收拾碗筷。

謝姝兒去年嫁給江大山，兩人也算是自己看對眼的。

江大山和謝姝兒成親後，又蓋了個小院子出去單過了，他不再過來和大郎他們一起吃住。至於阿毛，本來就一直由大郎和辛湖照顧，根本不在意自己的便宜爹是不是娶妻成家。成了親家，謝家人自然也知道阿毛不是江大山的親兒子。

這趟出門之前，大郎在村子裡問了一圈，看大家都需要些什麼，他好一併帶回來。蘆葦村出去買東西並不容易，一般都是派一隊人去幫全村的人買。沒人自己單獨出門，也沒有人只顧自己，不管他人。

現在的蘆葦村，各人種著自家的地，養著自家的馬，但是每年秋收後，都會分一點糧食到公中存放；平時打獵也是大家輪流出去，肉食大家分著吃，多餘的拿去換東西回來，也是各取所需。

同時，也制訂好幾條村規來約束村民。不是現在分了田，有了私產，自己想怎樣就能怎樣。為了讓蘆葦村能正常發展下去，村規非常嚴厲，各方面都顧及到了。

這一套獨特而有效的行事方法，是在辛湖的暗示下完成的。

前面兩年，大家一起開田種地，還相處得很好，畢竟大家都奔著在這裡扎根的念頭努力著，所以幹活都不留餘力，也沒人覺得你少做或我多做，分配的時候也大致滿意。但時間長了，總不可能每次都像吃大鍋飯一樣的分配。

況且，並不是每一家的勞動力都一樣多。時間一長，肯定會有人覺得我們家明明做得多，他們家明明沒做多少，憑什麼一樣分那麼多糧食給他們家？趁大家還沒鬧出矛盾之前，辛湖偷偷提醒一下大郎，並且拐彎抹角講了分田的好處給他聽。

大郎心裡本來也覺得，目前這種集中勞作，按需求分配的方式不能長久下去，聽了辛湖的話，立刻去找江大山、謝公子、江昊、吳凡四人商量對策。

「是啊，沒有規矩不成方圓，現在村裡的生活上軌道，是該分家了。」江昊說。

吳凡也點頭贊同。「樹大分枝，業大分家。」

「這麼說，夫子們都同意我的想法嘍？」大郎高興的說。

他是覺得辛湖的想法很好，但他並沒有這方面的經驗，才要找大家商量如何實行。但現在大家都贊同辛湖的提議，也從另一方面證明她的提議是可行的。這一點他滿佩服辛湖的，他覺得她的腦子裡總有些稀奇古怪的想法，還很有實際作用。

雖然他很好奇辛湖是從哪裡知道這些點子，但在一起生活四年多，他也已經習以為常，不想去追究什麼了。就比如平時讀書時，他也有表現得格外出奇的地方，但江昊、吳凡都只會善加引導他，而不是去追根究柢。說來，這兩個人雖然年紀不大，卻已經可以稱得上是大儒。不得不說這是整個蘆葦村的福氣。

「是的，我也認為分了好。」江大山也發了言。

謝公子也同意。因為大家都明白，苦的時候大家雖然能擰成一股力量，但生活好過時，反而更容易鬧矛盾，若是矛盾產生才處理，那時傷了感情，就不是簡單的分田能解決了。

第五十章

如此，經過他們五人的商量，再開個全村大會，就把田分下來了。大家自己種自己家的田，產出自然歸自家，只有一成要歸入公中。畢竟這個村子還是有很多地方，需要大家來共同維護、建設。

同時，大家也訂下村長的一些權力與義務。謝公子、江大山、江昊和吳凡四人相當於一個族的族老，擁有很大的話語權。

然後，大家把很多工作都訂下細緻的規定，比如江昊、吳凡教書要收束脩了；江大山教孩子們練功夫，也一樣開始收費。如此，大家就幫他們四人種田，以勞力換取這些費用。當然，有人要出物資和銀錢也行。

規矩定下後，謝公子立即讓自家的下人分出去單過了。雖然大家依舊會給他家幹活，但是有了自己的私產，人家肯定對他家就沒那麼用心，勞動力自然短缺了些。江大山一個人一戶，肯定也缺少勞動力，而陳家那一屋子的孩子，也缺少勞動力。

這樣一分田，辛湖鬆一口氣。她也明白了，自己懂的事情，有些還是能在古代實施，只要加以變通。不過這就不是她要想的，她只管把自己的想法偷偷告訴大郎，大郎自然會去找人商量，再制定更適合這裡的行事方案。

張家分田後反而能自給自足，三個女人再加小石頭都能去幹活，小初八現在也三歲多，可以跟著一起去念書，有人看管了。

至於女孩子讀書的時間並不多，家家都有很多活兒要幹，她們年紀本來也都大了，又不是大家小姐，肯定不可能多用心念書，就是練功夫，她們也不過是第一年有認認真真的練，畢竟幾個都是大姑娘，多有不便。如今還在繼續練功夫和讀書的女孩，就剩下辛湖一個人。

現在江昊、吳凡主要是教男孩子，他倆分了工，依據孩子們的進度，分成幾個班，各人負責幾個孩子；謝公子依舊教啟蒙班。

江昊、吳凡兩人分得兩份田地，春梅、秋菊兩人會去幫忙，可惜他們四人雖然只處理兩人份的田，卻依舊完成不了農活。所以他倆家的田就必須有人幫忙，他們自己只在農忙時下地去幹活，平時都不怎麼管。

陳老頭爺孫倆，分的田少，但勞動力也少，而且陳小貓又要念書、練功夫，他家也是需要勞動力的。好在陳老頭會一門手藝，他會閹割豬、雞這些家畜，還會修補農具，幹些雜活。現在村子裡養的雞、鴨、豬都多起來，人人都找他幫忙，他也不收錢，就請大家幫忙幹點農活來抵。

至於陳家，多虧辛湖會做各式各樣美食，找她學的人，就得幫她家幹活，因此勞動力的問題也解決了。另外，春梅、秋菊晚上都還住在陳家，只是白天不在家，去照顧兩位夫子的日常生活，畢竟他們是讀書人，很多活不會幹，也幹不了。

只不過現在陳家多搭一間房給春梅、秋菊住。不要說辛湖與她們同睡彆扭，她倆也一樣覺得彆扭極了；兩位夫子也自己單獨住一套小院子，而陳老頭和孫子也另外蓋了房子去住。因此現在的蘆葦村，雖然人數沒增加幾個，戶數卻多了不少。比如阿信、阿志就與胡家兩口子分家了；吳春妮的兩個表兄弟也一樣分了家，這四個年輕男子都各自蓋了房子要單過。

他們大的有十七歲，小的也有十五歲，都算是成年人了，該要成家立業，自己撐門戶了。正好阿信與張禾，阿志與吳春妮互相看對眼，秋收後，就得馬上給他們辦婚事。

另外，吳春妮的兩個表兄弟，也與春梅、秋菊有點意思。村子裡就這幾個年輕人，自然而然就湊作一堆，大家也樂見其事。雖然春梅、秋菊的年紀還小，這事兒還沒有說穿，但大家都是明眼人，想必再過個兩、三年，他們自然也會組成新家庭。

就是謝五，也娶了張家村的姨表妹為妻呢；王林也娶張家的村的一位姑娘，比江大山還早一點成親，現在他家也快要添小寶寶了。這些年輕人年紀都不小，能早點成家的都成了家，實在找不到對象的，就只能單身過了。

誰讓村子裡男多女少呢？連張家村也是。

搞得和現代一樣，剩男多著呢。還有一點就是，古代更講究身分地位，雖然現在是亂世，講究比平時少，但不能逾越的事情還是不能做的。比如江旲、吳凡就不可能隨便娶個村姑。再比如，江大山能娶謝姝兒，也是因為他的身分地位也不差，而謝姝兒也不可能嫁給謝

五、王林之類的，曾經是他們家下人的男人。

所以現在的蘆葦村，一眼看去房子可真不少，原先湖邊那條都蓋滿了，只得往田邊那頭繼續蓋，看上去就像是由三個小村子組成的大村子了。

以家庭為單位的生活，還是比吃大鍋飯要好得多，大家幹活就更有勁了。

因此這回大郎說要出去買東西，要跟著去的人可不少，大家都想弄些野物去換東西回來。有了新家，家裡什麼東西都缺，尤其是兩個快要成親的年輕人。

於是大郎就帶著平兒、小石頭與阿信、阿志，還有吳家的兩個子姪一起出去了。

三年時間，足以讓大家都有不同程度的成長。不僅大郎和辛湖有很大的進步，阿信和阿志也一樣，他倆算是跟著江大山學功夫時候最長的年輕人，身手都非常不錯。

女孩子們也會和辛湖結伴出去打獵，但如今謝姝兒成親懷孕了，無法出門，辛湖也懶得出門了。因為其他女孩們無論膽色、功夫都相差太遠。

大郎倒是經常與小夥子結伴而出。如今江大山、謝公子這些成年人已經不怎麼出去打獵，安逸的待在家裡當農夫，教教更小的孩子，悠悠哉哉的生活。

蘆葦村的人除了建設村落之外，還辦了不少大事。

當初謝老夫人提過要沿途搭建驛站的事情，也真正實施了。只是他們這是民間行為，搭建供來往人歇腳的住處不能叫驛站，所以在每處他們都留了個「蘆」字做標記。

蘆葦村有兩條出入口，一條是北邊，過了當初救江大山的小山坡，就是個三岔道口。他們在這個三岔道口、靠水源近的地方，搭建第一座院落。現在，大家都把這裡稱三岔口了。

因為是第一次在這裡蓋房子，他們弄得很正式，反正地方夠大，勞動力充足。十多號大男人花了幾天的工夫，整地基、砍樹木，蓋起一棟高大結實的三間大房子，共有一間灶房、兩間住房。房子前後左右都留有平整的空地，前面搭有涼棚可以歇馬，四周還隨意種一些菜，灶房裡還放了些砂鍋、竹碗、筷子等日用品。後來他們每次經過這裡，都可以進屋裡好好歇歇。

本來他們最開始做這些，只是為了方便自己人出行。因為蘆葦村的人出入極不方便，為了買點鹽，往往就要花上好幾天，途中若有房子可以歇腳，就不用風餐露宿，也能擋風遮雨，這樣大家出門買東西就更加方便了。

現在的蘆葦村糧食能自給自足，但有些東西還是非得出去買，比如油鹽、草紙、針線，甚至罈罈罐罐、鍋碗等物，都不是他們能自產自足。所以他們不定時的得外出去採買，幾年下來弄清了附近的狀況，也和周邊的幾個村子有一些交易往來。

他們這一路蓋房子，每四、五十里就蓋一棟，從北經過三岔口往翠竹村那邊，蓋了四座，從南往張家村的路上，也蓋了三座。這些房子的建立，不僅方便他們自己人，不知從幾時開始，在他們蓋的房子附近有人聚集而居了。

最開始的人，只是覺得這裡有座房子，屋簷都那麼寬大，就住在屋簷下，時間一長，大郎乾脆幫他們在附近蓋些房子，還盡可能幫助他們安頓下來。

慢慢的，人越來越多，他們也開始自己蓋房子，在附近討生活了。打了三年的亂戰，又經歷兩年多的災荒年，老百姓流離失所，東奔西逃的，能找到個地方居住，自然慢慢的安置下來。

而且因為蘆葦村的人個個勇猛善戰，那些小股的土匪、歹人都被他們順手收拾掉，無論是南邊的路，還是北邊的路，都一路平靜，沒出過什麼禍事，因而三年過去，蘆葦村附近以他們蓋歇腳地為中心，慢慢又形成幾個小村落。

外面的紛爭也好似忘記了這片大地一樣，無論世道多亂，這裡依舊較為平靜，就算偶爾出了點事情，也很快就平靜了，所以大家的日子過得很不錯。因此，從北邊往半條街集市，從南往張家村那邊的集市，這兩條路上聚集的百姓越來越多，而且他們多半都受過蘆葦村的恩惠。

因此，這次大郎帶著眾人出來打獵，一路上只要遇上附近的村民，都會得到熱情的招呼。「大郎，來我們家喝口水吧！又出來打獵嗎？」

「是呢，我們得去換點鹽回來了。」大郎笑道。

他們停下來，在這一處的村民家裡喝水，然後就著人家燒的熱湯水，吃點乾糧。大家都比他們窮，因此他們通常不在別人家裡吃飯，只是喝點水和喝點湯。如果遇上特別熱情的村民一定要安排飯食，他們也不會拒絕，多半會回送些獵物給大家。有時候，村民們也會求他們幫忙帶點鹽，或者日常必需品回來，甚至有的人會跟著他們上集市去買東西。

「哎喲，今天還帶了兩個小的出來了。」看著平兒和小石頭，有人驚訝的說。

「是啊，他們也該出來歷練歷練了。這是我弟弟平兒，這個是我嬸子家的小石頭。」大郎笑著把兩個孩子介紹給大家，讓大家知道，這兩個也是蘆葦村的人。

「喲，這麼小就能打獵了啊，真了不起。」有人羨慕的說。

「都是打小就練的，也十歲多了。」大郎謙虛的說。

看著他們一陣風似的離開，幾位中年男人都羨慕的說：「哎，我們家的孩子要是能跟著他們學幾手就好了。」

「那是，但是蘆葦村我們進都沒進去過，他們也不帶外人回去。」有人說。

「這是人家吃飯的本錢，怎麼可能輕易教他人啊？」

「我只希望他們多出來幾次，我們也能沾點葷腥。」剛才得了兩隻野兔的村民，笑咪咪的說。

不過是招待大郎他們喝些茶水，家裡的女人見機行事，還去弄一盆菜湯出來，大郎就順手給了他們兩隻野兔。

「先說好了啊，下次該我們家招呼他們了。」有人提出抗議，惹得大家笑了。

過了這條村，還是沒發現野豬，大郎他們盡打了些野兔子。

平兒不滿的問：「哎，大哥，怎麼還沒找到野豬呢？」

「你以為野豬都等著給你射殺啊？」阿信笑道。

阿志指指遠方的山林，說：「就是，這也得靠運氣。現在附近住的人多了，有些人還會挖陷阱，那野豬也不是傻子，還往山下跑啊？多半都躲到山裡面去了。」

「那我們要往裡面去探探嗎？」小石頭興奮的說。

確實現在野豬比往日少了，一來是因為蘆葦村射殺的多了，二來也是因為附近都住了人，野豬無處藏身，都往深山老林跑去。

大郎看了看背簍中的野兔子，再看看一臉期待的眾人，揮了揮手中的弓，說：「好吧，這次我們往深處走走，希望能有好收穫。」

「太好了！」阿信和阿志興奮的說。他倆都快要成親了，還缺不少東西，自然想多弄點東西回家。

平兒和小石頭更是興奮得臉都發紅了，兩眼亮晶晶的，好像自己馬上就能打到野豬。

「不過，我提醒大家，一定要小心，千萬不能貪多。要是遇上野豬群，又或者其他更兇惡的野獸，可千萬別驚動牠們，保命要緊。」大郎見狀，連忙鄭重的告誡大家。

「知道了，我們會小心的。」大家異口同聲的說。

村裡現在弓箭多了，基本上只要出來打獵，都會多帶兩張弓箭，只是都是普通弓，讓每個人都能施展下身手。但是箭一般還是用竹箭，只有幾支利箭混在竹箭中，是專門用來對付大野豬或猛獸的。平時大家都用竹箭，竹槍也一樣是人手幾支，隨身帶著。

商量好路線，幾個人離開主道，拐入一條小道，漸漸消失在荒野中。

大郎他們七個人原本只想多弄點獵物，卻不知道深山有多危險，也不是你能來去自如的地方。荒野裡根本沒有路，但他們騎著馬，仗著自己有功夫也不怕。

他們很快就根據地上的糞便找到一群野豬的足跡。

阿信驚喜的說：「這群野豬，起碼有五頭大的。」

「嘿嘿，我們只要弄到三頭就知足了。」阿志說。

平兒和小石頭更是興奮，兩人嘀嘀咕咕的說：「我們倆合力搞一頭小的。」

鄭豐和程進臉上也露出渴望的神情。自從分產之後，好像家家戶戶都變窮了，家裡樣樣都不齊全，雖然大家感情不錯，可以互相借用，但終究不是長久之道。這回多弄點獵物，就能多換些東西回來。

可是他們追著足跡，整整走了大半天，還是沒找到野豬，而且他們已經走得很深了。大郎瞧著幾個小的，心裡有些打退堂鼓，開口勸著。「找不到就算了吧，我們返回去多打幾隻兔子。」

「我要休息一下，肚子餓了。」平兒摸摸肚子說。

這一說，大家都覺得餓了。一行人停下，分散開來準備開伙。平兒和小石頭撿柴草，阿信和阿志去打水，鄭豐和程進去摘野菜，大郎就在腳邊找幾塊石頭，搭個簡易灶。

結果沒一會兒，阿信和阿志興奮的跑過來，壓低聲音說：「那邊，野豬就在那邊。」

這下大家也不吃飯了，全部拿著武器往發現野豬的方向跑。

原來，這處有塊斷壁，斷壁下面正好有一個水潭，野豬們正聚集在這裡喝水，在稀泥巴裡打滾玩鬧。

大家很有默契的拉弓，各自選中目標，等待口令。小石頭和平兒畢竟年紀小，又是第一次近距離看到這麼多頭野豬，甚至連野豬那口獠牙都看得清清楚楚，兩人又是興奮又是害怕，還沒等到大郎發口令，就先動了手。他倆瞧中的是頭約五、六十斤重的小野豬。

平兒和小石頭先動了手，看著那頭小野豬倒地，沒等牠發出叫聲，大郎和阿志他們四人連忙也出手，幾枝利箭飛向那頭最大的野豬。

瞬間林子裡亂成一團。鳥群拍打著翅膀，嘎嘎叫著，四面亂飛，草叢中、樹林裡，不少小動物飛快逃竄，野豬群更是驚惶失措，亂叫亂吼的四處衝撞。

要不是他們占著居高臨下的有利地形，只怕這群野豬還能傷到大家。

最後，小石頭和平兒如願以償的弄到那頭小野豬，那頭大野豬更是當場被射殺，身上中了六、七支箭，還別提其中有三支是利箭。

然而，有一頭野豬雖然受了傷，卻依舊頑強的帶著箭跑了，而且牠身上有一支箭還是大郎射出的利箭。這種箭他們用過都會收回來，因為用一支少一支，也怕被外人撿到，畢竟是殺人的利器呢。

把兩頭戰利品綁好，取出牠們身上的箭之後，大家開始尋找那頭受傷的野豬。沿著地上的血跡，幾個人越走越偏，漸漸就迷失了方向，等到他們回過神來時，已經進到大山深處。

「停，不能往前走了，那頭野豬別管了。」大郎說著率先停下來，他看著眼前那能遮天避日的大樹，知道他們不能再往裡面走。

阿信和阿志也變了臉色，說：「快走、快走，就走我們剛才來的路回去。」話是這麼說，但他們走了好一會兒，卻發現自己完全就是圍著某個地方打轉，哪還分得清自己是從哪個方向過來的？

大家只能找個空曠的地方，圍坐在火堆邊隨便弄點吃的就開始休息。

小石頭和平兒年紀小，又勞累了幾天，早早就睡著了。

「今天晚上得守夜，誰先來？」大郎問。

「我們倆先來吧，你們幾個先睡，到下半夜再換人。」鄭豐說，表示他和程進守上半夜，下半夜換人。

「那行，下半夜你叫我們吧。」阿志說著，和阿信湊在火堆邊睡下。大郎鑽進平兒身邊躺下，很快也睡著了。

鄭豐和程進閒坐一會兒，就開始打瞌睡，為了趕走瞌睡蟲，他們乾脆在火堆邊練習拳腳功夫，你來我往，打得不亦樂乎。

而同樣在深山處，幾個生人正烤著野豬肉大吃特吃。

「今天真是運氣好，沒想到還能撿到別人打傷的野豬。不過，這裡居然還有獵戶出入。」吃得滿嘴是油的一個大漢，打著飽嗝說。

「你們看看這支箭。」一名眉清目秀的年輕人，一直把玩著手中的箭，這時才出聲。

大漢接過來，驚訝的說：「咦，不是竹箭啊！我就說，竹箭都能把這麼大一頭野豬放倒，還以為是遇上高手呢，搞半天，這裡恐怕有我們的對頭吶。」

「你們再看看這幾支竹箭有什麼不同？」年輕人又指指腳邊的三支竹箭，說。

大漢與另外兩個同伴各拿起一支竹箭，又互相交換仔細看一遍，有人說：「確實不同，看來不是出自一個人之手。這支明顯尖銳一些，這支就像小孩子弄的，而這一支，只怕是高手所製。」

他把玩著最後一支箭。這支箭不像前面那兩支是錐形頭，而是三棱形的，還有倒刺，如果是鐵製的射在人身上，想要取下來可不容易了。一支普通的竹箭，卻使用這樣的製作方法，顯然那製箭的人不是個普通獵戶。

「所以我們還是小心點，別驚動了追兵。」年輕人說。

眾人點點頭，小心的收拾他們留下來的痕跡，決定好守夜的人，其他則暫且先休息。

——未完，待續，請看文創風598《神力小福妻》3

神力小福妻 2

國家圖書館出版品預行編目資料

神力小福妻 / 盼雨著. --
初版. -- 臺北市 : 狗屋, 2018.01
冊 ; 公分. --（文創風）
ISBN 978-986-328-818-3（第2冊 : 平裝）. --

857.7 106021472

著作者	盼雨
編輯	林俐君
校對	周貝桂　簡郁珊
發行所	狗屋出版社有限公司
地址	台北市104中山區龍江路71巷15號1樓
電話	02-2776-5889～0
發行字號	局版台業字845號
法律顧問	蕭雄淋律師
總經銷	知遠文化事業有限公司
電話	02-2664-8800
初版	2018年1月
國際書碼	ISBN-13　978-986-328-818-3

本著作物由北京晉江原創網絡科技有限公司授權出版

定價250元

狗屋劃撥帳號：19001626

網址：love.doghouse.com.tw　E-mail：love@doghouse.com.tw